U0123175

BLESS ME, ULTIMA

Rudolfo Anaya

魯道夫・安納亞 著　李淑珺 譯

祝福我，
鄔蒂瑪

導讀

二元符碼沖積下的生命轉折

陳小雀

密西西比河以西，在北緯三十度和四十度之間的廣袤土地，即今日的德州、科羅拉多州、新墨西哥州、猶他州、內華達州、加州、亞利桑那州，原本隸屬墨西哥，卻於一八四五年起陸續遭美國併吞。對墨西哥而言，這無疑是一道歷史傷痕，國界線由北往南退縮，從繁華轉入蒼涼；對美國而言，彷彿跨越了文化藩籬，由東到西擴張，成為世界巨人。於是，萎靡與強勢彼此銷融，衝突與諒解交相揉合，過去與現在難分難捨，在拉丁美洲和盎格魯撒克遜美洲之間，沖積出「奇卡諾」(chicano）文化。

「文化」一詞與土地息息相關，是族群在特定領域中所累積的生活智慧、所共同譜寫的生命之歌。「奇卡諾」係指世世代代生長在墨西哥故土的居民，後因歷史偶然而成為美國人；簡言之，墨裔美人。然而，在膚色體質和文化背景的差異下，奇卡諾族群或多或少被排拒在美國社會之外，而自成一個封閉的社會。奇卡諾社會本身就呈現多樣性文化，在保留墨西哥的語言、飲食、風俗、習慣、信仰等之餘，受到美式風格濡染而蛻變成一種獨特的新文化，甚至在一九六〇年代蔚為奇卡諾運動，成為墨裔弱勢族裔的眞情吶喊，試圖爭取社會地位和尊重，進而將那一聲聲的吶喊化成音樂、電影、繪畫、文學等藝術語言，驚豔美國各界，其中，奇卡諾文學更是蓬勃發展，爲美國文壇注入新題材、新活力。

魯道夫・安納亞（Rudolfo Anaya）出生於新墨西哥州的墨裔家庭，係奇卡諾作家中的翹楚，有「奇卡諾文學教父」之稱。在接受正規教育之前，其母語是西班牙語，除了童年經驗和己身故事之外，墨西哥歷史也是他寫作的靈感，而耕耘出一系列佳作。安納亞彷彿藉文學創作，進行阿茲特克帝國的尋根之旅，回溯璀璨的馬雅文明，歌詠奇卡諾族裔的勤勉不懈和感性眞誠，透過人和大自然之間的親密對話，字裡行間流洩出神祕色彩。

《祝福我，鄔蒂瑪》（*Bless Me, Ultima*）是安納亞的首部小說，也最受好評的作品之一，筆觸細膩，賦予老人和土地同樣的神聖意象，充滿哲理和反思課題。《阿茲特蘭之心》（*Heart of Aztlán*），書名取自古阿茲特克國的建國聖地阿茲特蘭，[1] 在神祕氛圍中淡淡釋出歷史鄉愁，藉以凸顯奇卡諾家庭在美國社會中所面臨的挑戰。西班牙征服者柯爾提斯（Hernán Cortés）和印第安女人瑪琳切（Malinche）的故事成爲短篇小說《尤羅娜傳說》（*Legend of La Llorona*）的創作藍本，描寫在社會階級和血統門第的宰制下，印第安女人終究遭遇悲淒命運。[2] 另外，安納亞在《我的土地在唱歌：格蘭德河的故事》（*My Land Sings: Stories from the Rio Grande*）裡，收錄了十則新墨西哥州當地的古老民間傳奇，是溫馨的青少年讀物。

透過安納亞的生花妙筆，古老傳說重複出現於不同的小說中，蛻變成魔幻元素：

一個孤單女神痛苦的哭喊沿著河流充滿整座河谷。那縈繞不去的哀號讓人們的血液凝結。

新墨西哥州地形複雜多貌，荒蕪沙漠、崇山峻嶺、茂密森林、河岸平原妝點出獨特的地理景觀，而有「迷人之地」的暱稱。在《祝福我，鄔蒂瑪》裡，那個亞諾（Llano）草原村，其西文原意就是「平原」，與周遭的山丘連成一片壯闊的大地。敘事者時而稱她「美麗的亞諾荒原」，時而喚她「孤獨的廣闊亞諾草原」，同時又不忘描寫「亞諾的暴風雪」，也將「綿延起伏的亞諾的丘陵」和「黑暗山丘」納入眼簾，彷彿大自然亦有情緒一般，顯露變化萬千的容顏。波譎雲詭的大自然在小說中扮演要角，與其他角色互動、互補、交流、濡染、輝映，甚至糾葛、較勁、抗衡。作者安納亞悄悄將萬物有靈說觀念融入文本，在禮讚土地之餘，掀開了深鎖古老傳統的寶盒。那個來自古老信仰的薩滿文化，教人類敬天惜地，相信宇宙蒼穹中的飄蕩浮雲、凌空鵬鳥、馳騁動物、戲水魚群、迎風植物、穩重山脈、潺潺流水……均有靈性。

我一直害怕河流恐怖的靈，也就是河的靈魂，但是經由她，我明白了我的精神與萬物的精神相通。

新墨西哥州人口約兩百萬，除了歐洲白人後裔、非裔、亞裔等之外，還有拿瓦侯（Navajo）、布韋布洛（Pueblo）等少數印第安族群，以及占全州人口百分之四十四的墨裔居民。墨裔人口當中，又有百分二十八的學齡前孩童與老人只講西班牙語，在此背景下，展開鄔蒂瑪和安東尼之間的動人故事。鄔蒂瑪儼然一口深井，引領安東尼探究昔日的古老文明，而學校的教育宛若一把鑰匙，教安東尼開啓那扇通往美國現代社會的門扉。

這一老一少呈現強烈對比的二元符碼。一個代表睿智，另一個象徵純眞；一個代表神祕，另一個象徵眞實；一個代表大地，另一個象徵幼苗；一個代表傳統，另一個象徵現代；一個代表過去，另一個象徵未來。這一老一少勾勒出萬物生生不息的深刻含意。正如「鄔蒂瑪」是寰宇，其名字原文「Ultima」既是遙遠也是最後之意，是往古來今的無盡時間，是上窮下落的無限空間。至於「安東尼」（Antonio）則是西班牙語世界最普遍的名字，據信，這個名字起源於大力士海克力斯之子，故衍義爲強壯之人。此外，安東尼也是多位天主教聖人的名字。小說中，安東尼具有堅韌形象，是傳承堅定信念的表徵，以此對照「鄔蒂瑪」的始末涵意，足見作者匠心獨運。

> 她教我傾聽呻吟的土地的祕密，也學會在土地的四季循環中感到完整。我的靈魂在她仔細的引導下成長。

除了這一老一少所鋪陳的二元符碼之外，善與惡、好與壞、新與舊等其他正負兩極的對立氛圍亦縈迴整部小說。安東尼的父母正好代表對峙力量，兩股迥異的血液因婚姻關係而交融於安東尼。父親的姓氏瑪雷茲（Márez），來自西班牙文的「海洋」（mar）；母親娘家魯納（Luna），其西文原意是「月亮」。前者是追求自由的牛仔，在像海洋一般遼闊開放的草原上馳騁；後者則爲深根於土地的農夫，在河谷沃原隨著月亮周期變化，從事莊稼工作。這兩者彼此排拒，又相互影響，就如同月亮的陰晴圓缺改變了海洋的潮汐變化。

魯納家的血液讓他們安靜，因為只有安靜的男人才能了解耕種所必須的，土地的祕密——他們就像月亮一樣安靜——而瑪雷茲家的血液就是要瘋狂，就像他們姓氏的由來，大海一樣，也像後來成為他們家鄉的遼闊亞諾一樣。

安納亞運用二元對立，鋪寫一個成長在兩個文化之中的男孩，如何學習悅納異己。安東尼得面對父母家族的不同生活模式，還要適應美墨的文化差異，也要參與古老信仰儀式，更要正視自然界的生老病死，甚至親眼目睹幾樁謀殺案。所有的轉折都是生命的高峰，所有的衝突都是生命的火花，所有的歷練都是生命的成長，《祝福我，鄔蒂瑪》傳遞了奇卡諾文化的絢麗精神。

「文化涵化」(acculturation）是小說刻意強調的議題。所謂文化涵化，係指兩種或以上的文化在接觸與互動後所產生的結果。其中最精彩的橋段應屬巫醫行爲，既魔幻又寫實。巫與醫同源是世界許多民族的共同文化現象，承襲自古阿茲特克文明，鄔蒂瑪熟知各種植物的特性，是巫醫，尚扮演母親、導師、心理治療師等多重角色。天主教信仰隨西班牙征服者來到美洲後，巫醫行爲就被視爲離經叛道，五百餘年來天主教信仰雖然已根深柢固，巫醫行爲卻悄然成爲印第安和天主教文明之間的嶄新信仰，是趨吉避凶、安神治病的民俗療法，成為某些族群的精神補給品和心靈安慰劑，更是延續文化的瑰寶。

在夢裡，我看到鄔蒂瑪的貓頭鷹用寬闊的翅膀載起聖母，帶她飛向天國。然後貓頭鷹回來，載起所有未受洗而飄蕩在天國外的嬰孩，帶他們飛向天空的雲朵間。

安納亞藉夢境的敘事技巧，增加情節的跌宕起伏，並以象徵手法，添增文本的詩意律動，《祝福我，鄔蒂瑪》是一部如此雋永的作品，在講究美學之際，傳達了寬容、豁達、開闊等高貴靈魂。

（作者現任淡江大學美洲研究所副教授兼所長）

1 「阿茲特克」（Azteca）一詞，係源於「阿茲特蘭」（Aztlán），即「白色之地」，一個傳說中的島上城市，亦即阿茲特克帝國的發祥地，今日的墨西哥城。

2 「尤羅娜」（La Llorana）的西文原意為「哭泣的女人」，本指瑪琳切。在瑪琳切的協助下，柯爾提斯得以在短暫的時間內以寡擊眾，消滅阿茲特克帝國。她是他的傳譯，也是他的情婦，且為他產下一子，但後來柯爾提斯卻將她送給一個手下。這個史實在殖民時代被遞嬗成民間傳說：一個印第安女人愛上一個白人貴族，並替他生下三名子女；在門第和血統觀念的作祟下，白人貴族後來娶了一個和他一樣出身的白人女子，遭遺棄的印第安女人發瘋了，將三名子女殺死後投入河裡；然而一到暗夜，印第安女人便宛如鬼魅般，徘徊於大街小巷哭泣著找尋死去的子女。

Bless Me, Ultima

Rudolfo Anaya

1

鄔蒂瑪在我快滿七歲的那年夏天，住進了我們家。她來的時候，亞諾荒原[1]的美麗正在我眼前展現，河流唱著潺潺的歌聲，伴隨土地翻動的低鳴。童年的神奇時光靜止不動，而土地活生生的脈動將祕密灌進我活生生的血液裡。她握起我的手，而她擁有的安靜神奇力量，便從陽光烘烤得乾裂的亞諾草原、翠綠的河谷，跟白熾太陽居住的藍色大碗中變出了美麗。我赤裸的雙腳感覺到土地的顫動，我的身體也興奮得顫抖。時間靜止，與我分享過去曾有的一切，和即將來臨的一切……

讓我從頭開始。我不是指在我許多夢裡出現的開頭，和它們對我低語的，關於我的出生、父親與母親的家族，還有三個哥哥的故事——而是隨著鄔蒂瑪而來的開頭。

我們家的閣樓被隔成兩間小房間。我的姊姊，黛柏拉跟德瑞莎睡在其中一間，而我睡在門旁的那個小隔間裡。軋吱作響的木頭樓梯向下接到一條狹小的走廊，通往廚房。我可以從樓梯頂端的制高點看到我們家的心臟，我媽媽的廚房。從那裡，我將看到查維茲帶來警長被殺的恐怖消息時驚恐的臉；我也將看到哥哥們對父親的違抗；還有許多次在深夜時，我將看到鄔蒂瑪從亞諾草原歸來。她是去採摘只能在滿月月光下，由巫醫小心翼翼的雙手收成的藥草。

那天晚上我非常安靜地躺在自己床上，聽到父親跟母親講到鄔蒂瑪。

「她自己一個人，」父親說，「而且草原村已經剩下沒多少人了——」

他用西班牙文說，而他提到的村子是他的家鄉。父親做了一輩子的牛仔。這是個古老的行業，跟西班牙人來到新墨西哥州的年代一樣久遠。即使在開農場的人跟隨德州人到來、在美麗的亞諾荒原圍起柵欄後，他，還有其他跟他一樣的人仍繼續在這裡工作，我猜是因為只有在這遼闊的土地和天空下，他們才能感受到靈魂需要的自由吧。

我聽到母親嘆息，而她想到鄔蒂瑪獨自生活在孤獨的廣闊亞諾草原上，想必也微微顫抖吧。母親不是亞諾的女人，她是農家的女兒。她看不出亞諾的美麗，也不了解半生都在馬背上度過的粗野男人。我在草原村出生後，她說服了我父親離開亞諾，帶著她的家人來到瓜達魯沛城，她說我們在這裡才會有機會，也才能受教育。這次遷徙降低了父親在他夥伴——那些仍頑強抓著原本生活方式與自由的亞諾的牛仔們——心中的地位。城裡沒有空間畜養牲畜，所以父親不得不賣掉

1 llano，西班牙文原意指平原，此處應指美國西南部，涵蓋新墨西哥州東部與德州西北部的荒原地帶。

他的一小群牲口，但是他不願意賣掉他的馬，所以他送給了一個好朋友，貝尼托·康柏斯。但是康柏斯無法將這動物關在圍欄裡，因爲不知爲何，這匹馬的靈魂很貼近他原本的主人。於是牠被允許自由馳騁，而全亞諾草原沒有一個牛仔會往這匹馬的頭上套項圈。就像有人過世了，他們便轉開目光，不願去看仍行走在世間的靈魂。

這損傷了父親的自尊。他越來越少與老朋友來往。他去做鋪設公路的工作，而到週六，拿到工資後，他就跟他的組員去長角牛酒吧喝酒，但是他從不曾與城裡的人親近過。有時候到了週末，亞諾的人會來城裡買補給品，而像柏尼，或康柏斯，或鞏薩雷斯兄弟，會過來家裡坐坐。這時父親就會眼睛發光，跟他們一起喝酒，談著過去的時光，說著古老的故事。但是當西沉的太陽將雲朵染上橘色跟金色，牛仔們坐進貨車踏上歸途時，便只剩下父親一人在漫漫長夜中喝酒。禮拜天早上他起床時就會脾氣暴躁，抱怨要去早上的彌撒。

「——她一輩子都在爲族人奉獻，現在族人卻都四散各地，像風滾草[2]一樣被戰爭的風吹散。戰爭吸乾了一切，」父親陰沉地說，「讓男孩子們飄洋過海，讓他們的家人搬到有工作可做的加州去——」

「萬福瑪利亞。」母親爲我三個離家去打仗的哥哥們在胸前劃了個十字。「葛柏瑞，」她對父親說，「長者年紀這麼大了，實在不應該一個人生活——」

「是不應該。」父親同意。

「我嫁給你，到亞諾跟你過活，幫你生兒育女時，如果不是有長者幫忙，我根本不可能撐得下去。哎，那些年眞苦——」

「那些年是好日子。」父親反駁。但母親沒有爭論。

「每一家都受過她的幫忙，」她繼續說，「她從來不嫌路遠，總是不辭千里地去將某個人從死神的手中搶下來。連亞諾的暴風雪也無法阻擋她去約定的地方接生嬰兒——」

「確實。」父親點頭。

「每個兒子出生時，都是她在照顧我——」我知道她這時必定快速地瞄了父親一眼。「葛柏瑞，我們不能讓她孤單地度過人生最後的時光——」

「對，」父親附和，「這不是我們族人的做法。」

「如果能給長者一個家，會是我們的榮幸。」母親喃喃說道。母親稱鄔蒂瑪爲長者，是表示尊敬。意思是這個婦人年老而睿智。

「我已經請康柏斯帶口信去，請鄔蒂瑪來跟我們住。」父親有些得意地說。他知道這會讓母親很開心。

「謝謝你，」母親溫柔地說，「或許我們可以稍稍回報長者給予這麼多人的恩惠了。」

「但是孩子們？」父親問。我知道他爲什麼擔心我跟姊姊。那是因爲鄔蒂瑪是個巫醫，是懂得草藥跟古老藥方的女人，能創造奇蹟，治癒病人。我還聽過鄔蒂瑪可以消除女巫所下的詛咒，

---

2 草原上的草本植物，經常在秋季被風吹斷而隨風滾動，如白莧、風蓬草、藜等。

還能驅逐女巫放入人體內，使人生病的惡魔。而因為巫醫有這樣的力量，經常會被誤解，被懷疑施行巫術。

我一想到這點就哆嗦起來，感到一股寒意。傳說裡有好多故事都是講述女巫做的邪惡之事。

「是她幫忙把他們帶來這個世界的，她對孩子們只有好處。」母親回答。

「很好，」父親打了個呵欠，「我早上就去接她。」

於是鄔蒂瑪要來跟我們同住的事就決定了。我知道我父母給鄔蒂瑪一個家是在做好事。照顧老人跟病人是我們的習俗。在一個安全溫暖的家裡，永遠都能多容納一個人，不論他是陌生人或朋友。

閣樓裡很溫暖，而當我靜靜躺著，聽著屋子入睡的聲音，同時在腦海裡一遍又一遍重複唸著萬福瑪利亞的祈禱文時，便逐漸進入夢的時光。有一次我跟母親說我的夢境，她就說那是來自上帝的先見，因為她自己就夢到我長大成人後，會成為一個神父。從那之後我就不再告訴她我的夢了，它們只會永遠永遠待在我心底……

夢裡，我飛過綿延起伏的亞諾的丘陵。我的靈魂飄蕩在黑暗的平原上，直到來到許多間泥磚屋聚集的地方。我認出那是草原村，便開心起來。其中一間泥磚小屋有一扇亮著的窗户，於是我夢中的視線帶我靠近，目睹一個嬰孩的誕生。

我看不清那個剛經歷生產的痛楚、正在休息的母親的臉，但是我可以看到照顧著剛出世的、冒著熱氣的嬰孩的，全身黑衣的老婦人。她敏捷地把連結著嬰孩跟母親血脈的臍帶打了一個結，然後很快地彎下身，用牙齒咬斷臍帶的另一頭。她把扭動的嬰孩包起來，放在母親身旁，然後清理床鋪。所有床單都被掃到一旁準備清洗，但是她仔細地把已經沒有用的臍帶跟胎盤包起來，把包裹放在一個小祭壇上，聖母的腳下。我感覺這些東西是留待送給某個人的。

此刻在黑暗的外頭耐心等候許久的人終於被容許進來跟母親說話，把禮物送給嬰兒。我認出了母親的兄弟們，我來自月光港口村[3]的舅舅們。他們慎重其事地走進來。一股忍耐許久的希望在他們黑暗沉思的眼中閃耀。

這個孩子會是魯納家的人，那個老人說，他會成為一個農人，延續我們的習俗和傳統。或許上帝會賜福給我們家族，讓這孩子成為神父。

為了表示他們的期望，他們在嬰孩的額頭抹上河谷的黑色泥土，並在床的周圍擺滿他們收成的果實，因此整個小房間充滿了作物的氣味，有新鮮綠辣椒跟玉米，成熟的蘋果跟桃子，還有南瓜跟四季豆。

然後如雷的馬蹄聲粉碎了寂靜。牛仔們以吼叫聲和槍聲包圍了小屋，當他們走進屋子時，都笑著唱著，喝著酒。

他們吼道：葛柏瑞，你生了個漂亮兒子！他會成為很棒的牛仔！然後他們打爛了包圍著床的水果

---

[3]Puerto de Luna，西班牙文原意是月光的港口，這個村子位於美國新墨西哥州聖塔羅莎（Santa Rosa）以南約十英里處。Luna 在西班牙文中就是月亮之意，也可用於姓氏。

跟蔬菜，換上一具馬鞍、幫馬保暖的毯子、一瓶又一瓶威士忌，一條新的繩索、馬勒、皮套褲，跟一把舊吉他。然後他們抹去嬰孩額頭上的泥土痕跡，因為男人不應該被土地綁住，而應該在上面自由馳騁。

這些人是我父親的家族，亞諾的牛仔。他們是一群精力旺盛、難以安定的人，總是在如海洋的平原上四處漂蕩。

我們必須回去我們的河谷了，帶領農人的老人說。我們必須帶走分娩後的血。我們會將它埋在我們的田地裡，讓土地再度變得肥沃多產，也確保這嬰孩會追隨我們的腳步。他對老婦人點頭，要她遞來祭壇上的那個包裹。

不！亞諾的人反對，那包裹要留在這裡！我們會把它燒掉，讓亞諾的風將它的灰燼吹散。

讓人的血灑在神聖的土地之外，是對神的褻瀆，農人們齊聲說道。這個新生的兒子會實現他母親的夢想。他必須來港口村，統領谷地裡的魯納家族。他體內流著強大的魯納家的血液。

他是瑪雷茲家的人，牛仔們怒吼。他的祖先是征服者，是跟海洋一樣不會安定的人。他們飄洋過海而來，跟他們征服的土地一樣自由。他是他父親的骨肉！

咒罵和威脅四起，手槍都拔了出來，對立的兩方已經準備開戰。但是衝突被接生嬰孩的老婦人阻止。

住手！她大喊，而所有人都安靜下來。是我把這個孩子拉到生命之光裡，所以由我來埋下曾經連結他與命運的胎盤跟臍帶。只有我會知道他的命運。

夢境開始消散。我睜開眼睛時，聽到父親正在外頭啓動貨車。我想跟他一起去，我想看看草原村，我想看看鄔蒂瑪。我趕緊穿好衣服，但是來不及了，貨車已經顛簸著開下通往橋頭跟公路的山羊小徑。

我轉身，就跟每一次一樣，望向我們的山丘下方，那綠色的河流，然後抬起眼睛，看到瓜達魯沛城。高聳在城裡屋頂跟樹梢之上的，是教堂的鐘塔。我在嘴唇上畫了個十字。另一棟也高聳在民房屋頂上，足以跟教堂鐘塔比擬的，是學校校舍的黃色屋頂。今年秋天我就要去上學了。

我的心往下沉。一想到要離開母親去上學，我的胃裡就升起一股溫熱的、不舒服的感覺。爲了擺脫那種感覺，我跑到我們風車旁的畜欄，去餵牲口。我前天晚上已經餵過兔子，牠們有紫花苜蓿可吃，所以我只幫牠們換了水。我撒了一些穀物給飢餓的雞群，看著公雞叫喚牠們來啄食，然後瘋狂地互相爭奪。我也幫母牛擠了奶，然後放牠出去。白天牠會沿著公路去吃路旁青翠濃密的青草，到了晚上就會自己回來。牠是隻很好的母牛，只有幾次我必須在晚上跑出去把牠帶回來。那時候我都會很害怕，因爲牠可能會跑到山丘裡去，那裡到了黃昏就會有蝙蝠飛來飛去；當我跑步的時候，只會聽到自己心跳的聲音，而且單獨一個人總是讓我難過又害怕。

我在雞籠裡撿了三顆蛋，然後回去吃早餐。

「安東尼，」母親微笑，接過雞蛋跟牛奶，「過來吃早餐吧。」

我坐在黛柏拉跟德瑞莎對面，吃著我的玉米粥跟溫熱的馬鈴薯蛋餅配奶油。我沒說什麼話。

我很少跟我兩個姊姊說話。她們都比我大，而且她們兩個很親。她們經常一整天都在閣樓裡，玩娃娃，咯咯笑著。我不喜歡那些東西。

「你們的爸爸去草原村了，」母親叨唸著，「他去帶長者回來。」她雙手沾滿麵團白色的麵粉。我仔細地看著。「──等他回來，我希望你們要有禮貌，別讓你們爸媽的家族丟臉──」

「她眞正的名字不是鄔蒂瑪嗎？」黛柏拉問。她就是這樣，老是愛問大人問題。

「你們要稱呼她長者，」母親口氣平板地說。我看著她，心想不知道這個有著一頭黑髮跟笑瞇瞇眼睛的女人是不是就是在我夢裡生下孩子的女人。

「長者。」德瑞莎重複。

「她眞的是女巫嗎？」黛柏拉問。喔，她慘了。我看到母親臉色大變，然後停了一下，控制住自己。

「不是！」她責備道。「你們不准說這些。喔，我眞不知道你們是打哪學來這種樣子──」她的眼睛裡湧出淚水。每次她認爲我們學到父親的樣子，瑪雷茲家族的樣子，就會哭起來。「她是個有學識的女人，」她說下去，於是我知道她沒有時間停下來哭，「她爲了全村的人辛勤工作。喔，如果沒有她，我絕對熬不過那幾年艱苦的日子──所以你們要尊敬她。她肯來跟我們住，是我們的榮幸，懂嗎？」

「懂了，媽媽。」黛柏拉不太甘願地說。

「懂了，媽媽。」德瑞莎重複。

「好了，你們快去把走廊盡頭的房間掃乾淨，尤金的房間——」我聽到她的聲音哽咽了一下。她低聲唸了句禱告詞，然後在額頭上畫十字。麵粉在十字架的四個點留下白色痕跡。我知道她是因為我的三個哥哥都去打仗而難過，而且尤金是年紀最小的一個。

「媽媽。」我想跟她說話。我想知道剪斷嬰兒臍帶的老婦人是誰。

「嗯。」她轉過頭，看著我。

「我出生的時候，鄔蒂瑪在嗎？」我問。

「啊，老天爺哪！」母親喊道。她走到我坐的地方，一隻手穿過我的頭髮。她聞起來好溫暖，像麵包的味道。「寶貝，你這些問題是打哪來的？是的，」她微笑。「長者那時候在旁邊幫我。我所有孩子出生時，她都在旁邊幫忙——」

「我港口村的舅舅也都在嗎？」

「當然，」她回答，「我需要我兄弟的時候，他們一定都在我身邊。他們一直祈禱我能為他們生下一個——」

我沒有聽到她接下來說的話，因為我聽到了夢裡的聲音，並且再度看到夢裡的景象。胃裡溫熱的粥讓我作嘔。

「爸爸的兄弟也在，瑪雷茲家的人，還有他們的朋友，那些牛仔——」

「哎！」她喊道。「不要跟我說那些一無是處的瑪雷茲家人，還有他們的朋友！」

「他們打了起來？」我問。

「沒有，」她說，「只是有一場愚蠢的爭吵。他們想跟我的兄弟動手——他們就只會打架。他們自稱是牛仔，但其實不過是一群沒有用的酒鬼！小偷！一天到晚搬家，就跟吉普賽人一樣，拖著他們的家庭，像流浪漢一樣到處去——」

從我有記憶以來，她每次一提到瑪雷茲家和他們的朋友就很生氣。她說草原村很美，她也習慣了那裡的孤寂，但是她始終無法接受那裡的人。她是農人的女兒。

但那夢是眞的。就跟我看到的一樣。郞蒂瑪知道。

「但是你不會跟他們一樣。」她喘了口氣，停下來。她親吻我的額頭。「你會跟我的兄弟一樣。你會是魯納家的人，安東尼。你會是帶領人民的人，或許還會是個神父。」她微笑。

神父，我心想，那是她的夢想。我將在禮拜天主持彌撒，就像城裡教堂的拜恩斯神父一樣。我將聆聽谷地沉默的人們的告解，我也將給予他們聖餐。

「或許吧。」我說。

「嗯。」母親微笑道。她溫柔地抱住我。她身體的香氣好甜。

「但如果是這樣，」我低聲說，「那誰來聽我告解呢？」

「什麼？」

「沒什麼。」我回答。我感覺額頭上冒出冷汗，我知道我必須去跑一跑，好擺脫那夢境。

「我要去哈森家。」我匆忙地說，從母親身邊溜出去。我跑出廚房的門，經過畜欄，跑向哈森家。白色的陽光跟新鮮的空氣洗淨了我。

河的這一邊只有三間房子。山坡緩緩往上，到有一叢叢杜松子樹跟牧豆樹和杉木的丘陵頂端。哈森的家距離河邊比我們家還遠。在通往橋的小路上，住著壯碩的胖子費歐跟他漂亮的太太。費歐跟父親一起在公路工作。他們是喝酒的好夥伴。

「哈森！」我在廚房門口叫。我跑得很用力，所以氣喘吁吁。他的母親出現在門邊。

「哈森不在。」她說。所有年紀比較大的人都只說西班牙文，我自己也只聽得懂西班牙文。一直要到上學之後，我們才會學到英文。

「他在哪裡？」我問。

她指向河邊，西北方，過了鐵軌，往黑暗山丘去。大河流過那些山丘，而那裡有印第安人的土地，神聖的埋葬地，那是哈森說的。在那裡的一個古老洞穴裡，住著他的印第安人。至少大家都稱他是哈森的印第安人。他是城裡唯一一個印第安人，而他也只跟哈森講話。哈森的父親曾經禁止他跟那個印第安人說話，也曾經揍他，試過各種方法，要讓哈森遠離那個印第安人。

但是哈森堅持不肯。哈森不是個壞孩子，他只是哈森。他沉默寡言，悶悶不樂，有時候又會從喉嚨或胸口突然爆發出狂野的巨大的聲響。有時候我覺得自己好像哈森，好想大吼大叫，但是我從來沒有。

我看著他母親的眼睛，看得出其中的哀傷。「謝謝。」我說，然後回家去。在等待爸爸帶郞蒂瑪回來時，我在菜園裡工作。每天我都得在菜園裡工作。每天我都從充滿岩石的山丘沙土中奪回幾呎可以栽種的泥土。亞諾的土地並不適合耕種，河邊才是肥沃的土地。但是母親想要一個菜園，因此我努力想讓她開心。我們已經種出了幾棵辣椒跟番茄。這是很辛苦的工作。我的手指因爲挖掘石頭而流血，而且每一平方碼的土地好像就會挖出滿滿一手推車的石頭，我得推到下方的擋土牆去。

太陽在淺藍色的天空中發著白光。遮蔽烈日的雲層要到下午才會出現。我棕色身體上的汗黏答答的。我聽到貨車聲，轉頭看到貨車正軋軋地爬上山羊小徑的沙土路。父親帶著鄔蒂瑪回來了。

「媽媽！」我喊。母親跑出來，黛柏拉跟德瑞莎跟在她後面。

「我害怕。」我聽到德瑞莎哀鳴。

「沒什麼好怕的。」黛柏拉自信地說。母親說黛柏拉的體內流著太多瑪雷茲家的血。她的眼珠跟頭髮顏色都非常黑，而且她一天到晚跑來跑去。她已經上學兩年了，她只肯講英文。她也教德瑞莎講英文，所以有一半時間我都聽不懂她們在說什麼。

「老天爺啊，你們要有禮貌！」母親訓斥道。貨車停下來，她跑上前去迎接鄔蒂瑪。「願上帝保佑你有美好的日子，長者。」母親喊。她微笑，擁抱並親吻那個老婦人。

「啊，瑪麗亞·魯納，」鄔蒂瑪微笑，「願上帝保佑你與你的家人都有美好的日子。」她用黑色披肩裹住頭髮跟肩膀。她的臉是棕色的，而且佈滿皺紋。她微笑時，牙齒也是棕色的。我想起了那個夢。

「來，來！」母親催促我們向前。我們必須按照習俗向老人問安。「黛柏拉！」母親催促。

黛柏拉走上前，握住鄔蒂瑪枯萎的手。

「您好，長者。」她微笑。她甚至微微鞠躬。然後她把德瑞莎拉向前，叫她向長者問安。母親顯得神采飛揚。黛柏拉的彬彬有禮讓她很意外，但也讓她很開心，因爲別人會依據禮節來評斷一個家庭。

「你養了兩個好漂亮的女兒。」鄔蒂瑪對母親點頭。母親簡直再高興不過了。她驕傲地看著父親，父親則靠在貨車上，觀看並評斷我們的初次見面。

「安東尼。」他簡單地說。我走上前，握住鄔蒂瑪的手。我抬頭看著她清澈的棕色眼珠，不禁戰慄了一下。她的臉蒼老而佈滿皺紋，但是她的眼睛卻清澄閃亮，像幼小孩子的眼睛。

「安東尼。」她微笑。她握住我的手，我突然感覺到一股強大的旋風將我團團圍住。她的眼神掃過周圍的山丘，而透過它們，我第一次看到了我們山丘的野性的美，以及那條綠色河流的魔力。我的鼻孔顫動，感覺仿聲鳥的歌聲和蚱蜢的嗡嗡聲跟泥土的脈動融合在一起。亞諾的四方在我體內匯聚，白色的陽光照在我的靈魂上。我腳底的沙子微粒，與我頭頂的太陽和天空彷彿都融合成一個奇特的，完整的存在。

一聲呼喊來到我的喉頭，我好想將它喊出來，好想奔進我剛發現的美麗中。

「安東尼。」我感覺到母親在推我。黛柏拉咯咯笑起來，因爲她好好地問候了長者，而應該讓母親引以爲傲的我卻站在那裡，沒有一點聲音。

「願上帝賜你美好的日子，鄔蒂瑪。」我喃喃說。我在她眼中看到我的夢。我看到那個將我從母親子宮中接生出來的老婦人。我知道她擁有我命運的祕密。

「安東尼！」母親很震驚我居然叫她的名字，而不是稱她長者。但是鄔蒂瑪舉起一隻手。

「沒關係，」她微笑。「瑪麗亞，這是我從你子宮中接生出來的最後一個孩子。我就知道我們之間會有些特殊的東西。」

本來要咕噥著道歉的母親於是住了口。「就照您的意思，長者。」她點頭。

「安東尼，我是來這裡度過我人生最後的歲月的。」鄔蒂瑪對我說。

「你永遠不會死的，鄔蒂瑪，」我回答。「我會照顧你——」她放開我的手笑起來。然後父親說，「請進，長者，請進。我們家就是你的家。在太陽下站著講話實在太熱了——」

「是，是。」母親催促。我看著他們走進去。父親肩上扛著一個藍色的大鐵箱，後來我知道裡頭裝了鄔蒂瑪所有的身外之物，她穿戴的黑色洋裝跟披肩，還有她散發甜味的草藥的魔法。

鄔蒂瑪經過我身邊時，我第一次聞到總是縈繞在她身上的草藥的甜美芳香。許多年後，當鄔蒂瑪早已過世多年，我也已經長大成人後，我有時候還會在半夜醒來，覺得好像在夜晚的微風中聞到她的一絲芳香。

那隻貓頭鷹也跟著鄔蒂瑪到來。我在那天晚上，第一次聽到牠在鄔蒂瑪窗外的那棵杜松子樹上鳴叫。我知道那是她的貓頭鷹，因為亞諾其他的貓頭鷹不會這麼靠近房屋。一開始那聲音讓我有些害怕，黛柏拉跟德瑞莎也是。我透過隔間牆聽到她們低聲說話。我聽到黛柏拉安慰德瑞莎，說她會照顧她，然後她抱住德瑞莎，輕輕搖晃她，直到她們兩個都睡著。

我等著。我很確定爸爸會起床，用他放在廚房牆上的獵槍將貓頭鷹射下來。但是他沒有，因此我知道他了解了。我在許多傳說中聽過貓頭鷹是女巫會用的偽裝之一，所以牠們在夜晚的嗚嗚叫聲，會在我心裡撩動一根恐懼的弦。但是鄔蒂瑪的貓頭鷹不會。牠溫柔的嗚嗚聲就像一首歌，而歌聲的節奏安撫了月光照亮的山丘，引我們入睡。牠的歌聲彷彿在說牠是來照看我們的。

那晚我夢到了那隻貓頭鷹，夢的內容很好。瓜達魯沛的聖母是我們城市的守護聖人。這座城市就是以她命名。在夢裡，我看到鄔蒂瑪的貓頭鷹用寬闊的翅膀載起聖母，帶她飛向天國。然後貓頭鷹回來，載起所有未受洗而飄蕩在天國外的嬰孩，帶他們飛向天空的雲朵間。

聖母對貓頭鷹的善行微笑起來。

2

鄔蒂瑪自然而然地融入我們的日常生活中。她在頭一天就圍上她的圍裙，幫母親準備早餐。之後她還掃了地，然後幫忙母親用那台老洗衣機洗我們的衣服。她們把洗衣機拉到外頭的年輕榆樹下，比較陰涼的地方。彷彿她一直都住在這裡。母親很開心，因爲現在她有人可以說話，不必等到她在城裡的女性朋友在禮拜天走過那條沙土路，來家裡的客廳坐。

黛柏拉跟德瑞莎也很開心，因爲鄔蒂瑪做了許多她們平常得做的家事，讓她們有更多時間待在閣樓上，剪她們永無止盡的紙娃娃，幫它們穿衣服，取名字，還有最神奇的，讓它們說話。

父親也很滿意。現在他多了一個人可以訴說他的夢想。父親的夢想是希望兒子們都團聚到他身邊，然後一起遷徙到太陽西沉之地，加州的葡萄園去。但是戰爭帶走了他的三個兒子，讓他變得苦悶。他經常會在禮拜天下午喝醉，然後大聲嚷嚷著埋怨自己老了。他也會抱怨對岸的城鎮搾乾了一個男人的自由，他還會哭著詛咒戰爭，因爲戰爭毀了他的夢想。看到父親哭泣很讓人傷心，但是我了解，因爲有時候一個男人也需要哭泣，即使他是個男人。

我也很高興有鄔蒂瑪。我們會一起在亞諾跟河邊漫步，收集她做藥用的香草和根莖。她會教我植物跟花朵的名字、大樹跟灌木的名字，還有鳥兒跟動物的名字，但是最重要的是，我從她那裡學會白天和黑夜的時刻都有各自的美，也學會河邊和山丘裡都有各自的寧靜。她教我傾聽呻吟的土地的祕密，也學會在土地的四季循環中感到完整。我的靈魂在她仔細的引導下成長。

我一直害怕河流恐怖的靈，也就是河的靈魂，但是經由她，我明白了我的精神與萬物的精神相通。但我們因爲住處偏僻而保有的純眞卻不可能永久持續，城裡的事開始越過那座橋，進入我的生活。鄔蒂瑪的貓頭鷹發出警告，說我們山丘上的平靜日子即將結束。

那是禮拜六的夜晚。母親已經準備好我們禮拜天彌撒要穿的乾淨衣服，我們也都提早上床，因爲我們總是會去最早的彌撒。屋子裡很安靜，我正陷入某個夢境的迷霧中，卻聽到貓頭鷹發出警告的叫聲。我立刻起來，透過那小窗戶，看到一個黑暗的身影正瘋狂地跑向我們的屋子。

「瑪雷茲！」他大吼，「瑪雷茲！快，兄弟！」

我很害怕，但是我認得那個聲音。那是哈森的父親。

「等等！」我聽到父親喊。他手忙腳亂地點燃油燈。

「快呀，兄弟，快啊！」查維茲發出可憐的叫聲。「我哥哥被殺了——」

「我來了——」父親開了門，那個驚恐的男人衝進來。我聽到母親在廚房裡呻吟，「萬福無玷瑪利亞，我的兒子啊——」她沒有聽到查維茲的最後一句話，所以她以爲來人帶來了關於她兒子的壞消息。

「查維茲，怎麼回事？」父親抓住那顫抖的男人。

「我哥哥，我哥哥！」查維茲啜泣。「他殺了我哥哥！」

「你在說什麼，兄弟？」父親驚呼。他把查維茲拉進門廳，高舉起油燈。油燈的光映照出查維茲狂亂受驚的眼神。

「葛柏瑞！」母親喊道，走上前來，但父親將她往後推。他不想讓她看到那男人臉上恐怖的驚懼神情。

「不是我們的兒子，是城裡出了事——拿點水給他。」

「他殺了他，他殺了他——」查維茲重複。

「兄弟，冷靜下來，告訴我到底發生了什麼事！」父親搖晃著查維茲，他的啜泣於是稍微平靜。他接過那杯水，喝了下去，然後他終於能好好說話。

「雷納多剛傳來消息，說我哥哥死了。」他嘆氣，癱靠在牆上。查維茲的哥哥是鎮上的警長。如果不是父親支撐著他，他肯定會倒下來。

「我的天哪！是誰？怎麼會？」

「路比托！」查維茲喊道。他的臉上冒出青筋。他的左手臂第一次舉起來，於是我看到他拿著的獵槍。

「耶穌、瑪利亞與約瑟啊！」母親禱告。

父親呻吟了一聲，也靠在牆上。「啊，那個路比托，」他搖搖頭，「戰爭讓他瘋了——」

查維茲稍微恢復鎮定。「去拿你的獵槍，我們要去橋上——」

「橋上？」

「雷納多叫我們去那裡會合——那個瘋子王八蛋逃到河邊了——」

父親沉默地點頭。他走進房間，回來時拿著外套。他在廚房裡裝子彈時，查維茲敘述了所知道的經過。

「我哥哥才剛巡邏完，」他喘著氣說，「在巴士站的咖啡廳喝咖啡，根本沒想到會有任何事——然後那個混帳東西就走過來，完全沒有警告地，朝他的腦袋開槍——」他一邊重述經過，一邊身體顫抖著。

「或許你應該在這裡等，兄弟。」父親安撫地說。

「不！」查維茲大喊。「我一定要去。他是我哥哥！」

父親點頭。我看到他站在查維茲身邊，一隻手臂環抱著他的肩膀。現在他也拿著武器。我只有在秋天，我們宰殺豬隻時，看過他開槍。現在他們卻是全副武裝要去對付一個人。

「葛柏瑞，小心。」當父親跟查維茲走進黑暗中時，母親喊道。

「知道。」我聽到他回答，然後紗門碰一聲關上。「把門鎖好——」母親走到門邊，將門閂上。我們從來不鎖門，但是今晚空氣裡瀰漫著怪異與恐懼。

或許是這點讓我溜進黑夜裡，跟著父親和查維茲到橋邊，又或許是因爲我擔心父親。我不知道。我等到母親走進客廳，再穿好衣服溜下樓。我瞄向走廊盡頭，看到客廳流瀉出搖曳的燭光。除了禮拜天有客人來訪，或母親帶我們進客廳，爲我打仗的哥哥們唸《九日經》跟《玫瑰經》以外，從來沒有人會進那個房間。我知道她此刻正跪在她的祭壇前禱告。我知道她會一直禱告到父親回來爲止。

我從廚房門溜出去，溜進黑夜裡。夜晚很涼爽。我聞了一下空氣，裡頭帶了一點秋天的味道。我沿著山羊小徑跑，直到看到前頭兩個黑暗的身影。查維茲跟父親。

我們經過了黑暗的費歐家，然後是那棵高大的杜松子樹，山丘從這裡開始往下通到橋頭。即使從這麼遠的距離，我也可以聽到橋上的騷動。當我們接近橋時，我很怕被發現，因爲我沒有理由來這裡。父親一定會很生氣。因爲怕被發現，我切向右邊，躲進河邊黑暗的樹叢裡。我勉強穿過濃密的樹叢，直到來到河岸。從我站的地方，可以看到上方激動的人們把燈往下照，流瀉下來的一道道光束。可以聽到他們狂熱地吼叫著要怎麼做。我往左邊看，看到父親跟查維茲正跑向橋中央最忙亂的地方。

我的眼睛此刻已經適應了黑暗，但是一絲閃光讓我轉頭，望向就在幾呎外，河水拍打的一叢蘆葦。我眼前情景讓我血液頓時凝結。蹲伏在草叢中，半個身子浸在渾濁泥水裡的，就是路比托，那個剛殺了警長的人。那一抹閃光來自他手上拿的手槍。

突然看見他已經夠嚇人，而我在驚嚇中蹲下來時，必定還發出了一聲叫聲，因爲他轉頭，直視著我。就在同一刻，一道光找到了他，照亮了一張因瘋狂而扭曲的臉。我不知道他是否看到我，或者光切斷了他的視線，但是我看到了他苦澀歪曲的獰笑。只要我活著一天，我就永遠無法忘記那雙狂亂的眼睛，一頭野蠻困獸的眼睛。

在此同時，橋上有人大喊：「那邊！」然後所有光線都找到了那個蹲伏的身軀。他跳起來，我看到他，清楚得就像在白天。

「啊咿——！」他發出讓人血液凝結的尖叫聲，迴響在河谷裡。橋上的人不知道該怎麼辦。他們動也不動地站著，看著這個在空中揮舞手槍的瘋子。「啊咿——！」他再度喊叫。那叫聲充滿憤怒與痛苦，讓我的靈魂作嘔。一個飽受折磨男人的哭喊出現在神祕而祥和的，我的綠色河流上，而河流偉大的靈則在充滿陰影的深深角落旁觀，就像我蹲在河岸上旁觀。

「日本兵，日本兵！」他喊道，「我受傷了。救我——」他對橋上的人喊。河上升起的霧氣纏繞著聚光燈的光束。這像是一個恐怖的夢魘。

突然間，他跳起來，涉水朝我走來，一路濺起水花。燈光跟著他移動。他的身影越來越大，我聽到他的喘息，他的腳踢起的水花濺到我的臉上，我覺得他就要踩過我。然後，就跟他突然朝我的方向狂奔而來時一樣，他忽然同樣迅速地一轉，再度消失在河裡黑暗的蘆葦叢中。燈光掃向各處，但是他們找不到他。有些燈光掃過我，我驚恐地顫抖起來，害怕他們會發現我，甚至更嚴重的，會把我當成路比托而開槍射殺。

「那個瘋子王八蛋跑掉了！」橋上有人吼道。

「啊——！」那尖叫聲再度響起。那是我不了解的呼喊，而且我確定橋上的那些大人也不了解。他們追捕的這個人已經脫離了人所能理解的範圍。他已經變成一頭野獸，讓他們害怕。

「該死！」我聽到他們咒罵。然後一輛響著警笛，閃著紅燈的車子來到橋上。來的人是維傑，負責巡邏我們這個鎮的州警。

「查維茲死了！」我聽到他大吼。「他一點活命的機會也沒有。整個腦袋被炸開——」然後是一片沉默。

「我們得殺了他！」哈森的父親吼道。他的聲音充滿了憤怒、恨意，和不顧一切。

「我得先任命你們——」維傑開口。

「任命個鬼！」查維茲大吼。「他殺了我哥哥！他瘋了！」其他人以沉默表示同意。

「你們看到他了？」維傑問。

「我們剛剛看到他，但是後來又不見了——」

「他在下面。」有人補充。

「他是禽獸！我們該一槍斃了他！」查維茲大吼。

「對！」其他人紛紛同意。

「等等——」開口的是父親。我不知道他說了什麼，因為太多人在吼叫。這時我在黑暗的河流中找尋路比托的身影。我終於看到他。他大約離我四十呎，跟之前一樣蜷伏在蘆葦中。混濁的河水野蠻地在他周圍拍打奔流。之前夜晚的空氣只感覺涼爽，但現在已經變得寒冷，讓我全身戰慄起來。我一方面害怕得發抖，一方面卻想幫助這個可憐的人。但是我動彈不得，只能像被綁住的觀眾旁觀著。

「瑪雷茲說得對！」我聽到橋上傳來一個隆隆作響的聲音。在許多光線中，我可以看出那是納西索的身影。鎮上只有一個人有那麼龐大的身形，和那樣的聲音。我知道納西索也來自草原村的古老家族，他是父親的好朋友。他們經常在禮拜六一起喝酒，他還來過我們家一兩次。

「各位兄弟們，看在上帝份上！」他大喊。「讓我們像正常人該有的樣子。在下面的不是一頭野獸，而是一個人。路比托。你們都認識路比托。你們都知道是戰爭讓他生病了——」但是其他人並不想聽納西索的話。我猜是因爲他是鎮上有名的酒鬼，而且他們說他從來沒做過什麼有用的事。

「你回去喝你的酒，把事情交給男人處理吧。」其中一個人嘲弄他。

「他冷血地殺了警長。」另一個人補了一句。我知道警長很受人敬重。

「我現在並沒有喝酒，」納西索堅持，「是你們想殺人想昏了頭。你們失去了理智——」

「理智！」查維茲反駁。「他殺了我的哥哥，這有什麼理智可言？你們都知道，」他對著其他人說，「我哥哥從來沒傷害過任何人。今晚一頭禽獸就這樣偷襲他，結束了他的性命。你們說這有道理嗎？那頭禽獸應該被槍斃！」

「對！對！」其他人異口同聲地喊。

「至少讓我們跟他談一下。」納西索懇求。我知道要亞諾的男人求人是很難的。

「對，」維傑幫腔，「或許他會自己投降——」

「你以爲他會聽得進去嗎？」查維茲跳出來。「他就在下面，而且他還拿著殺了我哥哥的手槍！你下去跟他講啊！」我可以看到查維茲對著維傑的臉大吼，而維傑不發一語。查維茲大笑。「這是他唯一聽得懂的話——」他轉身，朝橋樑欄杆外開了一槍。他的槍怒吼了一聲，然後沿著河流呼嘯而去。我可以聽到子彈落到水裡的飛濺聲。

「等等！」納西索吼道。他抓住查維茲的獵槍，用一隻手將槍舉起。查維茲掙扎著反抗，但是納西索太高大強壯。「我來跟他說。」納西索說。他把查維茲往後推。「我了解你的痛苦，查維茲，」他說，「但是今晚不應該再有人被殺了——」其他人必定是被他的眞誠感動，因爲他們都往後退，等著。

納西索靠在水泥欄杆上，對著下面的黑暗呼喊。「嘿，路比托！是我啊，納西索。兄弟，是我，你的好夥伴。朋友，你聽我說，今晚發生了很糟的事，但是如果我們像個男人一樣好好面對，還是可以把事情解決的——讓我下去跟你說話，路比托。讓我幫你——」

我看著路比托。他剛剛一直看著橋上的動靜，但是此刻當納西索對他說話時，我看到他的頭垂到了胸前。他似乎在思考。我祈禱他會聽納西索的話，而橋上那些憤怒的人不會犯下殺人的滔天大罪。夜晚非常安靜。橋上的人等著答案。四周只有河水拍打的聲音。

「兄弟！」納西索大吼，「你知道我是你的朋友，我想幫你，兄弟——」他輕聲笑起來。「嘿，路比托，你記得才幾年前，你去打仗之前，你記得你第一次到『八號球』來小賭一把。你記得我跟你說胡恩‧博塔用一點點菸草的汁，在A牌上做了記號，結果他以為你很菜，你卻贏了他一大把！」他又笑起來。「戰爭以前的那些日子真愉快啊，路比托。現在這件事真的很糟，但是我們是朋友，我們會幫你——」

我看到路比托緊繃的身體抖動起來。一種低沉哀傷的哭喊從他的喉嚨深處撕裂開來，與河水拍打的聲響混在一起。他的頭緩緩搖著，我猜他必定在掙扎，是該投降，還是要亡命天涯。然後他突然像被壓緊的彈簧鬆開般，猛然跳起來，手槍垂直朝上。火光一閃，隨之響起手槍擊發的爆裂聲。但是他沒有瞄準納西索，或橋上的任何人！聚光燈找到了他。

「這就是你要的答案！」查維茲大吼。

「他開槍了！他開槍了！」另一個聲音吼道。「他瘋了！」

路比托的手槍再度擊發。他仍舊沒有瞄準橋上的人。他開槍是要引他們開火！

「開槍！開槍！」橋上有人大喊。

「不，不。」我咬緊嘴唇低聲說。但是已經太遲了。驚恐的人們紛紛將獵槍瞄準橋的外面。一聲槍聲響起，接著是一連串的砲火，像一座大砲發出怒吼，也像是夏日暴風雨的隆隆雷聲。

許多發子彈找到了它們的目標。我看到路比托被子彈彈起，腳脫離了地面，身體往後拋出。但是他爬了起來，吼叫著，一跛一跛地跑向我趴著的河岸。

「賜福給我——」我好像聽到他喊，第二輪來自橋上的槍聲響起，但是這一次它們聽起來像是翅膀紛紛拍打的聲響，像鴿子紛亂雜沓地降落在教堂屋頂的鳥窩。他往前跌落，然後爬著，爬著，爬出了河流的聖水，來到我面前的河岸上。我想伸出手去幫他，但是我被凍結在恐懼中。他抬頭看著我，他的臉遍佈著河水和漫流熱燙的血，但是當他頹然倒在河岸的沙地中時，卻是如此黑暗又安詳。他的喉嚨發出一聲怪異的咕嚕聲，然後就無聲無息了。橋上響起一聲巨大的吼聲。人們開始跑向橋的尾端，要下來河邊，收拾這個人，而他死去的雙手正陷進我面前柔軟潮溼的泥土裡。

我轉身開始跑。我奔向安全的家，一路上河流黑暗的陰影將我籠罩。樹枝掃過我的臉，劃出許多傷口。藤蔓跟樹幹卡住我的腳，將我絆倒。我奮不顧身地往前衝，驚擾了許多睡夢中的鳥兒，牠們尖銳的叫聲和拍打的翅膀打在我的臉上。對我而言，黑暗的恐怖從來沒有像那天晚上那麼徹底。

從聽到第一聲槍聲，我就開始禱告，一直到我到家之前，都沒有停下來過。《悔罪經》在我腦海裡一次又一次地反覆。我還沒有去上教義問答課，我也還沒有接受第一次聖餐禮，但是母親已經教過我《悔罪經》。這是每個人在跟神父告解後要說的禱告辭，也是一個人死前要說的最後禱告。

上帝在聽嗎？祂會聽到嗎？祂有看到父親在橋上嗎？還有路比托的靈魂飛到哪裡去了？還是被河水沖到肥沃的河谷裡，到舅舅的農地裡去了？

如果是神父，就可能拯救路比托。喔，爲什麼母親夢想我成爲神父！我怎麼可能洗掉河流裡甜美的河水沾上的血！我想我就在那時開始哭泣，因爲當我離開河邊的樹叢，往山丘上走時，我第一次聽到了自己的啜泣聲。

也就在那時候，我聽到了貓頭鷹的叫聲。在我的喘息與哭泣當中，我停了下來，聆聽牠的歌聲。我的心臟狂跳，我的肺隱隱作痛，但是當我聽到鄔蒂瑪的貓頭鷹嗚嗚啼叫時，一種平靜的感覺逐漸籠罩了月光照亮的夜晚。我靜靜站了好久。我明白了那貓頭鷹整晚都在我身邊。牠從頭到尾目睹了橋上發生的事。突然間，那佔據我的，對恐怖黑暗的恐懼消失了。

我望向父親跟哥哥們在散佈著杜松子樹的山丘上蓋的房子。它在藍色的夜晚裡寧靜又安詳。天空中閃耀著數百萬顆星星，和聖母的彎月，母親家族的月亮，魯納家的月亮。母親一定正為路比托的靈魂禱告。

貓頭鷹再度發出叫聲；我沐浴在鄔蒂瑪堅強的心靈裡。我轉身，看著河的對岸。城裡亮著一些燈火。在月光下，我可以看出教堂的鐘塔、校舍的屋頂，還有城裡閃閃發亮的水塔外的那條路。我聽到警笛低沉的嗚叫聲，我知道那些人必定正把路比托拉出河裡。

褐色的河水將被血污染，永遠永遠永遠……

到了秋天，我就得去城裡上學，而再過幾年，我就得去教堂上教義問答課。我戰慄起來。我的身體開始感受到被河水鞭打的痛。但是更讓我痛苦的，是我第一次親眼目睹了一個人的死亡。

父親不喜歡城裡，也不喜歡那裡的作風。我們剛從草原村搬過來時，曾經在城裡租了一間房子。但是每天傍晚下班後，他都會望向河對岸那些貧瘠空蕩的山丘，最後他終於買下了幾畝地，開始建造我們的房子。大家都跟他說他瘋了，那都是岩石的荒野養不活任何東西的，而母親更是氣惱。她希望買在河邊的肥沃土地，又有河水可以餵養植物跟牲口。但是父親贏了這場仗，堅持要靠近他的亞諾，因爲我們所在的山丘確實就是亞諾的開端。亞諾從這裡開始，延伸到我們肉眼能見的最遠方，到草原村和更遠的地方。

鎮上的人殺了路比托，但是路比托也殺了警長。他們說戰爭讓他發了瘋。我爲路比托禱告，又同時爲我哥哥們禱告。太多不同的思緒飛快閃過我的腦海，讓我覺得頭暈，而且非常虛弱想吐。我跑完最後一段路，悄悄溜進屋子裡。我在黑暗中摸索樓梯的欄杆，而感覺到一隻溫暖的手握住我的手。我嚇了一跳，抬起頭來，看到鄔蒂瑪遍佈皺紋的棕色的臉。

「你知道！」我低聲說。我知道她不想讓我媽媽聽見。

「是。」她回答。

「那貓頭鷹——」我倒吸了口氣。我的腦袋搜尋著答案，但我的身體如此疲累，我膝蓋一軟，往前癱了下去。鄔蒂瑪儘管瘦小，卻有力氣將我抱起來，抱進她的房間。她把我放在她床上，然後就著一支小蠟燭搖曳的燭火，將她的一種草藥放入一只錫杯裡調好，放在火焰上溫熱，餵給我喝。

「他們殺了路比托。」我將藥汁大口喝下，一邊說。

「我知道。」她點頭。她又準備了一帖新的藥，用來擦洗我臉上跟腳上的傷口。

「他會下地獄嗎？」我問。

「那不是我們能決定的，安東尼。戰爭的病沒有從他心裡除去，他不知道自己在做什麼

——」

「橋上那些人，還有我爸爸！」

「人總有不得已的時候，」她回答。她坐在床上，我的身邊。她的聲音令人安心，而她給我喝的藥也讓我昏昏欲睡。我身體裡令人害怕的狂亂興奮開始消退。

「大人的行爲確實很怪異，很難了解。」我聽到她說。

「我會學會那樣嗎？」我問。我感覺眼皮好沉重。

「你會學到很多，也會看懂很多。」我聽到她遙遠的聲音。我感覺一條毯子蓋住我。我在那溫暖甜美的房間裡覺得很安全。那隻貓頭鷹在外頭對著夜晚唱著黑暗的疑問，於是我睡著了。

但即使在深沉的睡夢中，還是有夢來找我。在夢中，我看到我的三個哥哥。我看到的他們，就像他們離家去打仗前的樣子，那似乎是好久以前了。他們站在我們在城裡租的房子旁，望著河對岸，亞諾的山丘。

爸爸說這城鎮偷走了我們的自由。他說我們必須在河的對岸建造一座城堡，在那孤寂的仿聲鳥山丘上。我想首先開口的是里奧，他是最年長的，而他的聲音總有種哀傷的口氣。但是在夢中的濃霧裡，我無法確定。

自從我們來到城裡，他的心就變得很沉重，第二個身影說。他的祖先，瑪雷茲家族，是海的子民，他們是不受羈絆的征服者。

說這句話的是安德魯！是安德魯沒錯！我很確定，因為他的聲音粗厚沙啞，就像他的身體粗壯強健。

爸爸說，野馬的自由血液就流在瑪雷茲家族的身體裡，而他的目光也始終朝向西方。他的祖先是牛仔，所以他期望我們都是亞諾之子。我很確定這第三個聲音屬於尤金。

我好想碰觸他們。我好渴望他們的陪伴。但是我卻開口說話。

我聽到自己說，我們必須團聚到父親身邊。他的夢想是騎著馬往西邊去，尋找新的冒險。他建造著往西延伸到日落之處的公路，我們必須與他一同走上那條路。

我的哥哥們皺起眉頭。你是魯納家的人，他們異口同聲地說，你將成為媽媽希望的農夫及神父！鴿子來到河中平靜的小池喝水，牠們的叫聲在我黑暗的夢中聽來如此哀傷。

我的哥哥們大笑。東尼，你還不過是個孩子，你是我們母親的夢想。你留下來聽著鴿子的咕咕叫聲入睡吧，我們則要越過寬闊的鯉魚河，去山丘上建造起我們父親的城堡。

我也得去！我對那三個的身影大喊。我得盛起那渾濁的河水，賜福給我們的新家！

一個孤單女神痛苦的哭喊沿著河流充滿整座河谷。那縈繞不去的哀號讓人們的血液凝結。

那是尤羅娜，我的哥哥們恐懼地喊道，是那個老巫婆在河邊哭泣，要找男孩跟男人，喝他們的血！

尤羅娜要安東尼的靈魂……

那是路比托的靈魂，他們驚恐地大喊，他註定要在夜晚漂蕩在河上，因為河水沖走了他的靈魂！

路比托要他的賜福……

都不是！我大喊。我把神父的僧袍一把拔到肩上，將雙手舉向天空。當我開口時，霧氣在我周圍旋轉，火花在我身邊飛揚。那是河的靈！

救救我們，我的哥哥們大喊，因我的話而畏縮。

我對河的靈說話，於是祂容許我的哥哥們帶著工匠的工具越過河流，去山丘上建造我們的城堡。

在我們身後，我聽到母親呻吟哭泣，因為隨著太陽的每一次起落，她的兒子不斷長大成人……

3

破曉了，在我夢中，那三個身影在長滿杜松子樹、王蘭跟牧豆樹的山丘上建造的屋子裡，青春的時光已經消逝。我感覺到太陽從東方升起，聽到它的光輕輕爆裂呻吟，融入山丘上仿聲鳥的歌聲中。我睜開眼睛，一道道燦爛的光束穿透我房間沾著灰塵的窗戶，照亮了我的臉。

太陽很好。亞諾的人屬於太陽。河谷農地的人屬於月亮。但是我們全都是白色的太陽的子民。

我嘴裡有種苦苦的味道。我想起從河邊嚇得狂奔回來之後，鄔蒂瑪給我喝的藥汁。我看看自己的手臂，摸摸自己的臉。我以前也被樹枝割傷過，我知道第二天傷口處會有紅色乾掉的血跡，一條條刮痕也會很痛。但是昨晚的割傷卻只在我的皮膚上留下粉紅色的細痕，也不覺得疼痛。鄔蒂瑪的藥有種奇特的力量。

路比托的靈魂會在哪裡？他殺了警長，所以他死掉的時候，靈魂上沾染了不可饒恕的大罪。所以他會下地獄？又或許上帝會原諒他，恩准他進入煉獄，那些沒有得救，但也沒被打入地獄的人孤獨絕望的棲息之地？但是上帝並不原諒任何人。又或許，就像那個夢說的，河水帶走了他的靈魂？所以當河水滲進土地時，路比托的靈魂就會滋潤舅舅的果園，而那些鮮紅色的蘋果會……又或許他將註定永遠在河底漂蕩，渾身血淋淋地陪在尤羅娜身邊……那麼以後我單獨一個人走在河邊時，一定得不斷回頭，害怕瞥見一個身影——路比托的靈魂，或是尤羅娜，或是河的靈。

我往後躺下來，看著那靜靜的光束在我掀起的灰塵微粒中映照出各種色彩。我很愛看每個全新早晨的陽光照進房間裡，那讓我覺得自己清爽乾淨，煥然一新。每天早上醒來時，我似乎都覺得有新的經驗與夢境奇異地融入我的身體裡。今天融入我體內的，是昨晚在橋邊發生的一切活生生的影像。我想到為了哥哥的死怒火中燒，要求血債血償的查維茲。我想到獨自一人站在橋上，面對許多黑暗身影的納西索。我也想到父親，不曉得他是否也對路比托開了槍。現在橋上的那些人一輩子都要背負著靈魂上的大罪，地獄是他們唯一的報償。

我聽到母親在廚房裡的腳步聲。我聽到鍋碗瓢盤的鏗鏘響聲，知道她正在點燃昨晚埋起的灰燼。

「葛柏瑞！」她喊。她總是最先叫父親。「起床了。今天是禮拜天。」然後她喃喃自語，「哎，昨晚發生了這樣邪惡的事——」

禮拜天早上我總是待在床上，聽著他們爭執。他們每個禮拜天早上都會吵架。這有兩個原因：第一個原因是父親在禮拜六只去公路工作半天，所以他下午都跟朋友在鎮上的長角酒吧喝酒。如果他喝了太多，回來的時候就會變成一個滿腹怨恨的人，看誰都不順眼。他會咒罵鎮上的男人軟弱無能，不懂亞諾的男人必須擁有的自由，他也咒罵戰爭帶走了他的兒子。如果他當天怒氣特別大，他還會咒罵母親，因爲她是農夫的女兒，是她害他被拴在同一塊土地上。

另外一個原因則是宗教。父親其實不太相信宗教。當他喝醉的時候，會說神父是「娘兒們」，嘲笑他們穿著長裙子。我曾聽過一個我本來不該聽到的故事，說父親的父親在很久以前，曾經因爲一個神父在講道時斥責我的瑪雷茲爺爺做的某件事，而把他從教堂裡拖出來，當街痛揍一頓。所以父親對神職人員沒什麼好感。母親說瑪雷茲家族專出一些宗教思想自由的人，這對她而言都是褻瀆上帝，但父親只是哈哈大笑。

此外還有一個私下流傳的怪異的謎，是關於來到港口村的第一個神父。當初的移民會在這裡落腳開墾，是因爲墨西哥政府給予他們這塊土地，而帶領這個殖民區的領導人是一個神父，也是魯納家的人。所以母親才會夢想我能成爲一個神父，因爲魯納家已經很多年沒有出過神父了。母親是個虔誠的天主教徒，她說靈魂的救贖必定來自聖母教會，她也說如果大家都在土地上扎根，全世界就能得救了。她堅定地相信，由神父領導的務農的聚落才是對的生活方式。

爲什麼像我父母這樣完全相反的人會結婚，我並不知道。他們的家族血液和他們的生活方式讓他們相持不下，但儘管如此，我們還是很幸福。

「黛柏拉！」她喊道。「起床了。叫德瑞莎洗好臉，穿好衣服！唉，昨晚眞是太可怕了——」我聽到她喃喃唸著禱告辭。

「我的天。」我聽到父親發著牢騷，一邊走進廚房。

太陽從山丘背後升起，父親跟母親在廚房裡的聲音，鄔蒂瑪在房間裡緩慢移動，爲新的一天點燃薰香，還有我的姊姊們跑過我的房門口，這一切都跟往常一樣，這感覺很好。

「安東尼！」母親就在我預期她會開口時叫我，於是我從床上一躍而起。但是今天我醒來時，卻有了新的認知。

「我們今天不吃早餐，」母親說，我們圍攏在她旁邊，「今天我們要去領聖餐。有些人的行爲有如禽獸，我們必須祈禱，讓他們看見上帝的光。」然後她對我的姊姊們說：「今天你們要把一半的聖餐獻給你們的哥哥，祈求上帝讓他們平安返家，另外一半——則要爲昨晚發生的事祈禱。」

「昨晚發生了什麼事？」黛柏拉問。她總是這樣。我顫抖起來，不曉得她昨晚是否聽到我跑出去的聲音，以及她是不是會告我的狀。

「你不用管，」母親敷衍地說，「反正爲離開的靈魂祈禱就是了——」

黛柏拉點頭，但是我知道她會在教堂裡到處探問，而得知警長跟路比托被殺害的事。在現場目睹一切的我就站在她身邊，她卻得去問別人發生了什麼事，這感覺實在很奇怪。即使到現在，我都很難相信我當時在現場。那會是一場夢嗎？或者是一場夢裡的夢，就像我經常有的，感覺如此眞實的那種夢？

我感覺一隻柔軟的手放在我頭上，回過頭，看到鄔蒂瑪。她往下看著我，她眼睛裡清澈明亮的力量讓我像中了魔法動也不動。

「你今天早上感覺還好嗎，安東尼？」她問，我說不出話來，只能點點頭。

「早安，長者。」母親對她問安。我父親坐在爐火旁他專屬的大椅子上喝著咖啡，也對她問安。

「安東尼，你的禮貌呢？」母親催促我。我還沒有好好跟鄔蒂瑪問安。

「啊，瑪麗亞．魯納，」鄔蒂瑪插嘴，「你就別管安東尼了。昨晚對很多人而言都不好過。」她口氣神祕地說，然後走到爐子旁，讓父親幫她倒了些咖啡。在我認識的人當中，只有父親跟鄔蒂瑪不在意在聖餐前打破禁食誡律。

「對大人確實是，」母親肯定，「但是我的東尼還只是小孩子，小寶寶。」她雙手放在我肩上，把我抱住。

「是，但是小孩子都會長成大人。」鄔蒂瑪說，一邊啜飲著那黑色熱燙的咖啡。

「哎，確實是，」母親說著，緊緊摟住我，「小孩子要長成大人眞是一種原罪——」

所以長大成爲一個男人是一種原罪。

「那不是什麼罪，」父親開口，「只是生活中必然的事實。」

「啊，但是生活摧毀了上帝賦予的純潔——」

「生活不會摧毀什麼，」父親同時也爲了得上教堂聽講道而感到煩躁，「而是會累積建造起一切事物。他看到的，做過的每一件事都會讓他成爲一個男人——」

我看到路比托被謀殺。我看到那些男人——

「啊，」母親喊道，「如果他可以成爲神父就好了。他就會獲得救贖，他會永遠跟神在一起。喔，葛柏瑞，」她容光煥發，充滿喜悅，「你想想看，我們家裡如果出了一個神父，會是多大的榮耀——或許我們今天應該去跟貝恩斯神父談這件事——」

「你清醒點！」父親站起來。「這孩子連教義問答都還沒通過。而且時機是不是到了，不是由神父決定的，要讓東尼自己決定！」他大步走過我旁邊。他衣服上有火藥的味道。

有人說惡魔有硫磺的氣味。

「確實是。」鄔蒂瑪補充說。母親看看他們，然後看著我。她的眼神很哀傷。

「去餵牲口吧，安東尼，」她推我出門，「彌撒時間就快到了——」

我跑出去，感覺到空氣中早秋第一波的寒冷。很快我們就要去舅舅家幫忙收成了。很快我也要開始上學了。我望向河的對岸。小鎮似乎還在沉睡中。薄薄的霧氣從河面上浮起，模糊了鎮上的樹木跟建築，也遮住了教堂的鐘塔跟校舍的屋頂。

教堂的鐘聲已經響起……

我不想再想昨晚看到的事。我把新鮮的紫花苜蓿丟進兔子圍欄裡，幫牠們換了水。我打開牛棚的圍欄，母牛就興奮地跑出來，急著要吃新鮮的草。今天牠要到傍晚才會被擠奶，這會讓牠很開心。牠跑向公路那邊，我很高興牠沒有朝河邊去，那裡的草染上了——

我們都要為路比托流的血祈禱，
願神赦免他的懲罰，讓他安息……

我不敢再繼續想下去。我看到火車軌道閃閃發亮，眼神便停留在上頭。如果我順著軌道走，就會到達草原村，我出生的地方。有一天我會回去看看那個火車停下來裝水的小村莊，那裡的草像海浪一般又高又綠，那裡的男人騎在馬上，在嬰兒出生時、在婚禮上、舞會上、喪禮上都會大哭大笑。

「安東尼！安東尼——！」我以為那是我夢裡的聲音，嚇得跳了起來，但那是母親在叫我。大家都準備好去彌撒了。母親跟鄔蒂瑪都穿一身黑色，因為鎮上好多女人都因為戰爭失去了兒子或丈夫，而在服喪中。在禮拜天看到一列列全身黑衣的女人魚貫走進教堂，實在很令人難過。

「哎，眞是可怕的一晚。」父親抱怨。今天在瓜達魯沛鎮上，將有兩個家庭哀悼死去的家人，遠方的跟日本人和德國人的戰爭間接地來到了這裡，奪走了新墨西哥州的兩條人命。

「過來，安東尼。」母親斥責道。她把我的深色頭髮弄溼，梳理整齊。儘管她穿著一身深色衣服，但她聞起來很香甜，而在她身邊也讓我覺得好過些。眞希望能永遠在她身邊，但那是不可能的。戰爭帶走了我的哥哥們，學校也同樣會把我帶走。

「我們好了，媽媽。」黛柏拉喊著。她說學校老師只准他們說英文。我不知道我到時候有沒有辦法跟老師說話。

「葛柏瑞。」母親喊。

「好了，好了。」父親咕噥。我不曉得昨晚的罪讓他的靈魂多沉重。

母親用眼神對她的一家子快速掃描一遍，然後帶頭走上山羊小徑。我們把從家裡通到橋的這條路叫做山羊小徑，是因爲每次我們跑出去迎接父親下班回來時，他總是說我們像一群山羊。我們看起來一定像一支奇怪的隊伍，我媽媽以她快速驕傲的步伐走在最前頭，黛柏拉跟德瑞沙在她周圍蹦蹦跳跳，父親在後頭咕噥著，拖著腳步，最後面則是鄔蒂瑪跟我。

「那個女人從來沒有犯過罪……」有些人會這樣竊竊私語地議論鄔蒂瑪。

「巫醫。」他們會緊張地互瞄一眼。

「巫師，女巫。」我還有一次聽到這句話。

「你爲什麼這麼心事重重，安東尼？」鄔蒂瑪問。平常我都會撿石頭，準備拿來打路上碰到的野兔子，但是今天我的思緒讓我的靈魂罩上了一層壽衣。

「我在想路比托，」我說。「我爸爸也在橋上。」我補充說。

「是這樣啊。」她只簡單說。

「但是，郞蒂瑪，他怎麼能去領聖餐？他怎麼能把神放入嘴裡，呑下去？神會原諒他的罪，跟他同在嗎？」郞蒂瑪很久都沒有回答。

「亞諾的男人，」她說，「如果不是有正當的理由，是絕不會結束另一個亞諾人的性命的。而且我也不認為你父親昨天晚上有對路比托開槍。更重要的是，孩子，永遠都不要判定神會原諒誰，不會原諒誰——」

我們並肩走著，我想著她說的話。我知道她說得對。「郞蒂瑪，」我問，「你昨天晚上給我喝下去，讓我睡著的是什麼東西？是你把我抱到我房間去的嗎？」

她笑起來。「我開始明白為什麼你媽媽說你是審訊官了。」她說。

「可是我想知道啊，有好多事情我都想知道。」我堅持說。

「巫醫可不能隨便洩露她的祕密。」她說。「但是一個人如果眞的想知道，永遠可以注意聽，注意看，保持耐心。知識總是來得很慢——」

我繼續往前走，想著她說的話。我們來到橋頭時，母親催促著女孩子快快通過，但父親停下來，望著欄杆外頭。我也跟著看。發生在那下面的事就像一場夢，如此遙遠。鯉魚河的棕色河水蜿蜒往南，流向舅舅的果園。

我們穿過橋，往右轉。這邊的泥土路沿著河流旁的高聳峭壁往前，曲折穿過圍繞著教堂的一群房屋，然後繼續沿著河往前到達港口村。我們左手邊開始出現城裡的民房和建築。所有房子彷彿都朝向城裡的大街，除了一棟以外。這棟龐大而雜亂蔓延的灰泥牆房子外頭有一圈柵欄，圍住一片雜草叢生的院子，並獨自遠離大街，棲息在一片岩棚上，下方是筆直下降五十尺到河谷的峭壁。

很久以前，這棟房子曾屬於一個很受敬重的家族，但是自從河水開始切鑿下方的岩壁後，他們就搬進了鎮上。現在這棟房子屬於一個名叫蘿絲的女人。我知道蘿絲很邪惡，但不是巫婆的那種邪惡，而是別種邪惡。有一次牧師曾經用西班牙文在講道時譴責那些住在蘿絲屋子裡的女人，所以我知道她的地方很不好。而且母親也告誡我們要在經過那棟房子時低下頭。

教堂的鐘聲開始響起，鐘就像只有一顆牙的女人，召喚著所有人。鐘聲叫喚著大家去聽六點鐘的彌撒。

但是，不，今天這鐘聲不只是在告訴我們，彌撒再過五分鐘就要開始了，今天它也在敲著路比托的喪鐘。

「唉！」我聽到母親嘆氣，看到她在額頭上畫了個十字。

教堂的鐘聲已經響起……

教堂鐘聲敲著，聚攏了身穿黑衣，孤獨虔誠的女人們，來爲她們的男人祈禱。

生者與死者都靠攏來，

在這裡，我們都同在……

教堂在泥土路上矗立，巨大的棕色花崗石塊高聳向天空，承載著鐘塔與耶穌的十字架。這是我所看過最大的建築。此刻許多人像螞蟻般聚集在它的門口，議論轉述著昨晚發生的事。父親走去跟男人說話，母親跟鄔蒂瑪則站在一旁，跟女人們在一起，客氣地招呼問候。我繞到教堂的旁邊，我知道鎮上的男孩子都會聚在那裡，直到彌撒開始。

其中大部分孩子都比我年長。他們都已經念二年級或三年級。我知道他們大多數人的名字，不是因爲我跟他們說過話，而是因爲我經常在禮拜天從旁觀察他們，而知道他們是誰，也大略知道他們每個人的特色。我知道等我秋天去上學之後，就會跟他們很熟了。我只是覺得難過，因爲他們會比我超前一年，但我已經覺得跟他們很親近了。

「我老爸親眼看到路比托幹的！」厄尼用大拇指對著亞柏的臉。我知道厄尼喜歡吹牛。

「狗屁！」馬臉大喊。他們叫他馬臉，是因爲他的臉長得很像馬，而且他總是重重地跺地。

「幹！那個王八蛋根本毫無機會！砰砰砰！」骨頭發出手槍般的爆炸聲。他抓住自己的頭頂，重重摔在泥土路上。他的眼睛瘋狂地亂轉。骨頭比馬臉還要瘋狂。

「我今天早上有去河邊，」森謬輕聲說。「沙子上有血跡——」沒有人聽到他說話。我知道他住在河對岸，跟我一樣，但是他住在河上游，就在鐵路陸橋過去有幾棟房子的地方。

「我們來比賽！我們來比賽！」維他命小子的腳焦躁地耙著地面。我從來不知道他的眞名，所有人都只叫他維他命小子，連學校的老師也這麼叫。他很能跑，喔，他真的很能跑！即使是卯足全力的骨頭或疾馳飛奔的馬臉都不可能跑得過像風一樣的維他命小子。

「狗屁！」馬臉清了清喉嚨，飛出一口痰。然後佛羅倫斯也清清喉嚨，吐出濃濃一團，比馬臉至少遠了五尺。

「喝。他打敗你了，他打敗你了。」亞柏大笑。亞柏很矮小，甚至比我還矮小，而他絕對不該嘲笑馬臉的。如果說馬臉特別愛什麼，那就是跟人摔角。他伸展長長的手臂，趁亞柏來不及逃跑時一把抓住他，輕鬆地將他拋上天空。亞柏重重摔在地面上。

「混蛋。」他哀嗚。

「他打敗我了嗎？」馬臉居高臨下地站在亞柏旁邊。

「沒有。」亞柏喊道。他慢慢站起來，假裝跛了一隻腳，然後一走出馬臉抓得到的範圍之外，就大叫：「他打敗你了，你這窩囊廢，他打敗你了！耶耶耶！」

「事情發生的時候，我老爸就在咖啡廳裡。」厄尼繼續說。厄尼總是想成為大家注目的焦點。「他說路比托就這樣很慢很慢地走進來，直接走到警長背後。警長那時候正對著一片櫻桃派要咬下去，然後路比托就拿一把槍抵住警長的頭後面——」

「狗屁！」馬臉大聲嘶吼。「嘿，佛羅倫斯，看你這次還能贏我嗎！」然後他再度清喉嚨吐出一口痰。

「不了。」佛羅倫斯咧嘴笑道。他又高又瘦，金色的卷髮留到肩膀。我從來沒有看過像他這樣的人，皮膚這麼白，卻說西班牙文。他讓我想起聖母圖畫裡，圍繞在她腳邊的有翅膀的金色天使。

「櫻桃派？哈哈哈哈哈！」

「——結果整個地方到處都是腦漿跟血。桌子上、地板上，甚至是天花板上。他倒下來的時候，眼睛還睜開著，而且他還沒碰到地面，路比托已經走出門口了——」

「狗屁。」「騙人。」「幹！」

「他會下地獄。」洛伊用他像女孩子的聲音說。「他做了這種事，肯定會下地獄。」

「亞洛斯的人全部都會下地獄。」佛羅倫斯大笑。他們把鐵軌對面那邊的地區叫做亞洛斯，而馬臉、骨頭、亞柏，跟佛羅倫斯都是亞洛斯人。

「你才會下地獄，佛羅倫斯，因爲你不信上帝！」馬臉吼叫。

「亞洛斯的人都很勇猛！」骨頭吸哩呼嚕地說。他用手擦了擦鼻子，一條綠色的鼻涕就掛在那裡。

「該死。」「幹。」

「來啊，佛羅倫斯，我們來摔角。」馬臉說。他還在爲吐痰比賽生氣。

「你們不可以在彌撒前摔角，這是犯罪。」洛伊插嘴。

「狗屁。」馬臉說，然後轉身要撲向洛伊，但就在這時他第一次看到我。他看了我好一會，然後叫我。「嘿，小鬼，過來。」

我走向馬臉時，他們都饒富興趣地看著我。我不想跟馬臉摔角，他比我壯，也比我高大。但是父親經常說亞諾草原的男人面對戰鬥時不可以逃跑。

「那是誰？」「不知道。」「幹。」

馬臉伸手要來抓我的脖子，但我很清楚他最喜歡用的伎倆，因此我蹲下來閃避。我蹲得很低，然後去抓他的左腿。我用力一拉，就讓馬臉摔個四腳朝天。

「哇賽！」「好屌！」「你看到了嗎？那小子把馬臉摔翻了！」所有人都對摔得一身土的馬臉哈哈大笑。

他緩緩爬起來，燃燒著怒火的眼睛始終緊盯著我。他拍了拍褲子的臀部，走向我。我鼓足勇氣，站穩腳步。我知道我肯定會被痛揍一頓。馬臉很慢地走近我，直到他的臉跟我的臉貼得很近。他深色瘋狂的眼睛讓我像被催眠似地動也不動，我彷彿可以聽到一匹馬在準備弓起背時，身體深處發出的聲音。口水在他嘴巴周圍冒出，一絲絲口水流下來，像蜘蛛絲在陽光下閃閃發亮。他用力咬咬牙齒，我可以聞到他難聞的口臭。

我以爲馬臉會仰起上身，耙抓地面，把我狠狠踩到地上，而我猜其他小孩也這麼想，因爲他們都非常安靜。但是馬臉沒有攻擊我，反而發出一聲驚人而瘋狂的吼叫聲，讓我嚇得倒退好幾步。

「哇！」他像馬一樣嘶鳴。「這矮冬瓜居然把我摔倒了，把我摔在地上？」他大笑。「小鬼，你叫什麼名字？」

其他小孩的呼吸放鬆了一些。馬臉不打算殺人了。

「安東尼·瑪雷茲，」我回答，「安東尼·胡安·瑪雷茲，跟魯納，」我補充說，表示對母親的尊敬。

「該死。」「幹。」

「嘿，你是安德魯的弟弟？」馬臉問。我點頭。「好吧，手伸出來——」我搖頭。我知道馬臉抗拒不了把任何一個對他伸出手的人摔到地上。那是他的天性。

「眞聰明的小鬼。」骨頭大笑。

「閉嘴！」馬臉狠狠地瞪了他一眼。「好吧，小鬼，我是說，安東尼，你是個聰明的傢伙。上次有人把我摔到地上，是個五年級生，你聽好——」

「我不是有意的。」我說。大家都笑起來。

「我知道你不是，」馬臉微笑，「而且你也很聰明，知道最好別跟人打架。所以我這次就放過你，但是你別以爲還會有下一次，聽懂了嗎？」這段話不只是說給我聽，也是說給這一夥人聽，因爲我們全都點頭。

他們全都圍到我旁邊來，問我住在哪裡，什麼時候上學。雖然他們有時候會說髒話，但他們都是好朋友，我就在那天成了他們的同夥。

然後剛剛在對著教堂牆壁小便的亞柏大叫說彌撒開始了，於是我們全都衝進去，搶教堂最後面的最佳位子。

4

在夏季的最後幾天，空氣中會充滿著秋天成熟的氣味，時間會變得安靜而沉著。我充分享受著這段時間，彷彿察覺一個新的世界正在對我開啓並成形。在早晨，天氣還沒有變得太熱之前，我會跟鄔蒂瑪漫步到亞諾的山丘裡，去採她用來做藥的野生香草和樹根。我們在荒原裡遊蕩，沿著河流上上下下。我帶著一把小鏟子用來挖土，她則帶著一個麻袋，用來裝我們的神奇收穫。

「啊！」她看到她需要的植物或樹根時，就會驚叫一聲，「我們今天眞是太幸運了，居然可以找到安神草！」

然後她會領著我來到她貓頭鷹般銳利的眼睛找到的植物前，叫我仔細觀察這植物生長的地方，以及它的葉片的長相。「你摸摸看。」她會說。那葉片很光滑，呈現淡綠色。

對鄔蒂瑪而言，連植物也有靈魂，因此在我挖出植物前，她都會叫我對植物說話，告訴它爲什麼我們要拔出它，讓它離開在泥土裡的家。「長在河邊潮溼小溪谷的你啊，我們帶走你，是爲了做成好的藥。」鄔蒂瑪輕柔地唸誦，我也不由自主地跟著覆誦。然後我會謹慎地挖出那株植物，小心不讓鏟子的鐵片碰到那柔軟的根。在我們收集的所有植物中，就屬安神草擁有最神奇的力量。它可以治療燒傷、發炎、痔瘡、小嬰兒的腹絞痛、出血性下痢，甚至是風溼。我很久以前就知道這種植物，因爲絕對不是巫醫的母親也經常用這種植物。

鄔蒂瑪會用她輕柔的手小心地把植物拔起來，然後仔細觀察。她會捏一小撮，摸摸它的質地，然後放入綁在她腰帶的，一個小小的黑色袋子裡。她告訴我，那袋子裡乾燥的東西包括了她從多年前開始接受巫醫的訓練起，所採集過的所有植物。

「很久以前，」她會微笑著說，「那時候你還只是個夢，那時候火車還沒來到草原村，魯納家族還沒來到他們的河谷，偉大的探險家科羅納多[4]也還沒有造橋——」然後她的聲音會逐漸消失，我的心思也會迷失在我所不知道的時間與歷史的迷宮裡。

我們繼續漫步，找到一些奧瑞崗草，便採了很多，因爲這不但可以治療咳嗽跟發燒，也是我媽媽會拿來煮豆子跟肉的香草。我們也很幸運地找到一些艾草，因爲這種植物在山裡長得比較好。它就跟安神草一樣，有許多種療效。它可以治療咳嗽、感冒、割傷、瘀青、風溼，跟胃的問題。父親還有一次說過，以前的牧羊人會在他們鋪蓋上撒上艾草粉末，讓毒蛇不敢接近。路比托被殺的那一晚，鄔蒂瑪就是用摻了艾草的藥汁幫我擦洗臉、手臂跟腳。

鄔蒂瑪在山裡總是很快樂。她走路時有種尊貴的樣子，讓她矮小的身軀顯得優雅。我仔細觀察她，學她走路的樣子，而當我這麼做時，就不再覺得迷失在無邊無際的遼闊山丘和天空裡。我也成爲亞諾草原與河流中，茂盛的生命裡，很重要的一部分。

「你看！我們眞幸運！有仙人掌果實！」鄔蒂瑪開心喊道，指著刺梨成熟的紅色果實。「你去摘一些來，我們到河邊的樹蔭下吃。」我跑到那棵仙人掌旁，摘了一鏟子滿滿多汁多種子的果實。然後我們坐在河邊的白楊樹下，小心撥開刺梨的皮，因爲就連皮上的細毛也會讓你的手指跟舌頭發癢。我們坐下來吃了果實，覺得神清氣爽。

河流沉默思索著。河的靈正在看顧我們。我想著不知道路比托的靈魂怎麼了。

「我們快要去我舅舅在港口村的農地幫忙收成了。」我說。

「嗯。」鄔蒂瑪點點頭，望向南方。

「你認識我的那些舅舅嗎？魯納家的人？」我問。

「當然了，孩子。」她回答。「你外祖父跟我是老朋友了。他的兒子我都認識。我以前也住在港口村，很多年前——」

「鄔蒂瑪，」我問，「爲什麼他們都那麼強壯又安靜？還有爲什麼我爸爸那邊的人都那麼大聲又瘋狂？」

---

4 應指 Francisco Vásquez de Coronado（1510-1554），西班牙探險家，傳說他在到新墨西哥州探險時，在後來稱爲 Puerto de Luna 的河谷建造了一座橋，而看到月亮從山谷間升起，此地因而得名。

她回答了。「魯納家的血液讓他們安靜，因爲只有安靜的男人才能了解耕種所必須的，土地的祕密——他們就像月亮一樣安靜——而瑪雷茲家的血液就是要瘋狂，就像他們姓氏的由來——大海——一樣，也像後來成爲他們家鄉的遼闊亞諾一樣。」

我等了一會，然後開口。「現在我們住在河邊附近，但是也靠近亞諾。我兩邊都喜歡，但是我兩種都不是。我不曉得我會選擇哪種生活。」

「啊，我的孩子，」她咯咯笑起來，「別想這麼多自尋煩惱。你還有很多時間尋找自己——」

「但是我正在長大，」我說，「我每天都會長大一點——」

「確實。」她輕柔地說。她知道在我長大後，必須選擇要成爲母親的神父，還是父親的兒子。

我們都沉默了很久，陷落在早晨喃喃低語的風吹過樹梢帶來的回憶裡。樹梢的棉絮懶懶地飄浮在沉重的空氣裡。沉默說著話，不是用粗糙的聲響，而是輕柔地唱和著我們血液的節拍。

「那是什麼？」我問，因爲我還是覺得害怕。

「那是河流的靈。」鄔蒂瑪回答。

我屏住呼吸，看著那些圍繞著我們，巨大而多節的白楊木。一隻鳥在某處鳴叫，而在山上某處，傳來一只牛鈴的叮噹聲。那靈如此龐大、如此毫無生命，卻又隨著一波波的脈動，傳來它神祕的訊息。

「它會說話嗎？」我問，靠鄔蒂瑪更近一些。

「如果你仔細聽——」她低聲說。

「你可以跟它說話嗎？」我問，那快速旋轉，繚繞不去的聲響碰觸著我們。

「啊，我的孩子，」鄔蒂瑪微笑，摸摸我的額頭，「你什麼都想知道——」

而那靈離開了。

「來吧，該往回走了。」她起身，把袋子扛在肩上，蹣跚爬上山坡。我跟在後頭。我知道如果她不回答我的問題，就表示那部分的人生還沒有準備好對我揭露。但是我已經不再害怕河的靈。

我們繞一圈回家。在回去的路上，我們找到一些洋甘菊。鄔蒂瑪告訴我，我哥哥里奧出生的時候，頭頂凹陷下去，她就是用洋甘菊治好了他。

她說起一些我們跟北方大河的印第安人共通的常見藥草跟藥方。她也講到其他部落的古老藥方，例如阿茲特克人、馬雅人，甚至還有那些非常非常古老的國家的人，摩爾人。但是我沒有注意聽，我想著我的哥哥里奧、安德魯，跟尤金。

到家之後，我們把那些植物放在雞舍屋頂，放在大太陽下曬乾。我把小石頭壓在上面，以免風把他們吹走。有些植物鄔蒂瑪無法在亞諾或河邊採到，但是許多來找她治療的人會帶來其他藥草和根莖跟她交換。其中最珍貴的就屬來自高山的植物。

做完之後，我們便進屋去吃飯。用荑藜跟青辣椒調味的熱豆子很好吃。我覺得饑腸轆轆，吃下整整三個馬鈴薯蛋餅。母親廚藝很好，我們吃飯的時候總是很開心。郞蒂瑪告訴她，我們找到奧瑞崗草，這讓她很高興。

「收成的季節就要到了，」她說，「我們該準備去我兄弟的農場了。胡安捎了信來，說他們已經準備好迎接我們。」

每天秋天我們都會遠行到我外公跟舅舅們居住的港口村。我們會在那裡幫忙收成，然後在回家時把母親的那份帶回來。

「他說今年玉米很多，而且啊，我的兄弟們種的玉米眞是甜啊！」她繼續說。「另外還有很多紅辣椒，可以拿來做辣椒串，還有水果，啊！魯納家的蘋果是全州有名的！」母親非常以她的兄弟爲傲，而且她只要一開始，就會講個不停。郞蒂瑪禮貌地點頭，我則溜出了廚房。

正午的天氣很溫暖，不像七月時那樣慵懶，讓人昏昏欲睡，而是有著八月底的沉穩微醺。我跑去哈森家，玩了一整個下午。我們談論路比托的死，但是我沒有告訴哈森我看到什麼。然後我去河邊割下長得狂野茂盛，高大翠綠的紫花苜蓿，把整捆草抱回家，這樣兔子就會有好幾天的食物了。

到了傍晚，父親就會吹著口哨走上山羊小徑，從橘紅色燃燒的太陽中大步邁向回家的路，而我們都會跑出去迎接他。「小鬼頭！」他喊。「小山羊！」然後他把黛柏拉跟德瑞莎都甩到肩膀上，我則提著他的午餐桶，走在他身邊。

晚餐後我們都會唸《玫瑰經》禱告。很快洗好碗盤之後，我們就都聚集在母親擺設祭壇的客廳裡。母親有一尊很美麗的瓜達魯沛聖母的雕像。雕像幾乎有兩呎高，穿著飄逸的藍色長袍，站在一彎月亮上。在她的腳上方有長著翅膀的天使的頭，是徘徊在天國與地獄間的未受洗嬰兒。她頭上戴著王冠，因爲她是天國的王后。聖母是我最愛的聖人。

我們都知道瓜達魯沛聖母在墨西哥對一個印第安小男孩現身的故事，還有她顯現的神蹟。母親說瓜達魯沛聖母是我們這片土地的聖人，她是我的最愛。唸《玫瑰經》很辛苦，因爲在唸禱告詞時，要一直跪著，但是我不介意，因爲母親禱告時，我的眼睛都盯著聖母的雕像，直到我覺得像在看一個眞實的人，上帝的母親，所有罪人最後的救贖。

上帝不一定會原諒。上帝會立下誓約，要你遵守，如果你違背誓約，祂就會懲罰你。但是聖母總是會原諒。

上帝有強大的力量。祂一開口，雷聲就響遍天空。

聖母則充滿了安靜祥和的愛。

母親點燃給棕皮膚聖母的蠟燭，然後我們跪下來。「我相信萬能的上帝——」她開始唸。祂創造了你。祂也可以讓你死。是上帝操縱了殺死路比托的手。

「萬福瑪利亞，恩慈滿溢——」

祂是個壯碩的男人，她則是個女人。她可以去到祂面前，要求祂原諒你。她的聲音如此甜蜜溫柔，在她兒子的幫助下，他們可以說服力量強大的上帝改變心意。

在聖母的一隻腳上，有個地方稍有破損，露出了純白的石膏。她的靈魂是毫無瑕疵的。她出生時沒有帶著任何原罪。但我們其他人出世時都帶著沉重的原罪，我們祖先所犯的罪，唯有洗禮與堅信禮能開始滌清我們的罪。但是一直要到聖餐禮——要到我們終於將上帝放入嘴裡，將祂吞下——我們才能解脫所有原罪，免於地獄的懲罰。

母親跟鄔蒂瑪吟唱著同樣的禱告，包括我們承諾禱告的一部分的《九日經》，以祈求我的哥哥們平安歸來。在那燭光照亮的房間裡聽著她們哀傷的聲音，實在很讓人難過。當禱告終於結束，母親站起來，親吻聖母的腳，然後吹熄了蠟燭。我們走出客廳，一邊搓揉我們發麻的膝蓋。燭蕊冒出的煙像焚香縈繞在那黑暗的房間裡。

我蹣跚爬上通往房間的階梯。鄔蒂瑪的貓頭鷹的歌聲很快地帶來了睡眠，還有我的夢。

瓜達魯沛的聖母啊，我聽到母親喊道，讓我的兒子回到我身邊。

你的兒子會平安歸來，一個溫柔的聲音回答。

上帝之母啊，請讓我的第四個兒子成為神父。

然後我看到聖母披上了夜晚的長袍，站在秋日明亮的彎月上，在為第四個兒子哀悼。

「上帝之母！」我在黑暗中尖叫，然後我感覺到鄔蒂瑪的手在我的額頭上，於是我又睡著了。

5

「安東尼！」我醒來。

「誰？」

「安東尼！起來！你的沛卓舅舅已經到了——」

我穿好衣服衝下樓。今天是我們去港口村的日子。舅舅已經來接我們了。在我所有舅舅當中，我最喜歡沛卓舅舅。

「嘿，東尼！」他抱住我，將我拋向屋頂，然後微笑著讓我安全落地。「準備好去摘蘋果了？」他問。

「是，舅舅。」我回答。我喜歡沛卓舅舅，因爲他是最容易了解的。我的其他舅舅都很溫柔和善，但是他們非常安靜，很少說話。母親說他們只跟土地溝通。她說他們會用雙手跟土地說話。當他們各自用自己的方式，在夜晚走在自己的田地或果園裡，跟成長中的植物說話時，才是他們最常用語言的時候。

沛卓舅舅的太太在我出生以前就過世了，而他也沒有小孩。我很喜歡跟他在一起。而且在我所有舅舅當中，父親也只能跟沛卓舅舅談話。

「安東尼，」母親喊，「快點去餵牲口！要確定牠們有足夠的水可以喝！你知道每次我們不在家，你爸爸就會忘了牠們！」我大口吞下她幫我準備的麥片粥，然後跑出去餵牲口。

「黛柏拉！」母親喊，「行李都收好了嗎？德瑞莎準備好了嗎？」雖然港口村不過就在十里外的谷地裡，我們一年卻只會去這麼一次，因此這對她而言是一件大事。一年當中只有這個時候，她可以跟她的兄弟在一起，再度成爲魯納家的人。

沛卓舅舅把行李都裝到他的貨車上，母親則跑來跑去，叨唸她認爲父親在我們離家時一定會忘記的一百件事。當然事實上這種情況從未發生，但她就是這樣。

「走了！走了！」舅舅喊道，於是我們吵吵鬧鬧地爬上車。這是鄔蒂瑪第一次跟我們一起去。我們安靜地跟行李一起坐在貨車後方，沒有說話。我興奮到說不出話來。

貨車搖搖晃晃地開在山羊小徑上，過橋，然後轉向南方，往港口村去。我仔細看著我們拋在後頭的一切。我們經過蘿絲的房子，而就在懸崖的邊緣上，一條曬衣繩旁，一個年輕女孩正在掛著顏色鮮豔的衣服。她很快就消失在貨車掀起的飛揚沙土裡。我們經過教堂，在額頭上畫十字，然後過了瑞多河大橋，而在河的遙遠那一頭，我可以看到水壩的綠色水池。

空氣清爽，陽光明亮。馬路沿著河邊蜿蜒。有時候馬路會切進從河谷升起的台地所形成的峭壁中，於是河就會在遙遠的下方。這樣一趟路程中有好多可以看的東西，因此我們好像才剛出發，就已經快到了。我聽到貨車車廂傳來母親開心的叫聲。

「就是那邊！魯納家族的港口村！」馬路突然往下進入平坦的河谷，眼前出現平靜村莊裡一幢幢的泥磚屋。「那邊！」她喊道。「那就是我受洗的教堂！」

泥土路經過教堂前面，然後經過德納瑞爾的酒吧，再進入一群有著生銹鐵皮屋頂的泥磚屋。每棟房子前面都有一個小花園，後頭則有一個關牲口的畜欄。幾隻狗在貨車後面追趕，其中一棟屋子前，則有兩個小女孩在玩耍，但是村子裡大致上都很安靜──男人都在田裡工作。

泥土路的盡頭就是我外公的房子。在那之後，馬路就往下通到跨越大河的橋。我外公的房子是村子裡最大的一間，而且理應如此，因爲整個村子絕大多數都是魯納家的人。我們停留的第一站就是他的房子，因爲我們不可能在見他之前先去其他任何地方。之後我們會去胡安舅舅家住，因爲今年輪到他招待母親的家人，如果母親不住在他家，等於是不給他面子。不過現在我們得先去見我外公。

「注意禮貌。」母親在我們下車時告誡道。我舅舅帶頭，我們在後面跟著。我外公坐在這屋子中心，涼爽黑暗的房間裡等著。他的名字叫布魯丹西。他年紀很大了，留著鬍子，但是當他講話或走路時，我都能感受到他年高德劭的威嚴。

「啊，爸爸。」母親一看到他便大喊。她衝進他的懷裡，在他肩上喜極而泣。這本來就在我們預期中，因此我們只是靜靜等她說完她有多高興見到他。然後輪到我們問候。我們輪流走上前，握住他蒼老多繭的手，願他有美好的一天。最後輪到鄔蒂瑪跟他問候。

「布魯丹西。」她簡單地說，然後他們擁抱。

「眞高興妳又在我們身邊了，鄔蒂瑪。歡迎妳，我們家就是妳家。」他說我們家，是因爲我的幾個舅舅已經在他的房子旁蓋了自己的房子，因此最早的房子現在散佈成一列長長的房子，我的許多表兄弟姊妹就住在裡面。

「葛柏瑞都好？」他問。

「他很好，他也向您問候。」母親說。

「妳的兒子，里奧、安德魯，跟尤金呢？」

「信裡說他們都還好，」她的眼裡湧上淚水，「但是教堂幾乎每天都會爲在戰爭中死去的男孩子敲響喪鐘——」

「要相信上帝，孩子，」我外公說，並緊緊抱住她，「祂會讓他們平安歸來的。這場戰爭很可怕，戰爭一向很可怕。戰爭讓男孩子遠離他們應該待的田地和果園，然後給他們槍，叫他們互相殘殺。這是違背上帝意旨的。」他搖頭，皺緊了眉頭。我想上帝生氣時，一定就像這個樣子。

「您聽說了路比托的事——」母親說。

「眞是不幸，眞是一樁悲劇。」我外公點頭。「這場跟德國人和日本人的戰爭影響到了我們所有人。甚至影響到了魯納家族這個與世無爭的避風港。我們才剛埋葬了桑多斯・艾斯塔凡的一個兒子。這世界眞是邪惡橫流——」他們轉進了廚房，準備喝咖啡，吃甜麵包，直到該去胡安舅舅家時。

我們向來都很喜歡在港口村的時光。這裡的人都很快樂，工作勤奮，互相幫忙。成熟的收成作物會在泥磚屋外到處堆疊，讓婦女們的歌唱充滿活力與色彩。綠辣椒會被烤過烘乾，紅辣椒則被綁成繽紛的辣椒串。蘋果堆積如山，在空氣裡散發濃郁的香氣，有些是在斜面鐵皮屋上，在陽光下曬乾的香味，有些則是冒著泡變成果醬或果凍的香氣。到了晚上，我們都會圍坐在壁爐旁，吃著加了糖跟肉桂的烤蘋果，聽著古老的傳說。

到了深夜，瞌睡蟲讓我們不得不離開故事，到溫暖的床上。

「那孩子是我們的希望。」我聽到胡安舅舅對母親說。我知道他在說我。

「啊，胡安，」母親低語，「我祈禱他會立下誓約，讓一個神父再來領導魯納家族——」

「再看看吧。」舅舅說。「等他接受第一次聖餐後，你務必把他送來我們這裡。他必須跟我們住一個夏天，學會我們的生活方式——免得他跟其他幾個一樣迷失了——」

我知道他是指我的三個哥哥。

在河的對岸，女巫在樹林裡跳舞。她們化身爲火球，與惡魔一起跳舞。寒冷的風吹過屋子角落，屋子依偎在黑暗的山谷裡，沉思著，吟唱著我所屬於的古老血液。然後貓頭鷹歌唱起來，對著佈滿深藍色夜空的千萬顆星星歌唱，那天空是聖母的長袍。一切都受到看顧，一切都受到照拂。我入睡了。

6

開學的第一天，我醒來的時候，胃裡有種不舒服的感覺。我不覺得痛，只覺得虛弱。太陽爬過山丘時沒有歌唱。今天我會走過山羊小徑，然後年復一年，每天走到城裡去上學。我將生平第一次離開母親的保護。我對此感到興奮又哀傷。

我聽到母親走進廚房，這是她在這巨人建造的城堡裡統領的區域。我聽到她生起火，一邊加柴火，一邊唱著歌。

然後我聽到父親發牢騷：「老天爺！一天又開始了！又得鋪好幾里的路！鋪給誰走？給我走，讓我可以去西部嗎？當然不是，公路不是給我們窮人走的，是給遊客走的——哎，瑪麗亞，我們應該在我們年輕的時候，兒子們都還小的時候去加州的——」

他很傷心。早餐的碗盤鏗鏘作響。

「今天是安東尼第一天上學。」她說。

「哼！又是一筆開銷。聽說加州那裡滿地都流著奶與蜜——」

「只要用雙手勤奮工作，任何土地都會流出奶與蜜！」母親反駁。「看看我兄弟們在港口村河谷種出的果實——」

「啊，女人，一天到晚就愛說你的兄弟！這片山丘只會長石頭！」

「哈！我們之所以會買這樣沒用的山坡地，又是誰的錯？你就是不肯買河邊的肥沃土地，硬要買這麼一片——」

「亞諾的土地。」父親接了她的話。

「沒錯！」

「這裡很美，他滿足地說。

「這裡毫無用處！你看我們整個夏天多努力地整理菜園，結果呢？就只有兩籃辣椒跟一籃玉米！哼！」

「這裡有自由。」

「你看看能不能把自由裝到孩子的午餐盒裡！」

「東尼今天要去上學了是吧？」他說。

「沒錯。而且你應該跟他說說話。」

「他沒事的。」

「他必須知道接受教育的價値，」她堅持，「他必須知道他可以成爲什麼樣的人。」

「一個神父。」

「沒錯。」

「爲了你的兄弟。」他的口氣很冷。

「你別把我的兄弟扯進來！他們都是正直的人。他們也一向都很尊敬你。他們是亞諾荒原第一代的移民。最先帶著墨西哥政府的特許，到河谷定居的就是魯納家族。那需要很大的勇氣——」

「由神父帶領的家族。」父親打斷她。我仔細聽著。我還不知道魯納家族第一個神父的完整故事。

「你說什麼？葛柏瑞．瑪雷茲，你膽敢在孩子聽得到的地方說這樣褻瀆神的話！」她責罵他，把他趕出廚房。「你去餵牲口！讓東尼可以多睡幾分鐘！」我聽到他笑著走出門。

「我可憐的寶貝。」她低語，然後我聽到她禱告。我接著聽到黛柏拉跟德瑞莎都起來了。她們對於要上學很興奮，因爲她們之前就上學了。她們很快穿好衣服，跑下樓去盥洗。

我聽到鄔蒂瑪走進廚房。她對母親道早安，然後開始幫忙準備早餐。她在廚房裡的聲音給了我足夠的勇氣，讓我從床上跳起來，穿上母親幫我準備好，熨燙好的衣服。穿上新鞋之後，將近七年來都光著跑來跑去的腳感覺怪怪的。

「啊！我的小學者！」母親在我走進廚房時微笑道。她一把將我抱入懷中，然後我還搞不清楚怎麼回事，她就在我肩上哭了起來。「我的寶貝今天就要離開了。」她啜泣。

「他會好好的，」鄔蒂瑪說。「兒子們都得離開母親身邊的。」她幾乎是嚴厲地說，並溫和地拉開母親。

「是的，長者，」母親點頭，「只是他還這麼小——最後一個離開我身邊的——」我以為她又要哭起來。「去洗臉吧，記得要梳頭。」但她只是簡單地說。

我用力刷洗，刷到我的臉都紅起來。我把黑頭髮弄溼，梳理整齊。我看著鏡中黝黑的自己。哈森曾說過，字母裡隱藏著祕密。他是什麼意思？

「安東尼！過來吃飯了。」

「東尼上學了，東尼上學了！」德瑞莎喊道。

「別鬧了，他會成為學者。」母親微笑，並先給我早餐。我試著吃，但是食物似乎黏在我的上顎。

「記得你是魯納家的人——」

「還有瑪雷茲家。」父親打斷她。他已經餵完牲畜回來。

黛柏拉跟德瑞莎坐在一旁，平分她們前一天在城裡買的文具。她們每個人都有一個紅酋長牌寫字板，蠟筆，跟鉛筆。但我什麼都沒有。「我們好了，媽媽！」她們喊道。

哈森說過，要仔細看字母，然後在寫字板上或遊戲場的沙地上畫出來。你就會明白，字母有魔法。

「你們要為自己的家族爭光，」母親告誡。「不要做任何會讓我們家族丟臉的事。」

我看著鄔蒂瑪。她的魔法。哈森的印第安人的魔法。他們現在都救不了我。

「一到學校就去找瑪耶斯塔老師。告訴她，你是我兒子。她知道我們家。這些孩子她好像全都教過？黛柏拉，你要帶他去找瑪斯塔斯塔老師！」

「天，好啦，走了！」

「哎！教育對他們有什麼用？」父親在杯中倒滿咖啡，「他們只會學得像印第安人一樣講話。天，好啦，那算什麼玩意？」

「教育會讓他成為學者，就像——就像以前魯納家的神父。」

「才第一天上學他就成了學者了！」

「沒錯！」母親回嘴。「你知道他出生時所有的徵兆都是好的。長者，你記得吧，他還是個嬰兒時，你給他看各式各樣的生活用具，結果他選了什麼，紙跟筆——」

「確實。」鄔蒂瑪同意。

「好吧！好吧！」父親對她們低頭。「如果那是他的命，也只能這樣了。人無法跟自己的命運對抗。我自己小時候根本沒得上學。只有有錢人才念得起書。至於我自己，父親在我十歲時，給了我一張馬鞍毯子，跟一匹小野馬。然後他指著亞諾，說，這就是你的生活了。所以亞諾就是我的學校，也是我的老師，我的初戀——」

「我們該出門了，媽媽。」黛柏拉插嘴。

「啊，但那還是美好的年代啊，」父親繼續說，「亞諾那時候還是處女地，草長得跟成年馬匹的馬鐙一樣高，還經常下雨——然後德州人來了，圍起了柵欄，接著鐵路來了，公路來了——就像一波惡劣的海浪覆蓋所有美好的一切——」

「是啊，該出門了，葛柏瑞。」母親說，我注意到她溫柔地摸了他一下。

「是啊，」父親回答，「確實是。要尊敬老師，」他對我們說。「還有你，安東尼，」他微笑，「要溫柔。」這讓我覺得很開心。像個大人。

「等等！」母親拉住黛柏拉跟德瑞莎。「我們得請長者幫我們賜福。長者，請祝福我的孩子。」她要我們跟她一起在鄔蒂瑪面前跪下。「尤其請祝福我的安東尼，祝福他一切順利，能夠成爲一個有高深學識的人——」

連父親都跪下來接受祝福。我們靠在一起，在廚房裡低下頭。周圍沒有一點聲音。

「以聖父、聖子、聖靈之名——」

我感覺到鄔蒂瑪的手在我頭上，同時也感覺到一陣強大的力量，像一股旋風，將我團團圍繞。我驚恐地抬起頭，覺得那風會將我吹倒。但鄔蒂瑪明亮的眼睛讓我靜止不動。

在夏天，亞諾會出現許多沙塵惡魔。它們會突然不知從何而來，帶著地獄般的熱度，以惡魔般的邪惡精神一路捲起沙土和紙張。被這樣的小旋風擊中代表厄運。但是要阻擋沙塵惡魔很容易，你很容易就能讓它們改變途徑，繞過你。上帝的力量是如此強大，你只要舉起右手，將大拇指交叉到食指，形成一個十字架，任何邪惡事物都不能挑戰十字架，因此裡面暗藏惡魔的沙塵旋風就會遠離你。

有一次我故意不做出十字架的象徵。我想挑戰看看那風會不會擊中我。結果那旋風以強勁的力量將我吹倒，讓我在地上發抖不止。我之前從來沒有那麼恐懼過，因爲當那旋風颳起砂石，將我包圍時，那颶颶的風好像在叫我的名字：

安東尼喔……

然後風就離開了，但它的邪惡印在我的靈魂上。

「安東尼！」

「什麼？」

「你還好嗎？你沒事吧？」是母親在說話。

但是鄔蒂瑪的祝福怎麼會像旋風一樣？善與惡的力量是一樣的嗎？

「你們可以站起來了。」母親扶著我站起來。黛柏拉跟德瑞莎已經跑出門了。祝福完成了。

我蹣跚地站起來，拿起我的午餐包，走向門口。

「告訴我，長者，求求你。」母親哀求。

「瑪利亞！」父親嚴厲地說。

「喔，求求你告訴我，我的兒子會成爲什麼，」母親焦慮地望著我又望著鄔蒂瑪。

「他會成爲一個學者。」鄔蒂瑪哀傷地說。

「老天爺啊！」母親喊道，在胸前畫了十字。她轉向我，喊道：「去！快去！」

我看著他們三人站在那裡，覺得我好像是最後一次看到他們：鄔蒂瑪與她的智慧，母親與她的夢想，以及我父親和他的叛逆。

「再見！」我喊著，跑出門。我跟著前頭兩隻母的小山羊在小徑上蹦蹦跳跳。她們唱著歌，我則對著早晨的空氣嘶吼，而當我們跟時間賽跑，跑向橋頭時，腳下的圓石則卡嗤作響。我聽到母親在後面叫我的名字。

在那棵大杜松子樹下，山丘開始下坡通往橋頭的地方，我聽到鄔蒂瑪的貓頭鷹在唱歌。我知道那是她的貓頭鷹，因為牠在白天唱歌。在杜松子樹梢高處，一叢成熟的藍色果子旁，我看到了牠。牠明亮的眼睛俯瞰著我，唱道，嗚嗚，嗚嗚。我從牠的歌聲中找到了自信，於是我抹掉眼裡的淚水，跑向橋頭，我們與城裡的連結。

我就快走到橋的一半時，聽到有人喊：「來比賽！」我轉頭，看到一個矮小纖瘦的身影正從橋遠遠的那頭衝向我。我認出那是維他命小子。

比賽？他瘋了嗎？我就快到橋的一半了。「來比！」我喊，然後拔腿快跑。我在那天早上得知從來沒有人可以比維他命小子更快跑過橋，那是他的橋。我自己也很擅長跑步，而且我用盡了全力跑，但是就在我快到另一頭時，那達達的蹄聲經過了我旁邊，小子微笑說：「嗨，東尼。」然後鼻子噴著氣，在空中留下一道口水的痕跡，就不見蹤影了。

沒有人知道維他命小子真正的名字，沒有人知道他住在哪裡。他似乎比同班的孩子年紀大。他從來不會停下來夠久的時間，可以跟人好好說話，他總是在跑步，像一陣旋風。

過橋之後，我走得很慢，一部分是因爲很累，一部分則是因爲害怕學校。我走過了蘿絲的房子，轉彎，然後經過長角酒吧。等我走到大街時，簡直震驚不已。好像有一百萬個小孩子都在又叫又鬧又推又擠又哭又笑往學校去。有好長一會，我都像被這喧囂吵嚷的人群催眠，動也不動，然後我下定決心，從喉嚨裡發出一聲大吼，加入了這場混戰。

我想辦法來到了學校裡，但是我迷路了。學校比我想的大。那龐大敞開的門看起來好嚇人。我找尋黛柏拉跟德瑞莎，但是我只看到一張張陌生的臉。我再度看了一次那神聖的大廳的大門，但是我不敢進去。母親說要我去找瑪耶斯塔老師，但是我不知道從何找起。我來到了城裡，我來到了學校，但我在這一大群緊張興奮的孩子當中，完全迷失方向，不知所措。

就在這時候，我感覺一隻手放在我肩上。我轉頭，看到一個陌生的紅髮男生的眼睛。他說英文，一個陌生的語言。

「一年級，」我只會這樣回答。他微笑起來，牽起我的手，然後帶我一起走進學校。校舍裡好多空洞，好黑暗。裡頭有很多奇怪的，陌生的味道和聲音，好像是從它的肚子發出來的。裡頭有一道很寬敞的走廊，跟許多房間，還有許多帶著小孩的母親在房間進進出出。

我好希望媽媽在我身邊，但是我拋開這個念頭，因爲我知道我應該要成爲大人。一個散熱器突然啪噠一聲，冒出蒸汽，讓我跳起來。那個紅髮男生笑起來，帶著我走進其中一間房間。這房間比走廊明亮一些。我就這樣進入了學校。

瑪耶斯塔老師是個和善的女人。她謝謝那個叫紅髮的男生帶我進來，然後問我的名字。我告訴她我不會說英文。

「你叫什麼名字？」她用西班牙文問。

「安東尼．瑪雷茲。」我回答。我告訴她，母親說我應該來找她，還有母親向她問候。

她微笑。「安東尼．瑪雷茲，」她在一本書上寫下。我靠近了點，去看她的筆畫出的字母。

「你想學寫字嗎？」她問。

「想。」我回答。

「很好。」她微笑。

我想立刻問她字母有什麼魔法，但是那會不禮貌，所以我沒有說話。我對那些在紙張上成形，變成我名字的黑色字母很著迷。瑪耶斯塔老師給了我一枝蠟筆跟幾張紙，於是我就坐在角落，一遍又一遍地抄著我的名字。接下來一整天，她都忙著應付陸續進來的其他小孩。其中許多人在母親離開後大哭起來，還有一個尿溼了褲子。我獨自坐在角落寫著。到了中午，我已經會寫我的名字。瑪耶斯塔老師發現時，顯得很高興。

她帶我到房間前面，對其他男孩子女孩子說話。她指著我，但是我聽不懂她的話。然後其他男生女生都笑起來，指著我。我覺得不太舒服。在那之後我都盡可能遠離那些成群結隊的小孩子，自己一個人努力學習。我聽著陌生的聲音。我學會了新的名字，新的字。

到了中午，我們打開午餐盒吃飯。瑪耶斯塔老師離開了房間，然後一個高中女生進來坐在書桌旁，看我們吃飯。母親幫我帶了一小罐熱的豆子，還有包著很好吃的綠辣椒的馬鈴薯蛋餅。其他小孩子看到我的午餐時，又再度大笑起來，指指點點。連那個高中女生都笑起來。他們給我看他們用麵包做的三明治。我再次覺得身體不舒服起來。

我拿起我的午餐，溜出了那間房間。學校跟其他小孩子的怪異樣子讓我很難過。我不知道他們在說什麼。我溜到校舍後面，靠著牆站著，試著吃飯。但是我吃不下。好像有一塊巨大的東西堵住了我的喉嚨，眼淚開始從我眼中冒出來。我渴望見到母親，同時我也明白了她把我送到了一個我格格不入的地方。我努力嘗試學習，但是他們笑我。我打開午餐盒吃飯，他們又再度笑我，對我指指點點。

痛苦和哀傷似乎充滿了我的靈魂，我第一次感受到大人說的，人生的悲哀。我想跑掉，躲起來，永遠不要再回來，永遠不要再看到任何人。但是我知道這樣做會讓我們家丟臉，母親的夢想也會破滅。我知道我必須長大，成爲一個男人，但是，這眞的好難啊。

但是，不，我並不孤單。在牆的那一頭，靠近角落的地方，我看到兩個男孩子也溜出了房間。他們是喬治跟威利。他們是大男孩。我知道他們來自德利亞的農場。我們於是結盟，從團結中找到力量。我們還找到其他幾個跟我們一樣的同學，都是與其他人不同語言不同習俗的，於是我們一部分的孤單消失了。當冬天來臨時，我們移到了禮堂裡，而在那裡，雖然許多時候我們是完全沉默地吃完一餐，還是覺得有歸屬感。我們與啃噬我們靈魂的孤獨搏鬥，然後克服了它。我再也沒有跟別人分享過那種感覺，連跟馬臉和骨頭，或小鬼跟森謬，或希可或傑森，都不曾有過。

7

終於戰爭結束了。在學校裡，老師們聚集到走廊上興奮地交談。有些人還互相擁抱。我們的瑪耶斯塔老師走進來告訴我們戰爭結束了，她很開心，但是小孩子只是繼續在寫字板上寫著神奇的字母。我的嘴角揚起微笑。我的三個哥哥就要回來了，我好想念他們。

安德魯寫了信回來。他們將從東邊不同的地方回來，先在一個叫做聖地牙哥的地方會合。他們想一起回家，因爲他們是一起離家去參戰的。

「耶穌啊，無玷的瑪利亞啊！」母親喊。「萬福的瓜達魯沛聖母，謝謝你們的庇佑！受祝福的聖安東尼，神聖的聖馬丁，啊，老天爺哪，感謝聖克里斯多拔！」她感謝了她所知道的每一個聖人，感謝他們讓她的兒子從戰爭中平安歸來。她把那封信讀了一遍又一遍，對著信哭泣。父親回到家時，得用扳的才能把信從中她手中拿過來。這時候信紙已經因爲她的淚水而快要支離破碎，那些神奇的字母也被染暈褪色。

「我們得禱告。」她因喜悅而容光煥發，即使她的眼睛因爲哭泣而紅腫。她爲聖母瑪利亞點燃了許多蠟燭，還容許鄔蒂瑪在聖母雕像的腳邊點起一支氣味甜美的薰香。然後我們一起禱告。我們唸了一遍又一遍《玫瑰經》，直到那單調重複的禱告聲與閃爍矇朧的聖壇蠟燭光線融合在一起。

我們一直禱告，直到我們的信念進入某種精疲力竭的狀態，讓我們昏沉入睡。第一個睡著的是德瑞莎，於是父親安靜地起身，把她抱到床上。然後黛柏拉打起瞌睡，頭沉重地垂下來。接著，儘管我想繼續堅持，讓母親高興，仍舊是下一個睡著的。我可以感覺到父親強壯的手臂把我抱出房間，而我的最後一瞥是看到母親跟鄔蒂瑪虔誠地跪在聖母腳邊，禱告謝恩。

我不知道他們禱告了多久。我只知道我的靈魂隨著神聖的禱告飄浮到了夢的天空裡。霧氣將我團團圍繞。我在河邊，而我聽到有人叫我的名字。

安東尼——，那聲音喊著，安東尼，安東尼喔——

喔，我的安東尼，那聲音一路迴響到山谷底。

我在這裡！我回答。我望進黑暗的霧中，但我看不到任何人。我只聽到泥濘的河水拍打的聲音。

安東尼歐——法洛——斯，那聲音逗弄我，就像我哥哥們以前那樣。

我在這裡！我喊道。我在你們以前教我釣魚的那個鯰魚洞。在路比托的血流進河水裡的高大蘆葦旁。濃重的霧氣捲成灰色的漩渦，把樹團團包圍。它們像是巨大的妖怪。

東尼——喔…………東尼喔，那些聲音喊道。喔，我們親愛的寶貝，我們就要回來你身邊了。遠赴我們父親夢想之地以外，遠到太陽西沉的海洋之外，跋山涉水往西走，直到身在東邊的我們，我們就要回家到你身邊了。

到我身邊！我迷失的哥哥們。

把你的手給我們，我們可愛的弟弟。把你拯救的手給我們。

我們是在垂死邊緣的巨人……

我們見到了那金色鯉魚的土地……

接著在我身後傳來一聲樹枝折斷的巨大聲響，我轉身，看到三個黑暗的身影籠罩著我。

「啊——！哥哥！」我大叫。我猛然跳起來，卻發現自己在床上。我全身被汗溼透，嘴唇顫抖。我感覺一股沉重的哀傷勒住我的心臟，讓我呼吸困難。我聽到外頭貓頭鷹尖叫示警。有人正沿著山羊小徑上來。我跳起來套好褲子，奔進寒冷的黑夜裡。

就在前面！三個黑色身影正沿著山丘的斜坡走上來。

「安德魯！里奧！尤金！」我大叫，光著腳跑上月光照亮的小徑。

「嘿，東尼！」他們大叫，衝向我，然後一下子，我就被抱在我夢中巨人的手臂裡。

「嘿，東尼，你都好嗎？」「天哪，你長好大了！」「嘿，你上學了嗎？媽媽好嗎？」於是我坐在安德魯肩膀上，我們一起匆匆走向屋子，廚房的窗戶已經亮起了一盞燈。

「我的孩子們！」母親大叫著衝過來擁抱他們。這是一場瘋狂激動的家庭團聚。母親不斷輪流叫喚他們每個人的名字，衝過去擁抱親吻每個人。父親跟他們每個人握手，用力地擁抱。他們得對郎蒂瑪下跪，感謝她的賜福讓他們平安歸來。每個人都輪流抱起黛柏拉、德瑞莎或我，然後跟我們在廚房裡跳舞旋轉。他們還帶了禮物給我們。

父親開了一瓶威士忌，於是他們全都像男人一樣喝起酒來。母親跟郎蒂瑪則著手準備晚餐。我從來沒有像哥哥這次回家團圓時這樣快樂過。

就在煮飯煮到一半時，母親突然坐下來開始哭泣，而我們都安靜地站在一旁。她哭了很久，沒有任何人，包括郎蒂瑪在內，試圖去碰她。她的身體因哭泣抽噎而上下起伏。她需要哭。我們等著。

「感謝上帝讓你們平安回來。」她說，然後站了起來。「我們現在得禱告。」

「瑪麗亞，」父親抱怨，「我們才禱告了整晚！」

但我們還是得跪下來再禱告一次。之後她又回去繼續準備食物，而我們知道她很快樂，於是大家都第一次坐下來，終於安靜了下來。

「跟我說加州是什麼樣子！」父親要求道。

「我們在那裡只待了幾個月。」安德魯靦腆地說。

「戰爭的情況呢？」

「還好。」里奧聳聳肩。

「跟地獄一樣。」尤金皺起眉頭。他離開我們，單獨坐在旁邊。母親說他本來就是這樣，一個獨行者，一個不喜歡表露自己感覺的人。我們都能了解。

「尤金，你真不應該，怎麼在鄔蒂瑪面前這樣。」母親說。

「抱歉。」尤金南難說。

「你們有看到葡萄園嗎？」父親問。威士忌讓他的臉紅起來。現在他的兒子都回來了，讓他既興奮又急切。舉家西遷的夢又復活了。

「啊，天哪，你們不在的時候真難熬。」母親在餐桌旁說。

「現在都沒事了。」安德魯安慰她。我想起她說過，他是最像她的一個。

「我眞恨不得立刻就搬去加州！」父親激動喊道，一拳捶在桌上。他的眼神充滿喜悅的狂熱，他同時在他兒子的眼睛裡搜尋著。

「葛柏瑞！他們才剛回來——」母親說。

「喔，」父親聳聳肩，「我也不是說今天晚上，或許再過一兩個月，是吧，兒子們？」我的哥哥們緊張地互看一眼，點點頭。

「里奧！喔，我的里奧！」母親突如其來地叫了一聲，跑到里奧身邊，抱住他。里奧則只是抬起他哀傷的眼睛，看著她。「喔，你怎麼瘦成這樣！」

我們已經習慣了她突如其來的情緒發作。我們一邊吃，一邊聽著父親跟母親問了幾百個問題。然後疲憊以及相伴的瞌睡找上了我們，於是我們跌跌撞撞地回到溫暖的床上，而在廚房裡，對返家兒子們的詢問一直延續到清晨。

我的三個哥哥回來了，我們這個家也完整了。母親看顧著他們，像母雞看顧著小雞，即使戰爭的老鷹已經飛離。父親快樂而充滿活力，彷彿重獲新生般地談論著即將來臨的夏天與舉家遷徙到加州。我則在學校裡忙碌著，迫切地想掌握字母跟數字的魔法。我辛苦掙扎，跌跌撞撞，但是在瑪耶斯塔老師的幫助下，我開始解開字母的謎團。

瑪耶斯塔老師寫了張字條給母親，告訴她我進步得很快，這讓母親很高興，魯納家又出了一個學者。

8

春天的嫩綠在一夜之間來臨，染上了河邊的樹。深色的綠芽出現在樹枝上，而那滋養它們的沉睡的活力似乎也開始在我哥哥們的體內翻攪。我察覺他們的躁動不安，於是我開始明白為什麼春天的汁液被稱為有害的血液。它有害，不是因為它帶來成長，成長是好的，而是因為它會喚醒在黑暗體內沉睡了整個冬季的，躁動狂野的衝動。它讓隱藏的慾望暴露在新生溫暖的陽光裡。

我的哥哥們整個冬季都在白天睡覺，在鎮上度過夜晚。他們就像浮腫的動物，呆板重複地過日子。我只有在他們傍晚起來盥洗吃飯時，才會看到他們。然後他們就不見了。我聽到耳語謠傳，說他們把服役的薪餉浪費在「八號球」後面的房間裡。母親幾乎跟他們還在打仗時一樣擔心，但是她什麼也沒說。只要他們回來了，她就開心了。

父親越來越強烈地懇求他們跟他一起計畫到加州發展，但他們只是點頭。他們並沒有聽進去父親的話。他們就像是迷失的行屍走肉，來來去去，什麼也不說。

我想或許這是他們遺忘戰爭的方法，因為我們知道戰爭的疾病還在他們體內。里奧的病最明顯。有時候他會在晚上吼叫哀嚎，像一頭野獸……

這讓我想起河邊的路比托。

於是母親得到他身邊，像抱著小娃娃一樣地抱著他，讓他能再度入睡。直到他開始跟鄔蒂瑪進行很長的談話，而且服用鄔蒂瑪給他的一種藥方，他才好了些。他的眼神仍舊很哀傷，就跟過去一樣，但是裡面終於有了一絲對未來的希望，晚上也能好好休息了。因此我想或許他們都因為戰爭而生了病，正在努力遺忘戰爭。

但是隨著春天到來，他們變得更加煩躁不安。他們退伍時拿到的錢已經花光，於是他們開始在鎮上簽下借據，惹上麻煩。這讓母親很傷心，也慢慢地扼殺了父親的夢。在一個溫暖的午後，當我在餵兔子時，他們談起了這些事，我聽著。

「我們得離開這見鬼的地方，」尤金煩躁地說，「這個鳥不生蛋的地方快把我逼瘋了！」他雖然是年紀最小的，卻經常是帶頭的。

「是啊。跑遍了半個世界之後，回來這個地方真像下地獄一樣。」里奧點頭指著河對岸的瓜達魯沛小鎮。他總是聽從尤金的暗示，即使他是三個人裡最年長的。

「那是瑪雷茲家的血液在作祟。」安德魯笑道。安德魯會聽他們說話，但不一定會聽尤金的話。安德魯喜歡作自己的主人。

確實如此，我想，確實是我們身體裡的瑪雷茲血液讓我們有流浪的衝動。就像不受羈絆的人，尋找著大海。

「我不在乎是什麼原因，安德魯！」尤金大吼。「我只覺得像被綁在這裡！我都沒辦法呼吸了！」

「而爸爸還在講去加州的事。」里奧像在夢中地說。

「那都是狗屁！」尤金不屑地一啐。「他清楚得很，媽媽絕對不可能搬走的——」

「而且我們也不會跟他走。」安德魯接了他的話。

尤金皺眉。「沒錯！我們不會跟他去！他還不明白我們已經是大人了。該死，我們還打了一場仗！他也有過四處為家的日子，現在他年紀大了，而且還有小孩子要照顧。為什麼我們要被他綁住？」

安德魯跟里奧看著尤金，知道他講的是事實。戰爭改變了他們。現在他們需要過自己的生活。

「是啊。」安德魯輕聲說。

「不是去加州，就是跟他去公路做工——」里奧邊想邊說。

「狗屎！」尤金喊道。「為什麼只能有這兩種選擇！嘿，我一直在想，如果我們三個人一起，我們可以搬去拉斯維加斯、聖塔菲，甚至阿布奎基。那邊可以找到工作，我們可以租房子——」

安德魯跟里奧專注地看著他們的弟弟。他的直接與大膽經常讓他們措手不及。

「嘿，我們可以存點錢，買輛車，女人——」

「沒錯，尤金。」里奧點頭。

「那確實會很棒。」安德魯同意。

「我們可以去丹佛、佛列斯可，到天涯海角！」他的聲音顫抖。他的興奮感染了他的哥哥。

「尤金，你的主意棒透了！」里奧滿臉發亮。他以他的弟弟為傲，他自己絕對不敢想得這麼遠。

「既然這樣，我們別光是坐在這兒講，動手吧！跟這裡一刀兩斷！立刻上路！」

「我已經可以想像了，錢、酒，還有女人——」

「沒錯！我的好兄弟！」尤金打了他一拳。

「那爸媽怎麼辦？」開口的是安德魯。他們沉默了一下子。

「該死，安德魯，他們過得好好的。」尤金說。「老頭的工作不是很穩定嗎？我們等有能力就可以寄錢回來——」

「我不是指這件事。」安德魯說。

「那是什麼？」我等著。我知道他是指什麼。

「我是指爸爸希望搬去加州的夢想，還有媽媽希望我們在山谷這裡安定下來——」他說。他們不安地互相看著對方。他們這一輩子都被父母親的夢想籠罩著，就像它們籠罩我一樣。

「該死，安德魯，」尤金說，「我們不能在他們的夢想上建立我們的人生。我們是男人了，安德魯，已經不是小男孩了。我們不能被那些古老的夢綁住——」

「是啊，」安德魯回答，「我想我心裡也知道你說得沒錯。」當他這麼說時，我覺得很傷心。我不想再次失去我的哥哥們。

「而且他們還有東尼在，」尤金說著，看著我。「東尼會成為她的神父。」他笑起來。

「東尼會成為她的農夫。」里奧又補一句。

「她的夢想就會完成，我們就自由了！」尤金大叫。

「耶！」他們跳起來，開心地大吼。他們跳舞，互相摔角，像動物般在地上打滾，大叫大笑。

「你說好不好啊，東尼，你將成為她的神父！」「賜福給我們，東尼！」他們跪在地上，對著我舉起雙臂又放下來。我有些被他們瘋狂的舉動嚇到，但我仍找到足夠的勇氣對著他們吼叫。

「我會賜福你們！」我大叫，然後像在夢中那樣畫了個十字。

「你這個小王八蛋！」他們大笑。他們抓住我，脫下我的褲子，輪流打我屁股。然後他們把我丟到雞籠的屋頂。

「這值得慶祝一番！」尤金大叫。

「沒錯！」

「我會賜福你們！」我往下對著那三個巨大的身影大喊，但他們不理會我。

「嘿，我們得跟蘿絲那裡的女孩們道別！」尤金大笑，然後他們都朝安德魯的肩膀揍了一拳。安德魯也咧嘴笑了。

我記得我們帶家裡的母牛去找賽拉諾家的公牛那次。那是個寒冷多霧的禮拜六。那頭公牛聞到母牛的味道時，就跳出了牧草地的圍欄，往貨車衝來。他在我們周圍繞圈子，鼻子噴氣，腳耙著地面。我當時嚇壞了。最後我們終於能打開貨車的後車廂門，讓母牛出來。那頭公牛龐大的重量立刻就壓到了她身上，讓她匍匐在地上，父親跟賽拉諾都大笑起來，拍著自己的膝蓋。他們笑到眼淚都冒了出來。他們輪流從一個威士忌酒瓶裡喝酒，然後放低了聲音，談論起蘿絲那裡的女孩子。

「呼比！」他們吼叫。他們像野牛般，沿著山羊小徑奔向城裡。

「晚點見，東尼——」他們喊。他們黑暗的輪廓消失在西沉的夕陽裡。

我爬下雞籠，穿上褲子。他們打我屁股的地方隱隱作痛。我不知道該哭，還是該跟他們一樣大笑。我心裡有種空空的感覺，不是因爲他們打我，而是因爲他們又要離開了。

我將再度失去他們。

我記得他們建造我們的房子的時候。他們那時候就像巨人一樣。我會永遠失去他們嗎？

我想在他們身後大喊，我賜福給你們。

9

在我夢中的黑暗濃霧裡，我看到了哥哥們。三個黑暗的身影沉默地示意我加入他們。他們帶領我走過山羊小徑，穿過橋，去住著邪惡女人的屋子。我們沉默地走過那條被踏過無數次的小徑。蘿絲家的門打開來，我瞥見了一眼住在那裡的女人。空氣裡有煙，並因為香水而變得甜美，裡頭還有笑聲。我的哥哥們示意我進去。

一個年輕的女人開心地笑著。她彎腰鞠躬，於是她柔軟的胸脯便像母牛的乳房一樣垂墜成彎曲的線條。

母親洗頭時，會把上衣的領子折進去，因此我能看到她的肩膀，和她粉紅色的頸子。水會濺溼她的上衣，那薄薄的棉布便黏在她胸部弧形的輪廓上。

不！我在我的夢中大喊。我不能進去。我不能有這些念頭。我是要成為神父的。

我的哥哥們大笑起來，把我推到一旁。不要進去，我喊。河水上寫著，如果你進去，你就會失去你的靈魂！

啐！尤金皺起眉頭，你像個宗教狂熱分子似地搥胸頓足，但是你遲早也會到這兒來。你也是瑪雷茲家的人！他大吼，走了進去。

神父也是男人，里奧微笑，而所有男人都是女人生出來的，也必須由女人來滿足。然後他也進去了。

我對最後一個身影乞求，安德魯，不要進去。

安德魯笑了起來。他停在點著歡愉燈火的門口，說，我的小弟，那麼我跟你約定，我會等到你失去你的純真再進去。

但是純真是永恆的，我喊道。

當你什麼都不懂時，你就是純真的，母親喊道，但你對瑪雷茲家男人的血與肉已經了解太多了。你是純真的，直到你了解人世，教堂的神父說，而當聖餐放在你的嘴裡，上帝充滿你的身體時，你就會了解善惡。

啊，那麼我永遠不能失去的純真到底在哪裡，我發現自己身在蒼涼的荒野中，我對著荒野大喊。而在旋轉的煙霧中，一道閃電打下來。雷聲中，一個黑暗的身影走上前來。那是鄔蒂瑪，她指著西方，西方的草原村，我出生之地。

她開口。在佈滿舞動的平原和翻滾的山丘的地方，在白天屬於老鷹而夜晚屬於貓頭鷹的地方，就是純真所在。在亞諾荒原裡，孤獨的風歌唱，歡慶你誕生的愛的奇蹟的地方，你的純真就在那些山丘裡。

但那是許久以前了，我喊道。我尋求更多答案，但是她已經消失了，在一聲巨響中蒸發不見。

我睜開眼睛，聽到樓下的騷動。

「我們非走不可！非走不可！」一個激動的聲音喊道。那是尤金。我衝到門邊，望向廚房。母親在哭。

「但是爲什麼？」父親問。「你們可以在這裡找到工作。我可以讓你們加入公路的工班，等到夏天，我們就可以——」

「我們不想去鋪公路！」尤金爆發。他們在吵著離開，而尤金一馬當先地發難。我想他一定是喝醉了，才會這樣對父親說話。跟我的哥哥們比起來，父親顯得矮而瘦，但是他很強壯。我知道只要他想要，他還是可以把他們其中任何一人折成兩半。

但是他並沒有發怒。他知道他正在失去他們，這讓他退縮。

「尤金！」母親懇求。「別亂說話！別跟你父親頂嘴！」

現在輪到我哥哥退縮了。尤金喃喃地道歉。他們知道身爲父親的人有力量詛咒自己的兒子，而且，哎！對大逆不道的子女們下的詛咒是無法收回的。我聽過一些故事，知道有許多壞兒女如此忤逆父母，讓父母誓言與他們脫離關係。啊，那些可悲的兒女們便落入了惡魔之手，或是大地就在他們面前裂開來，將他們吞噬。無論如何，再也沒有人聽說這些被詛咒的兒女的下落。

我看到母親畫了個十字，我也同時爲尤金禱告。

「你們到底要什麼？」母親啜泣。「你們離開了那麼久，現在你們才剛回來，卻又想要離開——」

「還有加州呢？」父親嘆氣。

「我們不想讓你難過，媽媽。」里奧特別強調地說。「我們只是想獨立生活，去聖塔菲工作——」

「你們要拋棄我。」母親又重新哭了起來。

「這樣就沒有人留下來，跟我一起去西部了——」父親低聲說，像是一個沉重的負荷落到他肩上。

「我們不是要拋棄你，媽媽。」安德魯說。

「我們是男人了，媽媽。」尤金說。

「哎，瑪雷茲家的男人。」她堅忍地說，轉向父親。「瑪雷茲家的血液把他們帶離家園跟父母，葛柏瑞。」她說。父親看著她，然後低下了頭。流在他血脈裡的血液也流在他兒子體內。他血液中的躁動不安摧毀了他的夢，打敗了他。他現在了解了。明白這點實在很令人傷心。

「你還有東尼。」里奧說。

「感謝上帝。」母親說，但她的聲音裡沒有喜悅。

到了早上，里奧跟尤金已經離開了，但是安德魯留了下來。他們談了很久，直到深夜，最後他終於放棄了跟他們一起走。我想他不想追隨他們的腳步，而且他也想讓母親高興。此外艾倫食品店也給了他一份工作，所以冒險的渴望沒有把他拉走。我很高興。我一直覺得跟安德魯很親，如果我非得失去兩個哥哥，我很高興他不是其中之一。

那天早上，我跟安德魯走路去上學。

「你爲什麼沒有跟里奧和尤金一起走？」我問。

「啊，我在這裡有份工作了，今天就開始上工，所以我想我這裡也可以跟他們在拉斯維加斯混得一樣好。」

「你會想念他們嗎？」

「當然。」

「我也會——」

「而且我也一直在考慮要不要回學校把書念完——」他說。

「回學校？」

「是啊，」他微笑，「怎麼？你覺得我太老了嗎？」

「沒有，」我說。我在說謊，我無法想像我夢中的這個身影會到學校去。

「是啊，」他繼續說，「里奧、尤金，跟我加入軍隊之前，我只剩下幾個學分還沒修完——如果說我在軍隊裡有學到什麼，那就是受過教育的人容易出人頭地。所以我想一邊工作，一邊修完幾門課，拿到學位——」

我們沉默地繼續走。他說教育有用，這件事眞好。這讓我很高興我花了那麼多力氣在上面。

「你有女朋友嗎？」我問。

他嚴厲地看著我，我心想他要生氣了。然後他微笑起來，說：「啊，你這小子，你太愛問問題了！我沒有女朋友。當一個男人還年輕，還想出人頭地時，女孩子只會帶來麻煩。女孩子總是想立刻結婚——」

「你要怎麼出人頭地？」我問。「你要變成農夫嗎？」

「不。」他咯咯笑起來。

「你會變成神父嗎？」我屏住呼吸。

他大笑。然後他停下來，把手放在我肩上，說：「你聽好，東尼，我知道你在想什麼。你在想著爸爸跟媽媽，你在想著他們的願望——但是對我們而言這已經太遲了，東尼。里奧、尤金，跟我，我們不可能變成農夫或神父，我們甚至不可能像爸爸希望的，跟他去加州。」

「爲什麼？」我問。

「我們就是沒辦法。」他苦笑。「我也不知道，或許因爲戰爭讓我們太快變成大人，或許因爲他們的夢想從一開始就不眞實——我想如果會有任何人可以實現他們的夢想，那一定會是你，東尼。記得不要太快長大就好。」他補充說。

我們一邊走過橋上，我思索著他說的話。我不曉得我會不會太快長大。我渴望知識，渴望懂得一切，但是我不曉得這會不會讓我失去我的夢想。安德魯說那要由我決定，而我想當一個好兒子，可是母親的夢想跟父親的希望正好相反。她想要一個神父來守護谷地的農人，他卻想要一個可以陪他遠行到加州葡萄園的兒子。

啊，長大眞難。我希望再過幾年，第一次接受聖餐時，我就會了解該怎麼做。

「比看誰先過橋！」安德魯大叫。我們立刻加速衝刺，拔腿飛奔。在我們過了一半時，聽到後頭傳來馬蹄達達踩在橋面上的聲響，一回頭便瞥見維他命小子正朝我們衝來。

「快啊！」安德魯催促我，而儘管我可以跟上安德魯，我們卻無法將小子遠遠拋在身後。那穩定的踢踏聲越來越響亮，空氣中充滿了野草剛被嚼過的泡沫草腥味，然後小子就超過我們了。

「巨人殺手安東尼——」他微笑著，如一陣風颼颼掠過。

「就是贏不了他！」安德魯在橋的盡頭氣喘吁吁。

「沒有人，贏得了，他。」我幾乎喘不過來。

「我發誓，他一定就，住在橋下！」安德魯笑起來。「他爲什麼叫你巨人殺手——」

「我不知道。」我點頭。我把我的哥哥們當成巨人，而現在有兩個巨人離開了。

「那個神經病小子！」安德魯點頭。他因爲跑步而漲紅了臉，眼睛裡也滿是淚水。「有一天你一定會贏他的，東尼。有一天你一定會贏過我們所有人——」他揮揮手，跟我分道揚鑣去上工。

我不覺得我有一天一定會贏過維他命小子，但是安德魯會這麼說一定有他的道理。我望向橋的那邊，森謬正要過來。我等他過來，一起走去學校。

事。

「森謬，」我問他，「小子住在哪裡？」

「小子是我的弟弟。」森謬輕聲說。我不知道他是不是在開玩笑，但是我們再也沒講過這件事。

那一年我們都等著世界末日到來。謠言一天比一天傳得更遠更廣，直到所有小孩子都看著月曆，等著那天到來。「世界會陷入火海。」有人這麼說；「世界會被大水淹沒。」也有人這麼爭論。「聖經都寫了，這是我爸爸說的。」日子似乎越來越沉重，越充滿不祥的徵兆。但是除了小孩子以外，似乎沒有任何人知道世界就要滅亡了。下課時間我們都會聚在操場上講這件事。我們會談論我們看到的徵兆，骨頭甚至說他跟一艘來自外太空的船上的人講過話。我們看著雲層，等待著。我們禱告。恐懼不斷增長。然後那天到來了，又結束了，世界並沒有滅亡，幾乎有點令人失望。然後每個人都說：「看吧，我就說吧。」

那一年，骨頭有一次發了瘋，用糨糊罐把威利的頭砸破了。這件事實在很討厭，因爲在那之後，我們大多數人就不敢再吃那味道甜甜的糨糊了。

那一年，一場尿尿比賽在校舍後面舉行，馬臉贏了，但是被校長發現，所有參加尿尿比賽的人都被打了屁股。

喬治開始在課堂上打嗝。他可以隨心所欲地隨時打嗝。他會直接發出「嗝！」的聲音，然後做出種種變化。「嗝—叭—啪—啪！」他會在女生耳朵邊打嗝，而且每次都會被打。但是他不在乎。他有點瘋瘋的，就跟骨頭一樣。

而那一年我學會了讀跟寫。瑪耶斯塔老師很滿意我的表現。在學期最後一天，她把成績單分給其他所有同學，但是輪到我時，她把我帶到校長室。校長跟我解釋說，我比其他一年級的學生年級大一點，而且我進步得很快。瑪耶斯塔老師露出燦爛的笑容。校長於是決定讓我直接從一年級升到三年級。

「你覺得呢？」他微笑。

「謝謝您，先生。」我說。我很開心。母親一定會以我爲榮，而且這表示明年我就會跟同夥的其他人在同一年級了。

「你母親一定會很高興。」瑪耶斯塔老師說。她親了一下我的臉頰。

「是。」我說。

校長把我的成績單跟一張紙交給我。「這上面會跟你父母解釋得很清楚。」他說。他跟我握手，就像男人跟男人一樣，然後他說：「祝你好運。」

那封信帶有魔法，我迫不及待地想知道其中的祕密。

「謝謝您，先生。」我說。

那一天剩下的時間，我們全都像是腳被綁在一起，急著掙脫的羊一般。放學時，幾位同學的母親幫我們準備了一個派對，但是我並不想留下來，因爲我還是覺得跟他們格格不入。而且母親也不會來。我謝謝瑪耶斯塔老師的幫忙，然後等到最後一聲鐘響，立刻跑回家。我擠過滿頭大汗，蜂擁而出的大群學生，夏天帶來的自由加快了我的腳步。

「放假了！放假了！」所有人都在說。校車大聲按著喇叭催促搭車的學生。我揮手，那些農場的學生也對我揮手。我們秋天就會再見面。在翹翹板旁邊，有人開始在打架，但是我不想浪費時間去看熱鬧。

「呼哇！」叫聲劃破了空氣。亞洛斯的傢伙們從旁邊跑過。我追上去，但是我在艾倫的店外跟他們分開，經過長角酒吧，經過蘿絲的房子，來到橋頭。

我開始過橋，而這是我記憶中我第一次跟它說話。我在心裡哼一首歌。喔，美麗的橋，我穿過你，離開城鎮，我穿過你，前往亞諾！我爬上山丘，我跑過山羊小徑，便回到了家！我不覺得這首歌愚蠢，我只覺得好快樂。

「東——尼——」馬蹄踩在水泥地上的聲音達達響起，而小子瘦削的臉出現在我旁邊。

「你升級了？」

「沒錯！」然後他就一溜煙不見了。他在橋的那一頭也超過了森謬。「森謬！」我喊。他轉身，等我。「我升級了，你呢？」

「喔，升了。」他微笑。「那些老師反正都會讓我們一直升上去。」他說。森謬才念三年級，但是他講話的時候總是顯得老成持重，有點像我爺爺。

「但是我是升到三年級，明年我就會跟你同班了！」我炫耀道。

「太好了，」他說，「我們去釣魚吧。」

「現在？」

「當然。」

通常我只會在週末時想到去釣魚，但是學校確實也放假了。今年第一次大水帶來的河水正在消退，河裡應該有很多飢餓的鯰魚正在等我們。

「沒有釣魚線。」我說。

「我有。」他說。

我想到母親。我一向都會在下課後直接回家，但是今天我有事情值得慶祝。我正在長大成人，而突然間我明白，我可以自己做決定。

「好啊，」我說。我們向右，朝鐵路大橋的方向走去。我從來沒走過這裡。更遠處就是哈森的印第安人住的懸崖。我們穿過那龐然大物的鐵路大橋陰影。

「這裡有惡魔，」森謬說。他指向丟在小路邊一個透明的塑膠套子。我不知道爲什麼那會是惡魔。

「嘻—嘻—嘻—哈！」恐怖狂野的笑聲充斥在空氣中。我停下腳步，無法移動。我想尤蘿娜一定就出沒在這座橋黑暗的陰影裡。

「啊！」我大叫。我一定跳了起來，因爲森謬把一隻手放在我肩膀上，對我微笑。他指著上頭。我看著那座巨大橋樑的黑色桁架，看到一個身影很危險地從一個基樁跳到另一個基樁上。我想那是小子。

「他瘋了嗎？」我問森謬。

森謬只是微笑。「他是我弟弟。」他回答。他帶著我走出橋的陰影，離得遠遠的。我們走到河岸上，森謬在這裡藏了一些釣魚線跟魚鉤。我們砍下一些檉柳樹枝當作釣竿，挖了一些蚯蚓做釣餌。

「你常釣魚？」我問。

「我從小就會釣魚，」他回答，「從我有記憶以來——」

「你也釣魚——」他說。

「對。我很小的時候，就跟我的哥哥學會釣魚。然後他們去打仗，我就不能再釣魚了。後來鄔蒂瑪來了——」我停下來。

「我知道。」他說。

「所以去年夏天我又開始釣魚。有時候是跟哈森。」

「你還有很多要學的——」

「是。」我回答。

午後的陽光把沙子曬得暖暖的。大水後泥濘的河水一刻不停地翻攪著往南流，而就在我們面前的石頭旁的深洞裡，鯰魚出現了。牠們迫不及待咬住今年夏天第一次出現的魚餌。我們釣到很多美洲河鯰魚，還有幾條小七彩波羅魚。

「你試過釣這河裡的鯉魚嗎？」

這條河裡有許多棕色大鯉魚，因此被稱爲鯉魚河。大家都知道釣起被夏天大水沖到下游的大鯉魚，會帶來厄運。每次大水過後，當奔騰打轉的憤怒河水退去後，就可以看到這些大魚努力要往上游。從過去到現在都是如此。

河水消退得非常快，因此在有些地方，水會變得很淺，於是鯉魚要游回上游時，魚背會在水裡拱起一道紋路。有時候鎭上的人會到橋上，來看這些鯉魚水花四濺地拚命游，要回到大水將他們連根拔起的水池。有些鎭裡的小孩不知道抓這些鯉魚會帶來厄運，會把他們從淺水裡撈起來，丟在沙洲上。那些可憐的鯉魚就會在不斷在地面上啪啪跳動，直到乾死，之後烏鴉就會俯衝下來，把他們吃掉。

鎭上有些人甚至會拿五分錢買一條魚，把魚吃掉！這是很糟糕的事。但是爲什麼糟糕，我不知道。

看到鯉魚掙扎著要在河水乾涸成涓涓細流，把他們困在陌生的水塘裡之前，努力回到家鄉，實在是很美麗的景象。之所以美麗，是因爲你知道，即使機會很小，有些鯉魚還是可以返回家鄉，養兒育女，因爲每年同樣的戲碼都會再上演。

「不會，」我回答，「我不會來釣鯉魚。那會帶來厄運。」

「你知道爲什麼嗎？」他問，揚起一邊眉毛。

「不知道。」我說，屛住呼吸。我覺得自己彷彿坐在一條沒人發現的河流的河岸上，河裡翻攪泥濘的水攜帶了許多祕密。

「我告訴你一個故事，」森謬在沉默許久之後說，「哈森的印第安人告訴我父親的故事

——」

我大氣都不敢喘一下地聽著。河水的拍打聲像是時間的潮水迴響在我的靈魂裡。

「很久以前，當大地還很年輕，只有四處遊蕩的部落來到草原上的處女地，喝著純淨河流裡的水時，一個奇特的部族來到這片土地上。他們是被他們的神送來這片河谷的。他們已經茫然地遊蕩了許多年，但從不曾放棄對神的信念，因此終於得到報償。這片肥沃的河谷將是他們的家。這裡有許多動物可以吃，有奇特的樹生長出甜美的果實，還有甘醇的水可以喝，並灌溉他們的田地。」

「他們是印第安人嗎？」我在他暫停時問。

「他們是一個民族。」他只是這樣回答，便繼續說下去。「只有一樣東西是他們不能碰的，就是被稱爲鯉魚的那種魚。這種魚生活在這條河裡，而且他們對神而言是很神聖的。族人過著幸福快樂的生活，過了很長的時間。接著連續有四十年都是大旱，作物都枯死了，野生的動物也被殺光了，族人開始面臨飢荒。爲了活下去，他們終於捕了河裡的鯉魚，把他們吃下去。」

我全身戰慄。我從來沒有聽過像這樣的故事。時間越來越晚了，我想到母親。

「眾神非常憤怒。他們本來要殺掉所有族人，補償他們犯的罪。但是有一位眞的很愛這些人的神替他們求情，其他的神也被他的愛所感動，於是決定不殺掉族人，而是將他們變成鯉魚，讓他們永遠生活在河裡——」

西沉的太陽在棕色的河水上閃耀，將水變成古銅色。

「所以捉這些鯉魚是一種罪，」森謬說，「吃下他們則是更嚴重的罪行，因爲他們其中有一部分就是那些人。」他指著河中央，兩片巨大的背鰭從水面突出，往上游去，讓水花四濺。

「所以如果你吃下一隻，」我低聲說，「你可能就會受到跟他們一樣的懲罰。」

「我也不知道。」森謬說。他站起來，拿走我的釣魚線。

「故事就到此結束嗎？」我問。

他把我們釣到的鯰魚分成兩半，把我的那一半用一條短短的繩子串起來。「不是，後面還有。」他說。他四下張望了一下，彷彿在確定旁邊沒有人。「你知道金鯉魚的事嗎？」他低聲問。

「不知道。」我搖搖頭。

「眾神將族人變成鯉魚時，很愛這些人的善良的神很難過，因爲對於新來的魚而言，河裡充滿了危險。因此他去找其他的神，說他自願被變成鯉魚，生活在河裡，以便照顧他的族人。眾神也同意了。但是因爲他是神，所以他們讓他變成一隻巨大的鯉魚，而且全身金黃色，並讓他統治這山谷裡所有的水域。」

「金鯉魚，」我自言自語，「一個新的神？」我無法相信這個奇怪的故事，但是我又無法不相信森謬。「那隻金鯉魚還在這裡嗎？」

「沒錯。」森謬回答。他的口氣充滿了堅定的信念。這讓我渾身發抖，不是因爲天氣冷，而是因爲我過去相信的一切的根基似乎都動搖了。如果金鯉魚是神，那麼在十字架上的那個人是誰？還有聖母呢？母親是在對錯的神祈禱嗎？

「在哪裡？」我想知道。

「現在很晚了，」森謬說，「你今天也學到很多了。今年夏天希可會去找你，帶你去看那尾金鯉魚——」然後隨著樹枝一陣搖動，他就消失在暮色中了。

「森謬！」我喊。但是周圍只有一片寂靜。我聽過別人講過希可這個名字。他是鎮上的男孩，但是他都不跟他們混在一起。他們說他一天到晚都在河邊釣魚。我在逐漸聚攏的暮色中朝回家的方向走，心裡仍對森謬剛說的故事感到驚異。

「東尼——」有人喊道。我拔腿快跑，一路跑到家門口。

我到家時，母親非常生氣。我從來不曾晚到家。「瓜達魯沛的聖母啊！你讓我擔心死了！」她喊道。但我把我升級的信給她看，她的心情就瞬間改變了。「長者，黛柏拉，德瑞莎，快來啊！東尼被連升兩級了！喔，我就知道他會成爲學者，說不定還是個神父！」她在胸前畫個十字，哽咽地把我緊緊抱住。

郘蒂瑪也很開心。「這孩子在一天內就可以學會大多數人一年才會的東西。」她微笑。我心想她會不會知道金鯉魚的事。

「我們得向聖母祈禱謝恩。」母親說。即使黛柏拉抗議，說沒有人爲了升級祈禱，母親還是讓我們所有人都聚攏到聖母聖壇前。

父親下班晚了，很晚才到家，肚子很餓。我們那時還在禱告，晚餐也很晚才吃。他很生氣。

10

夏天來了，它的熱力把我曬成棕色，亞諾跟河流則讓我充滿美麗的感受。金鯉魚的故事不斷出現在我夢裡。我去森謬家找他，但是那房子外頭都釘上了木板。一個鄰居，一位老太太告訴我，森謬跟他父親接下了一份工作，整個夏天都要去牧羊。除了他之外，唯一可以帶我找到金鯉魚的人就是希可，所以我每天都在河邊釣魚，一邊張望著，等待著。

安德魯整天都在上班，所以我很少看到他，但至少他還住在家裡，已經很讓人安慰。里奧跟尤金很少寫信來。我跟鄔蒂瑪每天早上都在菜園裡工作，與亞諾荒原搏鬥，試圖奪回一些好的泥土來種菜。我們很少說話，但是我們分享很多。到了下午我就可以隨自己高興，在河邊或在亞諾熾熱的山丘間漫步。

父親對於兒子們離家感到很沮喪，喝酒喝得比以前更多。母親也很不快樂，因爲她的一個兒弟，我的路卡舅舅生病了。我聽到他們在夜晚低聲談論著，說我舅舅是被巫術所害，一個女巫對他下了詛咒。他病了一整個冬天，也沒有隨著春天到來而好轉，現在已經臥病不起，奄奄一息了。

我的舅舅們已經用盡各種方法，拯救他們最小的弟弟。但是鎮上的醫生，甚至是拉斯維加斯的大醫生都無法讓他痊癒。連港口村的神父都被請來驅走魔咒，結果也失敗了。正要將舅舅慢慢折磨至死的，肯定是女巫的惡行！

有一天晚上，在他們以爲我已經睡著的時候，我聽到他們說，路卡舅舅因爲看到一群女巫在爲惡魔跳邪惡的舞蹈，才會受到詛咒。到最後，他們決定請求巫醫幫忙，於是他們前來找鄔蒂瑪。

那是一個美麗的早晨，王蘭[5]的花苞綻放，仿聲鳥在山丘上歌唱，沛卓舅舅就在此時把車停在我們家門口。我跑出去迎接他。

「安東尼。」他按照習俗握了我的手，然後擁抱我一下。

「願上帝賜你美好的日子。」我回答。我們走進屋裡，母親跟鄔蒂瑪都上前迎接他。

「爸爸都好嗎？」母親問，一邊幫他送上咖啡。舅舅是來請求鄔蒂瑪幫忙，而我們大家都知道，但他們還是要行禮如儀地打完招呼。

「他都好，他要我問候你們。」舅舅說，然後看著鄔蒂瑪。

「那麼，我弟弟路卡呢？」

「哎，」舅舅絕望地聳聳肩。「他比你上次看到時還糟。我們已經無計可施，不曉得該怎麼辦了——」

「我可憐的路卡弟弟，」母親喊道，「這種事居然會發生在我們最小的弟弟身上！他的雙手多麼靈巧，他照顧樹木，接枝修剪的技巧簡直無人能比啊。」他們倆都嘆了口氣。「你們去看過專科醫師了嗎？」她問。

「我們甚至還帶他去看了拉斯維加斯的大醫生，還是毫無幫助。」舅舅說。

「你們去找過神父了嗎？」母親問。

「神父來過，幫房子賜福，但是你也知道港口村的神父，他不想用他的力量來對抗那些女巫！他已經不願意插手管這件事了。」

舅舅的口氣彷彿知道是哪個女巫詛咒了路卡。而且我也不明白，為什麼那個神父不願對抗邪惡的女巫。他背後有上帝、聖母，跟聖母教會所有聖人的力量啊。

「我們沒有人可以求助了嗎？」母親喊。她跟舅舅的眼神都瞥向之前一直安靜聆聽他們談話的鄔蒂瑪。此刻她站起來，面對舅舅。

「啊，沛卓·魯納，你只會像個老太太似的坐在那叨唸，浪費寶貴的時間——」

5 Yucca，灌木狀多肉植物，性喜高溫多濕，但又耐旱，葉的纖維可製成繩索，亦普遍栽種為觀賞植物。「王蘭」在台灣常泛指龍舌蘭科王蘭屬的植物，全世界目前大約有四十幾個原生種，人為育種後的種類更為繁多。本文所指可能是美洲常見、原產於墨西哥的刺葉王蘭。

「您願意去。」他露出勝利的微笑。

「感謝上帝。」母親大喊。她跑到鄔蒂瑪面前擁抱她。

「我願意去，但是你們必須了解一點，」鄔蒂瑪發出警告。她伸出一隻手指，指向他們倆人。她清澈的目光讓他們靜止不動。「你們必須了解，任何人，不論是女巫或巫醫，神父或罪人，只要操弄了一個人的命運，就可能啓動任何人最終都無法控制的一連串的事件。你們必須願意接受這樣的責任。」

舅舅看著母親。他們此刻最關切的是要把路卡從死神的手裡搶回來，爲了這個目的，他們願意接受任何責任。

「我願意代表我所有的兄弟接受這樣的責任。」沛卓舅舅唸誦道。

「我也代表我的家人接受您的幫助。」母親補充。

「很好，」鄔蒂瑪點頭，「我會去治療你們的弟弟。」她離開廚房，去準備她進行治療所需的草藥跟油。經過我身邊時，她低語說：「胡安，準備好——」

我不了解她的意思。胡安是我中間的名字，但是從來沒有人叫我這個名字。

「萬福無玷的瑪利亞啊。」母親說，癱坐在一張椅子上。「她會讓路卡痊癒。」

「他受到的詛咒很強大。」舅舅憂鬱地思忖著。

「鄔蒂瑪的力量更強，」母親說，「我見過她施展奇蹟。她師承有史以來最偉大的巫醫，草原村的飛翔之人——」

「嗯。」舅舅點頭。連他都承認草原村那位古人的力量。

「但是你知道是誰下了這邪惡的詛咒嗎？」母親問。

「是德納瑞爾的女兒。」舅舅說。

「啊！那幾個邪惡的女巫！」母親在額頭上畫個十字，我也跟著做。任何人提到女巫的名字時，都務必用神聖十字架的象徵來阻擋她們邪惡的力量。

「嗯，路卡在病倒後告訴了爸爸這件事，但是直到現在，我們不得不求助巫醫時，爸爸才對我們透露這件事。在不幸的二月，路卡有一天過河去找幾頭迷路走失的牛。結果他遇到曼紐利多，就是阿佛瑞多的兒子，你知道，娶了跛腳女孩的那個。反正，曼紐利多告訴他，他看到那幾頭牛往河彎的地方去了，也就是三葉楊長得很茂密的那地方，那邪惡的地方。」

母親再度畫了個十字。

「曼紐利多說他試著讓牛回頭，但是牠們已經太接近那邪惡的地方，他很害怕。他試著警告路卡不要接近那地方。當時黃昏已經降臨，空中也出現不祥的徵兆，貓頭鷹對著早出的彎月哭號——」

「啊，我的天哪！」母親喊道。

「但是路卡不顧曼紐利多的警告，不願意等到第二天早上。除了我們的父親以外，曼紐利多就是路卡最後一個講話的人了。啊，路卡眞是個太勇敢又太鹵莽愚蠢的傢伙，他就鞭策著馬走進那邪惡的樹林裡——」他暫停了一下，讓母親幫他添上新鮮的咖啡。

「我還記得我們小時候就看過邪惡的火光在那個地方飛舞。」母親說。

「嗯，」舅舅附和。「路卡那天晚上看到的正是同樣的火光，但是他不像我們以前那樣，在河對岸遠觀。他下了馬，悄悄爬進那些火球光芒閃爍的空地。他靠近時，便明白他目睹的不是自然的火光，而是女巫的舞蹈。他們在樹林間跳躍，但她們的火卻不會讓乾枯的樹枝燃燒——」

「萬福無玷的瑪利亞啊！」母親驚叫。

我聽過許多故事描述有人看到明亮的火球，而這些火球就是要前往聚會地點的女巫。聽說她們會在聚會處進行黑彌撒，崇拜魔鬼，然後魔鬼還會現身與她們共舞。

啊，女巫還會變幻成許多其他的形體。有時候她們會變成土狼或貓頭鷹，到處流竄！去年夏天才有人傳說烏鴉村[6]的一個農場主人射殺了一隻土狼，之後他跟他的兒子們循著血跡，來到村裡一個老婦人的家，結果發現那個老婦人因槍傷而死。農場主人發誓說他在他的子彈上刻了一個十字架，而這證明這個老婦人是女巫，所以他被無罪開釋。在古老的律法下，殺死女巫是不會受到懲罰的。

「當路卡接近時，」舅舅繼續說，「他看到那些火球開始變成固定的形體，接著出現了三個全身黑衣的女人。她們在空地中央升起一堆火。其中一人拿出一只鍋子，另一個抓出一隻老公雞。她們砍下公雞的頭，把牠的血倒進鍋子裡。然後開始熬煮雞血，並丟進其他許多東西，同時一邊跳舞，一邊唸誦咒語。路卡沒有說她們到底在煮什麼東西，但是他說那東西散發出他所聞過最難聞的惡臭——」

「黑彌撒！」母親倒吸一口氣。

「是。」舅舅點頭。他暫停一下，點了一根香菸，並再度倒滿咖啡。「路卡說她們把硫磺倒進火堆的柴裡，火焰就很恐怖地直衝上天。那一定是讓人血液凝結的恐怖景象，陰沉的風，寒冷的夜晚，如此邪惡，又如此遠離基督的地方——」

「是，是，」母親催促，「後來呢？」這個故事讓我們都像著了魔。

「嗯，你知道路卡。他就算親眼目睹惡魔，還是可能不信邪。他覺得那三個女巫只是三個需要被基督徒用口頭或其他方式好好教訓一頓的骯髒老女人，所以他便從隱身的樹後走出來，質問她們！」

「不！」母親倒吸一口氣。

「沒錯，」舅舅點頭。「依照我對路卡的了解，他很可能說些類似『哈！你們這些醜陋的女巫，面對一個基督徒的靈魂吧！』的話。」

我很對路卡舅舅的勇氣感到驚愕。任何頭腦正常的人都不會這樣正面挑戰惡魔的同夥！

「就在這時，他認出她們是德瑞曼迪納家的三姊妹，德納瑞爾的三個女兒——」

「我的天哪！」母親喊道。

「嗯，一直有謠言傳說她們是女巫。她們很生氣被目睹正在進行魔鬼的彌撒。他說她們有如

---

6 Cuervo，西班牙文原意就是烏鴉，位於新墨西哥州，瓜達魯沛郡的一個小村莊，在二十世紀初開發形成，但如今已是一片廢墟。

復仇女神般尖叫，像野獸般撲上來攻擊他——但是他做對了一件事。他躲在樹後頭時，拿了兩根乾枯的樹枝，用一條鞋帶很快地把這兩根樹枝綁成一個簡單的十字架。此刻他就對著那些邪惡的女人舉起這神聖的十字架，大喊：『耶穌、瑪利亞與約瑟！』一看到十字架，聽到這些聖人的名字，那三姊妹就痛苦不堪地倒在地上，像受傷的動物般滾來滾去，直到他把十字架放下爲止。之後她們便連滾帶爬地倉皇逃進黑暗中，邊跑還邊詛咒他。

「這時一切都安靜下來。只剩路卡一個人待在那受詛咒的地方，對著逐漸熄滅的火。他在河邊找到他被嚇壞的馬，騎上馬，回到家。他只告訴了爸爸這件事，而爸爸警告他不要再說出去。但是路卡在那個禮拜就病倒了。他一開口就是喃喃地說著德瑞曼迪納姊妹要報復他，因爲他發現了她們的祕密儀式。其他時間他的嘴巴則緊閉著，根本無法吃東西。他的身體就這樣越來越虛弱，眼看他就快不行了——」

他們沉默了許久，每個人都想著降臨他們的兄弟身上的邪惡詛咒。

「你們沒有去找德納瑞爾嗎？」母親問。

「爸爸反對。他不相信什麼巫術的事。但是胡安、巴布羅跟我還是去找德納瑞爾質問。但是我們沒有證據，所以無法指控他任何罪名。他只是嘲笑我們，還說如果我們毫無證據地指控他，他有權利對我們開槍。而且跟他同夥的那群土狼也在酒吧裡，跟他在一起。他說如果我們試圖做什麼，他有證人可以作證。所以我們只好離開。他還嘲笑我們。」

「嗯，他眞是個邪惡的人。」母親戰慄著。

「邪惡生出邪惡。」舅舅說。「大家都知道他的太太會捏黏土娃娃，用針刺它們。她讓谷地裡好多人都生了病，有些人甚至死於她的詛咒。她已經爲她的罪付出代價，但是在那之前，她卻已經生下三個女巫，繼續在這平靜的谷地裡爲非作歹——」

「我準備好了。」鄔蒂瑪打斷他。

我轉過頭，看到她站著，看著我們。她只拿了她的小黑色袋子。她一身黑衣，頭巾橫過她的臉，只露出她明亮的眼睛。她渾身散發著威嚴，而儘管她身材嬌小，卻已經準備好去對抗我剛聽到的所有恐怖邪惡的力量。

「長者，」母親走到她面前擁抱她，「對不起，我們要求您去做這麼困難的事，但是您是我們最後的希望了。」

鄔蒂瑪仍舊動也不動。「邪惡並不容易摧毀，」她說，「我會需要所有可能的幫助。」她看著我，她的凝視促使我向前跨了一步。「這孩子必須跟我一起去。」她低語。

「什麼？」母親嚇了一跳。

「安東尼必須跟我一起去。我需要他的幫忙。」鄔蒂瑪柔和地重複。

「我願意去。」我說。

「但是爲什麼？」母親問。

舅舅回答了這個問題。「他叫胡安——」

「嗯。」

「而且他流著很濃的魯納家的血液——」

「萬福無玷的瑪利亞。」母親喃喃地說。

「如果你希望你弟弟痊癒，就一定要這麼做。」鄔蒂瑪做了判決。

母親看著她的哥哥。舅舅只是聳聳肩。「就照您的意思，長者。」母親說。「讓安東尼去看看他的舅舅們也好——」

「他不是去玩的。」鄔蒂瑪嚴肅地說。

「我去幫他準備一些衣服——」

「他必須就這樣去。」鄔蒂瑪說。她轉向我。「你想幫助你舅舅嗎？」她問。

「想。」我回答。

「會很辛苦。」她說。

「我不在乎，」我回答，「我想幫忙。」

「如果別人說你在追隨一個巫醫的腳步，你會覺得丟臉嗎？」

「我會很驕傲，鄔蒂瑪。」我很篤定地說。

她微笑。「來吧，我們在浪費寶貴的時間——」舅舅和我跟在她身後出門，上了貨車。就這樣開始我們奇異的旅程。

「再見，」母親喊道，「小心啊！幫我問候爸爸！還有大家！再見！」

開車往港口村的路途一向很愉快，但是今天卻充滿了怪異的不祥徵兆。在河對岸，孤單的一片片農地點綴著山丘的地方，旋風和沙塵暴讓地平線一片黑暗。我從來沒見過這種情景，我們彷彿在一片寧靜的海洋中旅行，但四周的天空逐漸昏暗。當我們到達村子時，看到白天就出來的一彎月亮正掛在山谷南邊尾端的兩座黑暗台地之間。

「魯納家的月亮。」舅舅說，打破了整趟旅途的沉默。

「這是好預兆。」鄔蒂瑪點頭。「這裡被稱爲月亮港口，就是因爲這樣，」她對我說，「因爲月亮每個月都是從這個港口，開始從東到西的旅途——」

所以這裡是最適合魯納家族定居的地方。他們在這裡依照月亮的週期種下作物，照顧牲口。他們在不斷改變的月亮下生活，歌唱，死去。月亮是他們的女神。

但是爲什麼今天的天氣這麼怪異？而鄔蒂瑪又爲什麼要帶我來？我想幫忙，但是我要怎麼幫忙？只因爲我的名字叫胡安就可以幫忙嗎？而我純眞的魯納家的血液又要如何幫助解除舅舅身上的詛咒？我那時候還不知道，但之後就會明白了。

一道煙塵跟著貨車一路進入沙塵遍佈的街道。港口村一片死寂。連狗都沒有對著貨車吠叫。村裡的男人也沒有在田裡工作，而是一群群聚在泥磚屋的屋角，在我們駛過時竊竊私語。舅舅把車一路開到我祖父的家門口。過了很久的時間，都沒有人來到貨車旁，而舅舅開始焦慮起來。穿著黑衣的女人在那屋子進進出出。我們繼續等著。

最後我爺爺終於出現。他走過泥土院子，來迎接鄔蒂瑪。「醫師，」他說，「我的一個兒子快死了。」

「長者，」她回答，「我有方法可以治癒你的兒子。」

他露出微笑，伸手進入車窗，碰觸她的手。「就跟以前一樣。」他說。

「嗯，我們還是有力量打敗邪惡。」她點頭。

「如果你能救回我兒子的性命，我將付你金錢的報償。」他說。他彷彿絲毫沒有察覺我或舅舅的存在。他們似乎在進行一項儀式。

「欺騙死神要付出四十元的代價。」她咕噥著說。

「我同意。」他回答。他環顧鄰近的房子，看到那些分開的窗簾間露出窺探的眼睛。「村子裡的人都很緊張。已經很多年沒有巫醫來醫治病人了——」

「農人就應該耕種。」郞蒂瑪只是簡單地回答。「好吧，我該開始工作了。」她下了貨車。

「你需要什麼？」我爺爺問。

「你知道的，」她說，「一間小房間、床單、水、爐子、吃的玉米粥——」

「我會親自準備所有東西。」他說。

「屋子裡有已經在哀悼的女人，」郞蒂瑪說，一邊用披肩包住頭，「把她們趕出去。」

「都照你的吩咐。」我爺爺回答。我覺得他應該不想把他的媳婦們都趕出去，但是他知道當巫醫在進行治療時，一切都要按照她的意思。

「到了晚上，會有動物在你房子外頭出沒，土狼會在你家門口嚎叫——交代你的兒子們不要開槍。我會自己處理那些企圖妨礙治療的傢伙——」

我爺爺點頭。「你現在要進來屋裡了嗎？」他問。

「不，我必須先跟德納瑞爾談一談。他在他的巢穴，那個他所謂的酒吧裡嗎？」她問。我爺爺說是。「我會去找他談，」鄔蒂瑪說。「我會先試著跟他講道理。他一定知道那些試圖玩弄命運的人最後經常會被自己的計謀吞噬──」

「我叫沛卓跟胡安跟你一起去。」我爺爺開口，但是她打斷他。

「一個巫醫什麼時候需要人幫忙應付瘋狗了？」她反駁。「來，安東尼。」她喊道，便邁步往街上走。我匆忙趕上她。

「那孩子得去嗎？」我爺爺喊。

「當然。」她回答。「你不怕吧，安東尼？」她問我。

「不怕。」我說，握住她的手。許多隱藏的眼睛望著我們走過遍佈沙土的空蕩蕩的街道。酒吧就在街底，教堂對面。

那是一棟狹小的，破爛的泥磚屋，門口掛著一塊招牌。招牌上寫著這間酒吧是德納瑞爾・德瑞曼迪納所有。這個在週六還充當村中理髮師的男人有一顆跟地獄深處一樣黑的心！

鄔蒂瑪似乎並不怕他，也不怕他三個女兒的邪惡力量。她毫不猶豫地推門走進去，我也緊跟在後。裡面只有幾張桌子，四個男人圍坐在其中一張桌子旁。其中三個人轉過頭來看到鄔蒂瑪，眼中滿是驚訝。他們沒想到她會走進這個邪惡的地方。另外那個男人繼續背對我們，但是我看到他駝著的肩膀微微顫抖。

「我找德納瑞爾！」鄔蒂瑪宣佈。她的聲音洪亮自信。她抬頭挺胸地站著，有種高貴的姿態，就像我們走在亞諾山丘裡，我常看到的那樣。她毫無畏懼，因此我也試著站得像她一樣，將恐懼趕出我心裡。

「你想做什麼，女巫！」不肯面對我們的那個男人吼道。

「面向我，」鄔蒂瑪命令。「你沒有勇氣面對一個老女人嗎？你爲什麼背對我們？」

那個瘦削駝背的身影跳起來，猛然轉過來。我想我看到他的臉時，也嚇得跳了起來。那是一張瘦削扭曲的臉，上頭長了一叢叢鬍子。他的眼睛黑暗細小，散發出一種邪惡的光芒。他齜牙咧嘴地怒吼時，薄薄的嘴唇顫抖著。「因爲你是個女巫！」點點唾沫在他的嘴角捲起。

鄔蒂瑪發出笑聲。「啊，德納瑞爾，你跟你黑暗的靈魂一樣醜陋。」這話說得沒錯，我從來沒有見過這麼醜的人。

「看著！」德瑞納爾吼道。他手指交叉，象徵十字架，舉到鄔蒂瑪面前。她毫不退縮。德納瑞爾大吃一驚而向後退，他的三個同夥也把椅子推倒在地，紛紛後退。他們知道十字架可以對付任何女巫，但結果卻無法對抗鄔蒂瑪。因此要不是她並非女巫，就是按照他們的想法，她擁有跟惡魔一樣的力量。

「我是巫醫，」鄔蒂瑪輕聲說，「我是來解開詛咒。你行邪惡之事的女兒才是女巫——」

「你說謊，你這個老女人！」他大吼。我以爲他要攻擊鄔蒂瑪，但他骨頭突出的身體只是憤怒地顫抖著。他連碰她的勇氣都沒有。

「德納瑞爾！」鄔蒂瑪嚴肅地開口。「如果你不聽我的話，就太愚蠢了。我其實並不需要來找你，但我還是來了。聽我的勸，叫你女兒解除詛咒——」

「你說謊！」他彷彿感到痛苦地大叫。他轉向他希望替他作證的那三個人，但他們沒有為他挺身抗議，只是緊張地互相瞄了一眼，然後望向鄔蒂瑪。

「我知道這項詛咒是在何時何地所施。」鄔蒂瑪繼續說。「我知道路卡到你店裡來喝酒，讓你用那邪惡的剪刀幫他理髮時，你的女兒收集了剪下的頭髮，用來施展她們的邪惡魔法！」

這超過了這三個男人可以承受的限度，他們嚇壞了，便低下眼睛，避開德納瑞爾的眼神，匆匆走出門去。門砰得一聲關上。一陣奇異黑暗的旋風掃過沙塵遍佈的街道，在酒吧的角落發出哀悼的哀號。先前包圍我們的暴風散開了，而掀起的沙土似乎遮蔽了陽光。房間裡變得很昏暗。

「啊，你這個女巫！」德納瑞爾揮拳恫嚇，「你在那些人面前說了那些污辱我女兒跟我名聲的話，我要你為此償命！」他的聲音沙啞而不祥。他邪惡的眼睛瞪著鄔蒂瑪。

「我不怕你的威脅，德納瑞爾。」鄔蒂瑪平靜地說。「你很清楚，我的力量是飛翔之人給予我的——」

一提到這位草原村的偉大巫醫的名字，德納瑞爾突然就像被隱形的力量摑了一掌般，整個人縮了起來。

「我以為我可以跟你講道理，」鄔蒂瑪繼續說，「我以為你會了解，這些在作用的力量會毀掉多少人的命運——但是現在我知道跟你多說也無用。既然你的女兒不肯解除詛咒，我就得施展超越惡魔的魔法了，會永久持續下去的魔法——」

「那我的三個女兒？」德納瑞爾喊道。

「她們選擇操弄命運，」鄔蒂瑪回答，「我憐憫她們將遭遇的後果——」她握起我的手，跟我一起走到外面的街上。令人窒息的沙塵厚重到遮蔽了陽光。我已經很習慣早春時會有的沙塵暴，但是這在盛夏出現的沙塵暴很不自然。風哀號哭喊著，在天空正中央的太陽則是一個血紅色的圓點。我一隻手遮著眼睛，一隻手緊握著鄔蒂瑪的手，兩個人在狂風中掙扎前進。

我想著邪惡的德納瑞爾，以及鄔蒂瑪如何讓他畏縮，就在這時我聽到了馬蹄聲。如果我是單獨一個人，一定只能專注在這怪異的沙塵暴中找出方向，而不會注意到馬蹄聲。但是鄔蒂瑪比我警覺。她敏捷地往旁邊一步，同時一把將我拉到旁邊，避開了從我們旁邊衝過去的黑色馬匹跟騎士。

「德納瑞爾！」鄔蒂瑪在我耳邊大吼。「他要趕回家去警告他的女兒。小心他的馬，」她補充說，「他特別訓練這匹馬來撞人，奪人性命——」我這才明白我剛剛就差一點重傷，甚至死亡。

我們走近我祖父的房子時，風暴突然稍微停息。我們周圍的天空還是一片黑暗，但是漫天的沙塵似乎緩和了一些。已經在為舅舅哀悼的女人趁這個機會把披肩蓋在臉上，在風暴再度揚起之前匆匆趕回家去。看著那些全身黑衣的女人匆忙走到屋外，走進呼號的風暴裡，感覺實在很奇怪。那就像是看到死亡離開了一個人的身軀。

我們趕緊進到屋裡。大門在我們身後砰一聲關上。我祖父在黑暗中等著。「我都擔心起來了。」他說。

「東西都準備好了？」鄔蒂瑪問。

「一切都照你吩咐。」他說，然後帶領我們穿過這屋裡一個個黑暗寂靜的房間。他提著的燈籠搖曳的燈火把我們舞動的影子映在乾淨平滑的泥磚牆上。我從來沒看過這間屋子像今天這樣安靜而空蕩。過去這裡總會有我的舅舅、舅媽，表兄弟姊妹迎接我們。現在這裡卻像一座寂靜的墳墓。

我們走到那狹長屋子的深處，來到一間小房間前。我的外祖父站在門口，示意我們進去。我們走進那簡單的房間。房間的地板是用不斷加上少量的水壓實的沙土地，牆壁則是塗上平滑灰泥的土磚牆。但房間裡乾淨的泥土並沒有沖淡或過濾掉裡頭死亡的氣息。房間裡的木床上躺著我垂死的舅舅萎縮的身軀。他全身蓋著白布，我以爲他已經死了。他似乎沒有在呼吸，眼睛是兩個黑洞，蠟黃的皮膚像乾掉的羊皮紙掛在他骨瘦如柴的臉上。

鄔蒂瑪走到他面前，撫摸他的額頭。「路卡。」她低語。他沒有回答。

「他已經這樣子好幾個禮拜了，」我祖父說，「似乎毫無希望了。」他眼睛裡含著淚水。

「生命永遠不會毫無希望。」鄔蒂瑪點頭。

「嗯。」我祖父同意。他挺直了原本垂下的肩膀。「我已經拿來了你吩咐的所有東西。」他點頭指向一口小爐子跟一堆柴火。爐子旁的椅子上放了乾淨的床單，架子上則有水、玉米粉、糖、牛奶、煤油等等東西。「我已經指示男人怎麼對待那些禽獸，哀悼的女人也都被送走了——我會在房間外面等，如果你需要任何東西，我就在門外——」

「我們不能受到任何干擾。」鄔蒂瑪說。她已經在拿下披肩，捲起袖子。

「我明白。」我祖父說。「他的性命就交在您手上了。」他轉身離開，關上了門。

「安東尼，生火。」鄔蒂瑪下令。她在我生火時點燃了煤油燈，然後點起一些味道甜美的薰香。有了燒得劈劈啪啪的柴火的溫暖，和潔淨空氣的焚香氣味，這房間似乎不再那麼像是墓穴了。風暴在外頭怒吼，黑夜來臨了。

我們燒熱一大盆水，讓鄔蒂瑪幫舅舅洗澡。他在她手中像是個破布娃娃。我深深憐憫起我的舅舅。他是我最小的舅舅，我記憶裡的他總是精力旺盛，大膽勇猛。但現在他的身軀變成由乾枯的皮膚勉強撐起的一副骨骸，他的臉上更寫滿了詛咒的痛苦。我剛開始看到他時忍不住覺得噁心，但是一邊幫忙鄔蒂瑪，我就忘記了這件事，勇敢起來。

「他會活下去嗎？」我問她。她正幫他蓋上乾淨的床單。

「他們讓他這樣拖太久了，」她說，「這會是很艱難的一場仗——」

「那他們爲什麼不早點請你來呢？」我問。

「教會不會容許你外公請我施展我的力量。教會擔心——」她沒有說完，但是我知道她本來要說什麼。港口村的神父不希望大家太相信巫醫的力量。他希望教會的恩賜與信仰是指引村民唯一的燈塔。

鄔蒂瑪的力量會比聖人跟聖母教會的所有力量加起來還大嗎？我心想。

鄔蒂瑪調製她的第一帖藥。她把煤油跟水混在一起，然後小心地在爐火上熱著碗。她從她的黑袋子裡拿出許多香草跟草藥，然後在混著油的熱水裡熬煮。她一邊攪拌著藥汁，一邊喃喃低語。我沒有聽懂全部，但我確實聽到她說：「德瑞曼迪納家人的詛咒將會回頭報應在她們身上。我們將用魯納家的新血來測試過去的古老血液——」

完成之後，她讓藥汁放涼，然後在我幫忙下，把舅舅扶起來，逼他把藥喝下去。他痛苦地呻吟，作嘔，彷彿要把藥汁吐出來。看到他體內還有生命的跡象令人鼓舞，但是要讓他不吐出來眞的很困難。

「喝下去，路卡。」她哄著他。當他咬緊牙關抗拒時，她用手把他的嘴扳開，強迫他喝。痛苦的嚎叫聲充滿在這小房間裡，眞的很恐怖，但是我們最後終於讓他喝下了藥。然後我們幫他蓋好被子，因爲他開始同時又冒汗又發抖。他黑暗的眼睛看著我們，如一頭被捕捉囚禁的動物，但他的眼睛終於閉上，在疲憊之下沉沉睡去。

「嗯，」鄔蒂瑪說，「治療開始了。」她回頭看著我，我看得出來她很累。「你餓了嗎？」她微笑。

「不會。」我回答。我從早餐之後就沒有再吃東西，但是後來發生的一切讓我忘記了飢餓。

「但是我們還是得吃，」她說，「這餐之後，我們可能接下來好幾天都沒辦法吃東西。她們有他剛剪下來的頭髮可以施法，所以詛咒的力量很強，他已經完全沒力氣了。你把毯子鋪在那邊，幫自己鋪一張床，我來煮玉米粥。」

我把毯子攤開，鋪在靠近牆邊，接近鄔蒂瑪煮玉米粥的爐子旁。我祖父拿來了糖跟奶油，還有兩條新鮮麵包，所以我們好好吃了一頓。

「很好吃。」我說。我看著舅舅。他安詳地睡著。他沒有發燒很久。

「藍玉米粥確實是好東西，」她微笑。「印第安人認爲藍玉米粥是神聖的東西，這也很有道理，等我們可以讓路卡吃下一碗玉米粥時，他必定已經好了。這不是很神聖嗎？」

我同意。「那要多久時間？」我問。

「一兩天——」

「我們在德納瑞爾的酒吧時，你都不怕他。在這裡，你也不怕走進死神出沒的地方——」

「你害怕嗎？」她反過來問。她把她的碗放到一旁，直視著我的眼睛。

「不怕。」我說。

「爲什麼？」

「我也不知道。」我說。

「我來告訴你爲什麼。」她微笑。「那是因爲善良永遠都會強過邪惡。安東尼，你要永遠記住這件事。即使是只有一丁點的善，也可以抵擋住全世界所有的邪惡的力量，而在最終獲得勝利。所以根本沒有必要害怕像德納瑞爾那種人。」

我點頭。「那他的女兒呢？」

「她們是很久以前就離棄上帝的女人，」她說，「所以她們會把時間花在看黑魔法書，對不知情的可憐人施行邪惡的法術。她們不努力工作，而忙著在夜晚舉行她們的黑彌撒，在黑暗的河邊爲惡魔舞蹈。但是她們是外行人，安東尼，」鄔蒂瑪緩慢地搖搖頭，「她們沒有像一個好巫醫那樣強大的力量。再過幾天她們就會後悔自己把靈魂賣給了惡魔——」

飢餓土狼的叫聲在屋外響起。牠們像笑又像哭的聲音彷彿就在這房間小小的窗戶外。我顫抖起來。牠們的爪子就抓著這屋子的泥磚牆。我緊張地看著鄔蒂瑪，但她舉起一隻手，示意我仔細聽。我們等待著，聽著哭號的風聲，跟那群土狼抓著牆壁的聲音。

然後我聽到了。那是鄔蒂瑪的貓頭鷹的叫聲。「嗚——嗚嗚嗚—嗚，」牠在風聲中尖叫著，俯衝撲向那些土狼。牠尖銳的爪子抓起了肉，因爲那土狼的邪惡笑聲變成了痛苦的哭聲。

鄔蒂瑪笑起來。「喔，那些德瑞曼迪納家的女孩子明天會全身都是割傷跟瘀青。」她說。「不過我現在還有很多事要做。」她此刻開始自言自語。她幫我蓋好毯子，在房間裡點起更多焚香。我背靠著牆縮著，以便看到她的每個動作。此刻我已經很累了，但我睡不著。

醫生的力量和教會的力量都無法治癒舅舅。現在所有人都指望鄔蒂瑪的魔法了。鄔蒂瑪的魔法有可能比神父更有力量嗎？

我的眼皮變得很沉重，但是它們不肯完全闔起來。我沒有睡著，而是陷入一種深沉的茫然中。我的眼神定在我可憐的舅舅身上，眼神便再也無法離開。我可以察覺房間裡發生的事，但是我的感官似乎不理會我的命令。我就這樣一直陷在醒著的夢裡。

我看到鄔蒂瑪煮了一些藥，而當她把藥灌進他的喉嚨時，他的臉上露出了痛苦的表情，我的身體也同時感到痛苦。我幾乎可以嚐到那帶油的熱騰騰液體。我看到他作嘔，我的身體便也產生一陣陣疼痛的痙攣。

我覺得自己全身被汗溼透。我想叫鄔蒂瑪，但叫不出聲音；我試著移動身體，但是毫無動靜。我忍受著跟舅舅一樣的一陣陣痛楚痙攣，卻又間斷地感覺到亢奮與力量。當疼痛過去時，一陣活力彷彿潮水般灌滿我全身。但是我還是動也不能動。我也無法將眼神從舅舅身上移開。我覺得我們似乎在經歷同樣的治療，但是我無法解釋。我試著禱告，但是心裡毫無言語，只有與舅舅共有的親密感仍在其中。他跟我分別在房間的兩頭，但是我們的身體似乎不被距離所分隔。我們融合到彼此裡頭，一起抵抗我們體內試圖擊退鄔蒂瑪魔法的惡魔。

時間停止存在。鄔蒂瑪來來去去。屋外風的呻吟、動物的嚎叫，都與焚香淡淡的煙霧和爐火上燒著的矮松樹木頭香氣，融合在一起。有一次，鄔蒂瑪離開了很久。她消失不見。我聽到貓頭鷹在外頭歌唱，也聽到牠急促拍打的翅膀。我看到牠寬闊的臉，和窗戶上拍動的翅膀——然後鄔蒂瑪就在我身邊了。她的腳沾了谷地裡潮溼的黏土。

「那隻貓頭鷹——」我掙扎著喃喃地說。

「都沒事了。」鄔蒂瑪回答。她摸了摸我的額頭，而我之前感受的可怕的緊繃似乎就離開了我的肩膀。「你沒有發燒，」鄔蒂瑪對我輕聲說，「你很強壯。你體內流著很濃的魯納家的血液——」

她的手涼涼的，像夏日夜晚的清爽空氣。

舅舅呻吟著，在他的床上翻來覆去。「很好，」鄔蒂瑪說，「我們已經打敗死靈了，現在只剩下讓他把邪靈吐出來了——」

她到爐火開始熬煮新的藥汁。這次的藥聞起來跟頭一帖藥不同，比較刺鼻。我看到她用了以前沒用過的油瓶，也看到她用的一些植物的根很新鮮，沾著潮溼的泥土。她也第一次似乎是在吟唱，而非喃喃唸誦她的禱告。

她把草藥都混合好之後，便讓小碗在爐火上慢慢熬煮，然後她從她的黑色袋子拿出一大塊新鮮的，黑色的黏土。她熄滅了煤油燈，點燃一根蠟燭，然後坐在燭火前，一邊吟唱，一邊處理那塊溼黏土。她把黏土分成三塊，然後仔細搓揉每一塊。她花了很長的時間坐在那裡，將黏土捏塑成形。當她結束時，我看到她捏出了三個娃娃。這三個黏土娃娃看來栩栩如生，但是我看不出來它們像任何一個我認識的人。然後她拿下蠟燭上融化的溫熱的蠟，塗在黏土娃娃身上，讓它們有了肉體的顏色。等蠟冷卻之後，她從她的黑袋子拿出碎布，穿在這些娃娃身上。

完成之後，她把這三個娃娃立在搖曳的燭火周圍，於是我看到了三個女人。然後鄔蒂瑪對這三個女人說話。

「你們行了邪惡之事，」她吟唱道，

「但是善良終將勝過邪惡，

「你們欲行之惡將回頭摧毀你們……」

她拿起那三個娃娃，拿到舅舅的嘴巴前，而當他的氣息吹到它們身上時，它們似乎在她手中扭動起來。

我驚愕地看著那些黏土娃娃有了生命。

接著她拿出三根針，浸了一下她在爐火上熬煮的藥汁，在每個娃娃身上刺入一根針。然後她把娃娃放到一旁，強迫舅舅把剩下的藥汁喝下去。那一定是味道很強烈的藥汁，因爲她把藥強灌下去時，他大聲尖叫起來。那強烈的氣味充滿整個房間，連我都可以感覺到那燒灼的液體。

在那之後我終於可以休息。我的眼皮闔了起來。我僵硬的肌肉放鬆下來，我從坐著的姿勢攤下來，鑽進毯子裡。我感覺到鄔蒂瑪輕柔的手幫我蓋上被子，然後就什麼都不記得了。我睡著了，沒有任何夢境來打擾。

我醒來的時候又餓又虛弱。「鄔蒂瑪。」我喊道。她來到我身邊，扶我坐起來。

「啊，安東尼，」她逗我，「你眞是個貪睡蟲。你覺得怎麼樣？」

「好餓。」我虛弱地說。

「我已經煮了新鮮的玉米粥在等你。」她咧嘴笑著。她用溼毛巾幫我洗手洗臉，然後拿來盆子讓我尿尿，同時她去把熱騰騰的玉米粥準備好。深黃色尿液的嗆鼻氣味跟玉米粥的香味混合在一起。我再度坐下來時，已經覺得好多了。

「路卡舅舅還好嗎？」我問。他似乎正安詳地睡著。先前他彷彿沒有呼吸，但現在他胸口穩定起伏著，充滿生命的氣息，臉上的蒼白也已經消失。

「他會好起來的。」鄔蒂瑪說。她遞給我一碗藍玉米粥。我吃了，但是一開始我無法吞下去。我忍不住作嘔，於是鄔蒂瑪拿了一塊布放在我面前，讓我吐出有毒的綠色膽汁。我嘔吐的時候，鼻子跟眼睛都覺得燒灼起來，但是之後我覺得好多了。

「我會好起來嗎？」我問。她清理掉那團穢物。

「會的。」她微笑。她把那塊髒掉的破布丟到房間遠處角落的一只麻布袋裡。「再吃吃看。」她說。我又試了一次，這次我沒有嘔吐了。玉米粥跟麵包都很好吃。我吃了下去，覺得神清氣爽，煥然一新。

「你還要我做別的事嗎？」我在吃完之後問。

「你休息就好，」她說，「我們的工作差不多都完成了——」

就在這時候，舅舅突然在床上坐起來。那是我一輩子都不想再見到的恐怖景象。那就像看到一個死人復活，因爲那白色床單被汗溼透，黏在他瘦削的身軀上。他像被折磨的動物發出痛苦的嚎叫。

「啊——！」那叫聲撕裂了他滴下唾液泡沫，扭曲的嘴唇。他的眼睛張得很大，露出黑色的空洞。而他骨瘦如柴的手臂則在他面前胡亂揮舞，彷彿在揮打來自地獄的復仇惡魔。

「啊——！咿——！」他痛苦大喊。鄔蒂瑪立刻到他身邊，抱住他，以免他從床上跌落。他像瘋子般不斷抽搐痙攣，他的臉也因痛苦而扭曲。

「讓惡靈出來！」鄔蒂瑪在他耳邊喊。

「我的上帝哪！」是他說的第一句話，而一說出這幾個字，惡靈就從他體內被強拉出去了。綠色的膽汁從他嘴裡大量湧出，最後他終於吐出一大團頭髮。它掉到地上，熱氣蒸騰，並不斷扭動，像是活生生的一團蛇。

那就是她們用來施展魔法的他的頭髮。

「啊！」鄔蒂瑪勝利地喊道。她用乾淨的床單把那一團邪惡的，活生生的頭髮掃起來。「這要拿去那些女巫跳舞的那棵樹旁燒掉——」她唱起歌來，並迅速將那邪惡的一團東西放進麻布袋裡。她把麻布袋牢牢綁好，然後再回到舅舅身邊。他抓著床緣，細瘦的手指牢牢抓住木頭，彷彿害怕會再陷進那邪惡的魔咒裡。他很虛弱，渾身冒汗，但是他已經好了。我可以從他的眼神看出他知道自己又是個正常人了，一個從地獄回來的人。

鄔蒂瑪扶他躺下來。她幫他盥洗，然後餵他吃了好幾個禮拜來的第一餐。他像頭飢餓的野獸狼吞虎嚥。他吐了一次，但那只是因爲他的胃空了很久，又如此虛弱。我只能坐在原地，呆呆地看著。

之後舅舅便睡了，鄔蒂瑪則收拾東西準備離開。我們的工作已經完成了。準備好之後，她走到門口，叫我外公。

「老先生，你的兒子會活下去。」她說。她把捲起的袖子放下來，扣好袖口的鈕扣。

我外公低下頭鞠躬。「我可以轉告那些等待的人嗎？」他問。

「當然可以，」鄔蒂瑪點頭。「我們準備好離開了。」

「沛卓！」我爺爺喊。然後我爺爺走進了房間。他小心翼翼地走向床邊，似乎不知道該預期看到什麼。

路卡呻吟了一聲，張開眼睛。「爸爸。」他說。外公一把將兒子抱住，哭了起來。「感謝上帝！」

我的舅舅、舅媽跟表兄弟姊妹們開始擠進屋子，大家都充滿興奮之情。詛咒破除的事很快傳遍了港口村。我的舅舅們湧進房間裡，要見他們的弟弟。我看著鄔蒂瑪，知道她想盡快離開這團騷動。

「一開始不要讓他太累。」鄔蒂瑪說。她看看路卡，路卡正以好奇但開心的眼神四下張望。

「謝謝您救了我一命。」他對鄔蒂瑪說。然後我所有的舅舅都站起來道謝。我爺爺走上前來，交給鄔蒂瑪按照習俗必須收的那袋銀子。

「我永遠都無法報答您，把我兒子從鬼門關前救回來。」他說。

鄔蒂瑪收下銀子。「或許有一天港口村的人可以救我一命——」她回答。「安東尼，走吧。」她示意我。她手上抓著她的黑色袋子，跟必須燒掉的麻布袋。我們擠過好奇焦躁的人群，而他們分開兩旁，讓我們通過。

「巫醫！」有人喊道。有些女人低頭鞠躬，有些人則畫了十字。「那個女人沒有犯過罪。」另外一個人低語。「術士。」「女巫——」

「不！」一個舅媽反駁最後一句話，在鄔蒂瑪面前跪下來，在她經過時摸了一下她的裙襬。

「她犯了罪。」是我最後聽到的話。然後我們走到屋外。沛卓舅舅帶我們走到他的貨車旁。他幫鄔蒂瑪開門，並說：「謝謝您！」她點頭，然後我們全都上了車。他發動引擎，轉開車燈。兩盞車頭燈在孤寂的夜裡切出兩道光線。

「你知道路卡是在哪個樹叢看到那些女巫跳舞嗎？」鄔蒂瑪問。

「知道。」舅舅說。

「帶我們去那裡。」鄔蒂瑪說。

沛卓舅舅嘆了口氣，聳聳肩。「您施展了奇蹟，」他說，「不然的話，就算給我全世界的錢，我也不願意去那個受詛咒的地方——」貨車顛簸著往前駛去。我們經過了古老的木橋，然後右轉。貨車在牛走的小徑上起伏前進。我們兩旁都被濃密的樹林包圍。

最後我們終於來到有車轍的小徑的盡頭。舅舅停下了貨車。我們彷彿被河邊濃密的樹叢淹沒。奇異的鳥叫聲劃破如沼澤般的夜晚空氣。「我們無法再前進了。」舅舅說。「那些女巫的空地就在前方。」

「在這裡等著。」鄔蒂瑪說。她把裝著所有髒污床單跟那團邪惡頭髮的麻布袋扛在肩上。她消失在那濃密的樹林裡。

「啊，那個女人的勇氣真讓人佩服！」舅舅嘆道。我感覺他在我身邊顫抖，也看到他畫了個十字，以阻擋這荒蕪之地的邪惡。我們周圍的樹像是巨大的骨骸矗立著。它們身上沒有任何綠意，而是光禿禿的白色。

「舅舅，」我問，「我們跟路卡舅舅在那房間裡待了多久？」

「三天，」他回答。「你覺得還好嗎，東尼？」他摸摸我的頭。除了鄔蒂瑪以外，這似乎是我好久好久以來第一次感覺到跟人的接觸。

「還好。」我回答。

我們看到前方冒出一團火。那是鄔蒂瑪在舅舅看到那些女巫跳舞的地方，燒掉那個麻布袋裝的邪惡東西。一絲硫磺氣味融進渾濁潮溼的空氣裡。舅舅再度在胸前畫了十字。

「她救了我弟弟的命，我們永遠都欠她一份情，」他說，「啊，她眞是有勇氣，居然能單獨到那個邪惡的地方！」他又補了一句。

樹林間爆發的火焰逐漸平息，悶燒成灰。我們等著鄔蒂瑪。貨車車廂裡非常安靜。突然一聲敲門聲響起，我們都被鄔蒂瑪出現在車窗的棕色臉孔嚇了一跳。她坐進車子，對舅舅說：「我們的工作已經完成了。現在帶我們回家吧，我們都很累了，需要好好睡一覺。」

11

「嘿，東尼。哈囉，安東尼喔！」

一個聲音喊道。

一開始我以爲我在做夢。我坐在一塊大石頭上，在釣魚。猛烈的陽光照在我背上，讓我昏昏欲睡。我在想著鄔蒂瑪的藥治癒了舅舅，讓他好起來，又可以工作了。我也在想著，醫生的藥跟神父的驅魔都失敗了。我心裡眞的不明白爲什麼上帝的力量會失敗。但事實確實如此。

「東尼！」那聲音再度喊道。

我張開眼睛，瞇起眼睛望著河裡的綠色草叢。希可的身影就像一頭鹿，安靜從中出現。他光著腳，沒有發出一點聲音。他移動到岩石上，蹲在我面前。我猜他就在這時候決定可以信任我，告訴我金鯉魚的祕密。

「希可？」我說。他深棕色，長滿雀斑的臉點了點頭。

「森謬告訴了你金鯉魚的事。」他說。

「嗯。」我回答。

「你釣過鯉魚嗎？」他問。「在這條河，或其他任何地方？」

「沒有。」我搖頭。我覺得自己彷彿在立下一個嚴肅的誓言。

「你想看到金鯉魚嗎？」他低聲說。

「我整個夏天都期待能看到他。」我不敢呼吸地說。

「你相信金鯉魚是神嗎？」他問。

上帝的誡律說，你不可有其他的神……

我不能說謊。我知道我如果說謊，他可以從我的眼睛看出來。但是或許世界上眞的有其他的神？不然爲什麼上帝的力量無法治癒我的舅舅？

「我是天主教徒，」我結結巴巴地說，「我只能相信教會的神——」我望著地上。我很難過，因爲現在他一定不會帶我去見金鯉魚了。希可過了很久都沒有說話。

「至少你很誠實，東尼。」他說。他站起來。安靜的河水溫柔地往南流。「我們從來沒有帶過不信的人去見他。」他嚴肅地說。

「但是我很想相信，」我抬起眼睛，懇求他，「只是我不得不信祂。」我指向河對岸，教堂的十字架出現在樹梢上。

「或許——」他沉思了好一會。「你願意發誓嗎?」他問。

「願意。」我回答。但是誡律說,你不可妄稱神的名。

「那你以教堂的十字架立誓,發誓你永遠不會捕捉或殺害鯉魚。」他指向十字架。我從來沒有對著十字架發誓過。我知道違背誓言是一個人所能犯的最嚴重的罪。但是我會遵守我的承諾!我絕對不會違背我的誓言!

「我發誓。」我說。

「來吧!」希可已經跳了下去,涉水過河。我跟上。我也曾經涉水過河許多次,但是從來沒有像今天這樣覺得緊急。我很興奮即將見到那神奇的金鯉魚。

「金鯉魚今天會游到小溪來。」希可低聲說。我們七手八腳爬上河岸,穿過濃密的草叢。我們爬上陡峭的山坡來到鎮上,然後往學校走去。我從來沒有從這條街去上學過,因此這邊的房子我都不熟。我們在一個地方停下來。

「你知道誰住在這裡嗎?」希可指向一片綠色的樹蔭。房子周圍有一片爬滿藤蔓的柵欄,裡頭有許多樹。鎮上每間房子外頭都有種樹,但是我從來沒看過這麼綠的地方。這裡的植物濃密到就像我在鎮上看的電影裡的叢林一樣。

「不知道。」我說。我們靠近些,望進濃密的綠色簾幕包圍的一棟泥磚小屋。

「納西索。」希可低聲說。

路比托被殺的那一晚,納西索也在橋上。他曾經試圖跟其他人講道理,他曾經試圖救路比托的性命。但是他被說是酒鬼。

「我爸媽認識他。」我說。我的眼睛離不開包圍這小屋的花園。我所認識的每一種水果或蔬菜似乎都能在這花園裡找到，這裡似乎比舅舅的農地更加富裕豐饒。

「我知道，」希可說，「他們都是從亞諾來的——」

「我從來沒看過這樣的地方。」我低聲說。連花園裡的空氣聞起來都是甜的。

「納西索的花園，」希可崇敬地說，「大家都很羨慕——你要不要吃吃看裡頭的水果？」

「不可以。」我說。不經准許而去拿別人的東西就是犯罪。

「納西索是我朋友，」希可說。他伸手穿過那片綠色的牆，一個隱密的門閂便打開了一扇爬滿長春藤的門。我們走進了花園。希可進來後關上門，然後說：「納西索在監獄裡。警長發現他喝醉。」

我對這花園深深著迷，忘記了要去看金鯉魚。這裡的空氣清涼乾淨，不像街上那樣又熱又都是沙塵。我聽到某處傳來咕嚕嚕的水聲。

「這裡面有一道泉水，」希可說，「我不知道是在哪裡。就是泉水讓這座花園這麼綠。還有納西索的魔法——」

這花園迷住了我。隨便望向任何一個角落，都是長滿水果的樹，和一排又一排的蔬菜。我知道土地能孕育出果實，因爲我看過舅舅在地上種出豐饒的作物，但是我從來不曉得土地能像這樣！地面踩起來很柔軟。閃耀陽光的花朵散發出深沉、柔軟，又美麗的香氣。

「納西索的花園。」我低語。

「納西索是我朋友。」希可自言自語地說。他從柔軟黑暗的泥土裡拔出幾棵紅蘿蔔，讓我們坐下來吃。

「我不能吃。」我說。花園裡安靜而祥和。我覺得好像有人在看著我們。

「沒關係的。」希可說。

於是儘管我覺得不妥，還是吃了那金黃色的紅蘿蔔。我這輩子從來沒有吃過這麼甜，這麼多汁的東西。

「納西索爲什麼常常喝酒？」我問。

「爲了遺忘。」希可回答。

「他知道金鯉魚的事嗎？」我問。

「有魔法的人都知道金鯉魚哪一天會來。」希可回答。他明亮的眼睛閃閃發亮。「你知道納西索怎麼種東西嗎？」他問。

「不知道。」我回答。我一直以爲農夫都是頭腦清醒的人。我無法想像一個喝醉的人如何種出這麼豐盛的果實！

「用月光。」希可低聲說。

「跟我舅舅一樣，魯納家族——」

「春天的時候，納西索會喝得爛醉。」希可繼續說。「他會一天到晚醉醺醺的，直到春天的邪惡血液被洗滌乾淨。然後種作的月亮從榆樹樹梢升上來，照在去年留下的一大堆種子上——他就在這時候開始集中種子，種到泥土裡。他會一邊播種一邊跳舞，還有唱歌。他在月光下撒下種子，種子落在地面上，就生長起來——這座花園就跟納西索一樣，也是醉醺醺的。」

「我爸爸認識納西索。」我說。希可剛說的故事很令人著迷。似乎我對人了解越多，就越會發現隱藏在他們心底的奇特魔法。

「在這鎮上，每個人都互相認識。」希可說。

「那你誰都認識嗎？」我問。

「嗯哼。」他點頭。

「你認識哈森的印第安人？」

「認識。」

「你認識鄔蒂瑪嗎？」我問。

「我知道她能讓人痊癒。」他說。「很厲害。來吧，我們得上路了。金鯉魚快要游過來了——」

我們溜出涼爽的花園，走進悶熱多沙的街道。在校舍的東邊，有一片光禿禿的遊戲場，場上有一個籃球架。那夥人在熱辣的太陽下打籃球。

「那夥人知道金鯉魚的事嗎？」我們靠近他們時，我問道。

「只有森謬知道，」希可說，「只有森謬值得信任。」

「那你為什麼信任我?」我問。他停下來看著我。

「因為你是釣魚的人,」他說。「世界上沒有一定的規則讓我們知道誰可以信任,東尼,只有一種感覺。那印第安人告訴森謬這個故事;納西索告訴我;現在我們告訴了你。我覺得有人,或許是鄔蒂瑪,本來也會告訴你的。我們共同擁有——」

「嘿!」厄尼喊道,「你們要不要玩?」他們跑向我們。

「不要。」希可說。他轉過身。他不想面對他們。

「嗨,東尼。」他們跟我打招呼。

「嘿,你們要去藍湖嗎?我們一起去游泳吧。」佛羅倫斯提議。

「現在打籃球太熱了。」馬臉發牢騷。他滿頭大汗。

「嘿,東尼,他們說的是眞的嗎?你們家有個巫婆?」厄尼問。

「巫婆!」「幹!」「屌!」

「沒有。」我只簡單回答。

「我爸爸說她對某個人下詛咒,三天後那個人就變成青蛙了——」

「嘿!是那個跟你們家一起上教堂的老太太嗎?」骨頭尖叫。

「我們走吧。」希可說。

「別鬧了,你們到底要不要打球?」紅頭髮出來打圓場。厄尼用一根手指轉著籃球。他站得離我很近,一邊轉球,一邊獰笑著。

「嘿，東尼，你可以把球變不見嗎？」他大笑。其他人跟著大笑。

「嘿，東尼，變點魔法來看！」馬臉一手環繞住我的脖子，單手扼住我的頭。

「對啊！」厄尼對著我的臉吼。我不知道他為什麼討厭我。

「別弄他了，馬臉。」紅頭髮說。

「別多管閒事，紅頭髮，」厄尼吼道，「你是新教徒，你根本不懂什麼叫巫婆！」

「他們會在晚上變成貓頭鷹飛來飛去。」亞柏大叫。

「你得用刻上十字的子彈才能殺死他們。」洛伊補充。「這是法律規定的。」

「變點魔法。」馬臉在我耳邊咕噥。他更用力掐住我的脖子。我開始反胃起來。

「巫毒！」厄尼在我面前轉著球。

「好啦！」我大喊。想必嚇到了馬臉，因為他鬆開手，跳開來。他們全安靜下來，看著我。熱氣和我剛聽到的話讓我作嘔。我彎下身，胃翻騰起來，吐了出來。紅蘿蔔的黃色泡沫跟汁液濺在他們的腳上。

「老天爺！」「幹！」「兔崽子！」「我的媽啊！」

「走吧。」希可說。我們趁著他們吃驚時拔腿狂奔。我在他們臉上看到的驚訝表情還沒消失，我們已經跑過了山丘，經過最後幾間房子，來到了藍湖邊。我們停下腳步休息跟大笑。

「幹得好，東尼，」希可喘著氣說，「讓厄尼知道厲害——」

「嗯。」我點頭。我在嘔吐跟跑步之後覺得好多了。我不再那麼介意吃了紅蘿蔔，但我還是介意他們說的關於鄔蒂瑪的話。

「他們爲什麼要這樣？」我問希可。我們繞過藍湖跋涉穿過高大的金色草叢，以到達溪邊。

「我不知道，」希可回答，「我只知道人，不論是大人還是小孩，似乎都喜歡互相傷害——而且成群結隊時會更惡劣。」

我們沉默地走著。我從來沒走到這麼遠過，因此對這附近很感興趣。我知道瑞多溪的水來自那些黑暗山丘裡的泉水。我知道那些山丘環抱著神祕的隱藏湖，但是我從來沒去過那裡。溪水環繞著小鎭，從橋下通過，流到港口村，然後轉向大河。那裡有一座小水壩，而在水流入大河的地方，長著又密又綠的水甕菜。鄔蒂瑪跟我曾經去那裡找做草藥的根莖類。

瑞多溪的水很清澈乾淨，不像大河的水那麼渾濁多泥。我們循著溪邊的小徑走，直到來到一片長滿灌木和大樹的樹林。小徑繞到樹林外圍。

希可停下來四下張望。他假裝要拿掉腳上的一根刺，但其實是在審愼地檢視小徑和我們周圍的草叢。我很確定旁邊沒有別人，上次我們看到其他人，已經是幾哩前，在藍湖游泳的人。希可指向小徑。

「釣魚的人會循著樹叢外圍的小徑走，」他低聲說，「他們會在後頭再碰到小溪，就在這樹林裡隱藏的池塘下面。」他趴下來，手腳併用地鑽進濃密樹叢裡，我也跟著做。過了一會，我們便可以站起來，繼續循著小溪走到一個老舊的海狸做的水壩所形成的大池塘。

這是一個很美的地方。池塘清澈而黑暗，水從水壩頂端潺潺流下，發出咕嚕聲響。水壩堤岸旁都長了濃密的草，而周圍全都是高大的灌木和樹木，讓這裡與世隔絕。

希可指向某一處。「金鯉魚會從那裡出來。」清涼的溪水從上頭一片樹林間一個陰影籠罩的黑暗的洞中流出，再流大約三十呎，才注入這個大池塘。希可伸手進一片草叢裡，拿出一根長而細的西洋杉木樹枝，尾端有一個魚叉。那銳利的鋼鐵在陽光下發亮。魚叉的另一頭綁著一根尼龍繩，以便把魚叉抽回來。

「我想抓池塘裡的黑鱸魚。」希可說。他在堤岸邊緣，一叢很高的草叢裡就定位，然後示意我也坐在堤岸上，但是離他遠一點。

「你怎麼看得到他？」我問。池塘的水很清澈純淨，但是因爲很深又被周圍的樹叢陰影籠罩，而顯得很黑暗。太陽在清澄的藍天中透明發亮，但是這神聖的地方還是佈滿黑暗的陰影。

「金鯉魚會把他嚇出來，」希可低聲說。「那隻黑鱸魚認爲他可以當所有魚的王，但是他只是想吃掉他們。那隻黑鱸魚是殺手，可是眞正的王是金鯉魚，東尼。他不會吃自己的同類——」

希可的眼神始終黏在那黑暗的水上。他的身體文風不動，像是等著鬆開的彈簧。我們到了池塘之後就一直低聲說話，我也不知道爲什麼，只知道這裡就跟某些地方一樣，在裡頭你只能低聲談話，像是教堂。

我們坐了很久，等待金鯉魚出現。坐在溫暖的陽光下，看著清澈的水流過，是很愉快的事。夏天的昆蟲跟蚱蜢發出的嗡嗡聲讓我昏昏欲睡。茂盛的綠草很清涼，而草的下方則是黑暗的泥土，耐心的，等待著……

往東北的方向，兩隻禿鷹在清澈的天空中不斷盤旋。往土庫卡利[7]的路上一定有什麼死掉的東西，我心想。

然後那金鯉魚出現了。希可指著，我轉頭，望向垂墜的樹蔭當中的黑暗小洞，那溪水流出的地方。一開始我想我一定是在作夢。我本來預期會看到一隻跟河中鯉魚一樣大的鯉魚，或許稍微大一點，雖然不是棕色，但只帶點橘紅色。我揉揉眼睛，震驚地看著。

「看哪，金鯉魚，水中之王……」我轉過頭，看到希可站了起來，魚叉橫在胸口，彷彿在對現身的統治者致敬。

那龐大美麗的身軀滑過藍色的水中。我無法相信他如此巨大。他比我還大！而且是明亮的橘色！陽光在他金色的鱗片上閃閃發亮。他優雅游過溪中，後頭跟著兩隻小鯉魚，跟他相較之下，他們簡直像是當魚餌的小魚。

「金鯉魚。」我敬畏地低語。即使我是看到聖母瑪利亞或上帝本人，也不會比此刻更著迷。金鯉魚看到了我。牠轉了一個大彎，背脊在黑暗的水裡激起漣漪。我只要伸手到水裡就能摸到那隻神聖的魚！

「他知道你是朋友。」希可低聲說。

然後金鯉魚游過希可身邊，消失到黑暗的池塘裡。我感覺自己在看到那明亮的金黃色消失時，顫抖了一下。我知道我目睹了一個神蹟，一位異教神祇的現身，跟路卡舅舅痊癒同樣神奇的事。於是我想到，當上帝的力量失敗時，鄔蒂瑪的力量卻發生了作用；然後一種充滿美與理解的頓悟閃過我心頭。但這是我本來希望在我第一次領聖餐時發生的事！如果上帝見到我目睹了金鯉魚，那麼我就犯罪了！我緊握雙手，正要對上天禱告，池塘的水卻突然爆炸開來。

我轉過頭，正好看到希可將他的魚叉射向躍出水面的巨大鱸魚。那黑色鱸魚張開邪惡的血盆大口。牠停留在空中，身邊被翻騰的水，和數百萬顆鑽石般的水珠圍繞，眼睛似乎蒙上了一層憎恨的薄膜。魚叉咻一聲劃過空中，但是瞄準的位置太低了。那龐大的尾巴不屑地嗖嗖一擺，將魚叉甩開。接著那黑色身形便墜入滿是水波的水中。

「沒中。」希可抱怨。他緩緩把繩子拉回。

我點點頭。「我不敢相信自己的眼睛，」我聽到自己說，「這裡的魚都那麼大隻嗎——」

「不是，」希可微笑，「有人會在海狸水壩下面捕到兩三磅重的魚，但是那黑鱸魚一定接近二十磅——」他把他的魚叉跟繩子都到草叢後，回來坐在我旁邊。「來，我們把腳放到水裡。金鯉魚還會回來——」

「你覺得沒射中很可惜嗎？」我問，我們把腳滑入清涼的水裡。

「不會啊，」希可說，「那只是好玩而已。」

金鯉魚的橘色身影出現在池塘的邊緣。他從黑暗的池底浮現時，陽光照在他的閃亮的鱗片上，反射出橘色、黃色，跟紅色的光。他游得很靠近我們的腳。他的身體在清澈的水裡顯得渾圓

7 Tucumcari，新墨西哥州奇伊郡（Quay County）的首府。

而光滑。我們靜默地看著這美麗莊嚴的龐然大魚。我從眼角看到希可在金鯉魚滑過時，一隻手抓著胸口。然後那金鯉魚強有力的尾巴一甩，便消失在樹蔭底下，陰影籠罩的水裡。

我搖搖頭「那隻金鯉魚會怎麼樣？」

「什麼意思？」希可問。

「這麼多人在這裡釣魚——」

希可微笑。「他們看不到他的，東尼，他們看不到他。我認識瓜達魯沛所有釣魚的人，從來沒有任何人提過看到過那隻金鯉魚。所以我猜大人是看不到他的——」

「但是印第安人、納西索，還有鄔蒂瑪——」

「他們不一樣，東尼。就跟森謬，我，還有你一樣——」

「我懂了。」我說。我並不了解是哪裡不一樣，但是我確實覺得跟希可有種奇特的兄弟感情。我們共享了一個祕密，這祕密會把我們永遠聯繫在一起。

「那隻金鯉魚會去哪裡？」我問，點頭指著上游。

「他會往上游到人魚湖去，然後是隱藏湖——」

「人魚？」我質問他。

「山裡有兩座很深的，很隱密的湖，」他繼續說，「這兩座湖就是溪水的來源。有些人說那兩座湖是無底湖。那裡魚很多，但是很少人會去那裡。那兩座湖有點詭異，像是鬧鬼似的。那裡有種怪異的力量，好像它會看著你——」

「就像河的靈？」我輕聲問。希可看著我，點點頭。

「你也感覺得到。」他說。

「嗯。」

「那你就懂了。但是那兩座湖的感覺更強大，或者也不是更強大，只是它似乎想要從你身上得到更多。我到那裡去的那次——我爬到一座突出在湖上的懸崖上，坐在那裡，看著清澈湖水裡的魚——我那時候還不曉得那湖的力量，我只是在想在那裡釣魚一定很棒，然後我突然聽到奇怪的音樂。那聲音從很遠的地方傳來，是一種低沉孤獨的喃喃聲音，可能像是一個哀傷的女孩子會唱的歌聲。我四下張望，可是旁邊沒有任何人。我望向懸崖外面，那歌聲似乎是從水裡傳來的，而且它好像在叫我——」

我著了魔似地聽著希可低聲敘述的故事。如果我沒有親眼看到金鯉魚，或許我不會相信他的話。但是我今天看到的一切，讓我不可能懷疑他。

「我發誓，東尼，那音樂要把我拉進黑暗的水裡！我之所以沒有跳進湖裡，全都是因爲金鯉魚。他突然出現，然後音樂就停止了。那一刻我才能讓自己從那地方脫身。拜託，我拚命跑！眞的是死命地跑！在那之前，我從來不覺得害怕，可是那時候我眞是害怕得不得了。其實不是那歌聲邪惡，而是那歌聲會叫我加入它。我只要再多跨一步，就會跨過邊緣，溺死在湖裡——」

我等了很久才問了下一個問題。我等著他重新體驗完那段經歷。「你有看到人魚嗎？」

「沒有。」他回答。

「那人魚是誰？」我低聲說。

「沒有人知道。一個被拋棄的女人——或者只是風聲在那些懸崖的邊緣唱歌。沒有人眞的知道。只是它會叫人靠近它——」

「叫誰？」

他仔細看著我。他的眼睛明亮清澈，就跟鄔蒂瑪一樣，而且周圍已經開始出現歲月的痕跡。

「去年夏天，人魚帶走了一個牧羊人。他是從墨西哥來的，第一次來這裡，幫山後的一間農場做事。他沒有聽說過關於那些湖的故事，因此他把羊帶去那裡喝水，結果聽到了歌聲。他平安回到了鎭上，還發誓說他看到人魚。他說那人魚是個女人，停在水裡，唱著孤獨的歌。她半身是女人，半身是魚——他說那歌聲讓他很想走到湖水中央去幫她，但是他因爲太害怕而跑掉了。他見人就說這個故事，但是沒有人相信他。結果他因此在鎭上喝個爛醉，發誓說他要回去湖邊，把那個人魚帶回來，證明他的故事是眞的。結果他再也沒有回來。一個禮拜後，他的羊群被人在湖附近發現。他就這樣消失了——」

「你覺得人魚把他帶走了嗎？」我問。

「我不知道，東尼，」希可說，皺起了眉頭，「很多事我都不知道，但是你千萬不要一個人去湖邊，東尼。那裡很不安全。」

我點頭，表示我會遵從他的警告。「『有些事眞的很奇怪，』我說，「發生的一些事、我看到的，或聽到的一些事。」

「嗯。」他同意。

「這些關於湖水、人魚，還有金鯉魚的事，眞的很奇特。這個小鎭周圍有好多水，那條河、小溪、還有那些湖——」

希可往後仰，盯著明亮的天空。「這一整片土地曾經被海覆蓋，很久很久以前——」

「我的姓就是大海的意思。」我自言自語地想著。

「嘿，沒錯哩，」他說。「瑪雷茲就是海的意思，表示你們家是從海上來的，東尼・瑪雷茲從海中升起——」

「我爸爸說我們的血液躁動不安，就像海一樣——」

「說得眞美。」他說。他笑起來。「你知道嗎，這片土地先是屬於魚，然後才是屬於我們的。我對金鯉魚的預言深信不疑。他將會再度統治這裡！」

「什麼意思？」我問。

「什麼意思？」希可揶揄地問。「意思就是金鯉魚會再度統治這裡。森謬沒有跟你說嗎？」

「沒有。」我搖搖頭。

「嗯，他告訴你以前的人殺了河裡的鯉魚，結果被懲罰變成魚。在那之後，很多年以後，新的一群人來到這座河谷定居。結果他們沒有比第一批人好，事實上，他們還更糟糕。他們犯了很多罪，對彼此犯罪，也犯罪違逆他們所知的傳說。因此金鯉魚對他們送來一則預言。他說，這些人的罪惡會沉重地壓在這片土地上，最後將使整座城崩塌下去，被水吞噬——」

我必定驚呼了一聲。

「東尼，」希可說，「這整個小鎮都位於一個很深很大的地底湖上！這是大家都知道的。你看，」他用一根樹枝在沙子上畫圖。「這是大河。瑞多溪流到上面這裡，然後轉彎流進河裡。隱藏湖則把另一邊圍起來。看懂了嗎？」

我點頭。整個小鎮都被水包圍。知道這件事真的很嚇人！「整個鎮！」我驚異地低呼。

「沒錯，」希可說，「整個小鎮。金鯉魚已經警告過我們，這土地承受不了罪惡的重量——這土地最後一定會沉下去！」

「但是你就住在鎮上！」我驚呼。

他微笑著站起來。「金鯉魚是我的神，東尼。他會回來統治新的水域。我會很高興能跟我的神在一起——」

這叫人難以置信，但是卻又莫名地有道理！所有片段都吻合！

「鎮上的人知道嗎？」我焦慮地問。

「知道啊，」他點頭，「但他們還是繼續犯罪。」

「但是那對沒有犯罪的人不公平！」我反駁。

「東尼，」希可輕柔地說，「所有人都會犯罪。」

我不知道如何回答。我自己的母親也說過失去純真，長大成人，就是在學會犯罪。知道毀滅即將來臨讓我覺得虛弱又無力。

「到時候會怎麼樣？」我問。

「沒有人知道，」希可回答。「有可能是今天，或明天，或一個禮拜，或一百年後——但是那天一定會到來。」

「我們可以怎麼辦？」我問。我聽到自己的聲音在顫抖。

「不要對任何人犯罪。」希可回答。

我離開那與世隔絕的隱密處，離開那裡容納的池塘和金鯉魚游過的池水時，心裡覺得無比沉重。我因為我得知的事而感到哀傷。我見到了美，但那美讓我承擔了責任。希可想去水壩釣魚，但是我沒有心情。我謝謝他讓我看到金鯉魚，然後越過河，拖著沉重的腳步爬上山坡回家。

我想過應該告訴城裡所有人，要他們停止犯罪，否則就會溺斃在水裡。但他們不會相信我的。我怎麼可能說服城裡所有人，我不過是個孩子。他們不會聽我的，他們會說我瘋了，或中了鄔蒂瑪的巫術。

我回到家，思考我所看到的一切，和希可所說的故事。我去找鄔蒂瑪，告訴她那個故事，但是她什麼也沒說。她只是微笑，似乎她早就知道這個故事，而且覺得其中並沒有什麼神奇或恐怖之處。「本來我會自己告訴你這個故事的，」她睿智地點頭，「但是從跟你同年齡的人口中聽到，對你是比較好……」

「我應該相信這個故事嗎？」我問。我很擔憂。

「安東尼，」她平靜地說，一隻手放在我肩上，「我不能告訴你該相信什麼。你父親跟你母親可以，因爲你是他們的骨肉，但是我不能。當你逐漸長大成人，你就得學會尋找自己相信的眞理——」

那天晚上，在我的夢裡，我走在一座大湖的湖邊。一陣魅惑人的歌聲充滿空中。是那個女人魚在唱歌！我望向黑暗的湖底，看到了金鯉魚，而他周圍都是他拯救的人。但在湖邊蒼白的岸上，則都是罪人腐爛的骨骸。

然後一輪巨大的金色月亮從天空中出現，停留在平靜的湖面上。我望向那迷人的光芒，想著會看到瓜達魯沛的聖母，結果卻看到母親！

媽媽，我喊道，你得救了！我們都得救了！

是的，安東尼，她微笑，我們在天主教會聖母賜福過的神聖月亮之水中受洗，所以我們得救了！

胡説！父親吼道，安東尼不是在月亮之水中受洗的，而是在鹹味的海水中！

我轉頭，看到他站在遍佈屍體的岸上。一股撕裂的疼痛貫穿我全身。

喔，求求你們告訴我，流在我血脈裡的，是哪一種水，我呻吟道。求求你們告訴我，洗潤我燒灼雙眼的，是哪一種水！

那是甜美的月亮之水，母親輕聲低吟，那是教會選擇賜福放進聖水盆裡的水。那是你受洗的水。

胡説，胡説，父親大笑，你的身體裡留著海裡的鹹水。那水讓你成為瑪雷茲家的人，而不是魯納家的人。那水讓希可得以感知異教神祇，那金鯉魚！

天哪，我喊道，求求你們告訴我。那痛楚已經超出我能承受。那痛徹心扉的疼痛爆炸開來，我流出的汗都是血。

月亮升起，她的力量拉扯著湖裡平靜的水，一陣呼嘯的風吹起。雷鳴劃開空氣，閃電照亮了翻騰洶湧的暴風雨。鬼魂都站立起來，在岸上行走。

湖發出憤怒狂暴的回應。它爆出瘋狂的笑聲，讓人們紛紛死去。我想著萬物都要毀滅了。兩股巨大力量的拉扯將摧毀一切！

希可預言的末日已經來到！我緊握雙手，跪下來禱告。恐怖的末日就在眼前。然後我聽到一個聲音蓋過了暴風雨的聲響，開口說話。我抬起頭，看到鄔蒂瑪。

停下來！她對肆虐的力量大喊，於是來自天上和來自土地的力量都服從了。風暴停歇。

站起來，安東尼，她命令。於是我站起來。她對父親和母親說，你們都知道，化成雨落下的甜美的月亮之水，就是匯聚到河流裡，填滿海裡的水。如果沒有月亮之水不斷注入海中，海也不會存在。而同樣的海中的鹹水也被太陽吸取到空中，再度化成月亮之水。沒有了太陽，也不會有水形成，來滋潤乾渴的黑色土地。

所有的水都是一體的，安東尼。我望進她明亮清澈的眼睛裡，明白了她的真理。

她說出結論，你們都只看到部分，卻沒有看得更遠，看到將我們所有人連結在一起的巨大循環。

於是我的夢平靜了，我終於能休息。

12

之後的整個夏天，鄔蒂瑪消除巫術的奇蹟跟那條金鯉魚都在我腦海裡盤桓不去。我正在成長改變。我有很多時間跟自己相處，好好思考並感受這些事件當中的神奇魔力。

里奧跟尤金離開之後，家裡變得很安靜。父親喝得比平常更多，因爲他覺得他們背叛了他。他會沾滿公路的瀝青，全身黑漆漆地回家來，在風車旁沖洗乾淨，然後整個下午在兔子籠旁邊做些零工。我不需要擔心餵那些牲口，因爲他做了所有的工作。他在那裡放了一瓶威士忌，一直喝到晚餐時間。一天下午我去叫他吃飯，聽到他在暮色中喃喃自語。

「他們拋棄了自己的父親，」他對聚集在他腳邊的溫和的兔子說，「他們離開了我。唉，」他嘆息，「那不是他們的錯。我太傻了！我早該知道他們身體裡流的瑪雷茲的血液會讓他們無法安定。就是這同樣的血液讓我在年輕時四處流浪啊！喔，我早該知道。我過去多驕傲他們會顯現出瑪雷茲家眞正的血液，但是我萬萬沒想到，我引以爲傲的這點也會讓他們拋棄我。他們都走了。我們都是浪子。現在只剩我獨自一個人——」

「爸爸？」我喊道。

「誰？」他轉身。「喔，是你啊，安東尼歐。該吃晚餐了，是吧。」他走到我身旁，一隻手放在我肩上。「或許最終勝利的還是魯納家的血液，」他說，「或許這樣也好——」

母親也變得很安靜。她會告訴自己安德魯還在家，試著安慰自己，但是安德魯整天都在工作，晚上也經常待在鎮上。我只會在早餐跟晚餐時看到他一會。媽媽總是逗他，說他在鎮上一定有個女孩，很快她跟爸爸都得去跟那女孩的父母提親，但是安德魯仍舊沉默不語。他就是不願意加入談話。當然母親白天還有鄔蒂瑪可以說說話，這對她很好。

鄔蒂瑪跟我仍繼續到山裡尋找藥草跟樹根。我覺得跟鄔蒂瑪，比跟母親還親近。鄔蒂瑪會告訴我關於我祖先的故事與傳說。從她那裡，我得知了我們族人歷史中的榮耀與悲劇，也慢慢了解了這樣的歷史如何在我血液中騷動。

漫長的夏日夜晚，我經常在她房間裡度過。我們會聊天、存放乾燥的藥草，或玩牌。有一天晚上，我問她，她架子上的三個娃娃是做什麼的。那些娃娃都是用黏土做的，外面塗上蠟燭的蠟。它們都穿了衣服，看起來活生生的。

「它們看起來好面熟，」我自言自語。

「不要碰它們。」她說。鄔蒂瑪房間裡有很多東西我直覺上就知道不該碰，但是我不了解她爲什麼這麼直接地叫我不能碰這些娃娃。

「其中一個一定之前放在太陽下太久。」我說。我仔細看著一個鬆垮而彎下腰的娃娃。那黏土做的臉似乎因痛苦而扭曲。

「過來！」郞蒂瑪叫我過去，離開那些娃娃。我走過去，站在她面前。她清澈的目光讓我凝結在原地，忘記了那些娃娃。「你知道那個叫德納瑞爾的男人？」她問。

「知道。他就是我們去港口村治療路卡舅舅時，威脅你的那個人。」

「他是個邪惡的人。」她說。「如果你單獨一個人在外面，像在河邊釣魚時遇到他，安東尼，一定要離他越遠越好。你懂了嗎？」

「我懂了。」我點頭。她的口氣很平靜，所以我並不害怕。

「你是個好孩子。過來。我有東西要給你。」她拿下圍在她脖子上的肩衣。[8]「明年春天你就要開始上教義問答課了，然後當你第一次領聖餐時，就會拿到你的肩衣。它會保護你不受任何邪惡傷害。在此之前，我希望你穿我的肩衣——」她拿下那窄窄的一條布，繞在我的脖子上。我看過我姊姊們的肩衣，知道那條布的尾端會縫著聖母瑪利亞或聖約瑟的圖像，但是這件肩衣的尾端卻有一個小小扁扁的袋子。我聞了一下，它散發著甜甜的香氣。

「這個小布袋裝了許多有用的草藥，」郞蒂瑪微笑，「這是我從小戴到大的。它會保護你平安無事。」

「那你要用什麼呢？」我問。

「哈，」她笑道，「我有很多方法可以保護自己——你要答應，不要告訴任何人這件事。」

她把肩衣塞進我的襯衫裡。

「我答應。」我回答。

那年夏天我做的另外一件事是確認了希可的說法。我沿著希可說環繞著小鎮的水的路徑走了一遍，結果是眞的，整個小鎮都被水環繞！當然我沒有到隱藏湖去，但我還是可以看出這明顯的事實。這座小鎮確實被河流、小溪、湖泊跟無數其他的泉水環繞起來。許多下午，我都守候著，希望在那美麗的金鯉魚游過時再看到他一眼，而當我在陽光下等候時，也不禁思索著關於他的傳說。

此外還有許多美好的時光，愉快的時光，在那恐怖的風暴降臨在我們家之前。草原村的人來鎮上補給生活用品時，總是會來看我父母。當他們來訪時，父親總是很開心，不只是因爲他們是他的族人，也是因爲他們是開朗歡樂的人。他們總是放聲大笑，而那些男人的眼睛總是在威士忌的刺激下閃亮亮的。他們總是興奮而大聲地說話，話裡還夾雜著歌。他們連身上的味道都跟鎮上的人，或我在港口村的舅舅們不同。我的舅舅們都很安靜，他們身上散發的味道也深沉而安靜，像潮溼的泥土。但是草原村的人都像風一樣，他們的衣服帶來的香氣也會隨著風改變而改變。

草原村的人總是說著關於他們工作地方的故事。有時候他們會說到在德州東部採棉花，或在

8 肩衣（mozzetta），蓋住肩膀的短披肩，胸前有鈕扣，據說是由西元前六世紀希臘人的服裝演變而來。它是天主教聖職服飾的一部分，經常與長袍（cassock）以及其他祭服搭配穿著，顏色代表了穿著者的位階。

乾涸的地區的棉花田裡澆上威士忌。有時候他們會說到採收成熟的高粱，而他們邊說邊笑時，我就能看到一排排綠色的成熟高粱，還能聞到高粱穀粒留在他們汗溼工作服上的甜甜香氣。或者他們會說到科羅拉多州的馬鈴薯田，以及他們在那裡遭遇的悲劇。他們把一個兒子放在科羅拉多的黑暗泥土上，結果被一台爆滿的牽引機碾進了翻過土的泥土裡。而這時，即使是成年男人也哭了起來，但是哭泣沒有關係，因為哀悼一個兒子的離世是應該的。

但是聊到最後，他們總會聊回大草原上古老的日子。總是會聊到大草原上的生活。那裡的第一批開拓者是牧羊人。後來他們從墨西哥進口了一群群牛，而變成了牛仔。他們變成了養馬人，變成了騎士，每天的生活都跟照顧馬的例行公事息息相關。在他們從印第人手上奪下的這片荒蕪狂野的土地上，他們是最早的一批牛仔。

然後鐵路出現了。鐵絲圍籬出現了。歌與民謠變得哀傷，而來自德州的人跟我的祖先們相遇時，充滿了血腥、屠殺，跟悲劇。這些人被連根拔起。他們有一天環顧四周，發現自己被包圍了。他們過去熟悉的自由的土地與天空消失了。這些人失去了自由便無法生活，於是他們收拾家當，往西遷移。他們成了移民。

母親不喜歡亞諾的人。對她而言，他們都是一無是處的酒鬼，流浪漢。她不了解他們的悲劇，也不了解他們為什麼要尋找已經永遠消失的自由。母親嫁給父親時，曾經在亞諾住了許多年，但是山谷跟河流在她血液裡根深柢固，讓她無法改變。她在草原村只交了兩個長久的朋友，一個是她會願意為她犧牲生命的鄔蒂瑪，另一個是納西索。她容忍納西索喝酒，因為他在她的雙胞胎出生時幫過她。

就在夏天快結束，我們全都坐在廚房桌子旁，計畫著去港口村幫忙收成時，母親突然有種奇怪的預感，想起了納西索。「他是個傻子，又愛喝酒，但是他確實在我需要時幫助過我——」

「喔，是啊，那個納西索眞是個紳士。」父親對她眨眼，逗弄她。

「嘖！」母親哼了一聲，又繼續說下去。「那個人三天沒睡，四處幫我跟鄔蒂瑪張羅東西，而且一口酒都沒喝。」

「那時爸爸在哪裡？」黛柏拉問。

「誰曉得。他跟著鐵路不曉得去了多少地方，都沒跟我說過。」母親生氣地回答。

「我得工作，」父親簡單地說。「我有家要養——」

「反正，」母親改變話題，「港口村今年夏天風調雨順。收成會很好，而且還能看到我爸爸，還有路卡——」她轉頭，感激地看著鄔蒂瑪。

「我們該爲此喝一杯表示感恩。」父親微笑。他也想保存那天晚上與我們享有的高昂興致與好心情。就在他站起來時，納西索從廚房大門衝進來。他沒敲門就衝了進來，讓我們所有人都從椅子上跳起來。前一分鐘，廚房裡還一片寧靜柔和，下一分鐘就被納西索的巨大身影塞滿。他是我所見過最巨大的男人。他留著濃密的鬍鬚，頭髮則像獅子的鬃毛一般披在肩上。他高踞在我們頭頂上，狂野的眼睛一片血紅，氣喘吁吁，口水從他嘴裡滴下。他看起來像一隻受傷的龐然巨獸。黛柏拉跟德瑞莎尖叫著跑到母親背後。

「納西索！」父親驚呼。「發生什麼事了？」

「德—德—納瑞爾！」納西索喘著氣說。他指著鄔蒂瑪，然後跑過去在她腳邊跪下，握起她的手親吻。

「納西索。」鄔蒂瑪微笑。她牽起他的手，要他站起來。

「發生了什麼事？」父親重複。

「他喝醉了！」母親緊張地驚呼。她緊抓著黛柏拉跟德瑞莎。

「不！不！」納西索堅稱。「德納瑞爾！他喘著氣，指著廚房大門。「長者，你得躲起來！」他懇求鄔蒂瑪。

「你在胡言亂語。」父親說。他握住納西索的肩膀。「坐下來，喘口氣—瑪麗亞，讓孩子上床睡覺。」

母親推著我們走過納西索身邊，他已經癱坐在父親的椅子上。我不知道發生了什麼事，似乎沒有人知道，但是我絕不會只因爲自己是小孩子，而錯過重要的時刻。母親最在意的是先趕緊把黛柏拉跟德瑞莎送上樓，回她們的房間。我則留在後頭，溜進了樓梯底下的陰影中。我蹲下來，期待地等著納西索鎭定下來，描述發生的事。

「長者得躲起來！」他堅持。「我們一秒鐘都不能浪費！他們此時此刻就正朝這裡來了！」

「我爲什麼得躲起來，納西索？」鄔蒂瑪冷靜地問。

「誰要過來？」母親也問，她回到了廚房裡。我暗自慶幸她沒有想到我。

納西索大吼。「我的天哪！」

就在此時我聽到鄔蒂瑪的貓頭鷹在外頭發出警示的叫聲。外面有人。我望向鄔蒂瑪，看到她的微笑消失了。她高高抬起頭，彷彿在聞風的味道，而我之前看到她在酒吧面對德納瑞爾時的力量，此時充滿了她的臉。她也聽到了貓頭鷹的叫聲。

「我們完全聽不懂。」父親說，「你把事情說清楚，兄弟！」

「德納瑞爾的女兒，不，是他的那個女巫，今天死了。那個小惡魔今天在港口村死了——」

「那跟我們有什麼關係？」父親問。

「喔，天哪！」納西索大喊，雙手絞在一起。「你們住在這該死的山丘上，離城裡大老遠，才會什麼都沒聽說！德納瑞爾把他女兒的死怪到長者頭上！」他指著鄔蒂瑪。

「萬福無玷的瑪利亞！」母親喊道。她來到鄔蒂瑪身邊，雙臂環抱住她。「怎麼可能！」

「你們得帶她走，把她藏起來，直到這邪惡的傳言消失——」

我再度聽到貓頭鷹的叫聲，然後我聽到鄔蒂瑪低語，「太遲了——」

「嘖！」父親幾乎要笑出聲來，「德納瑞爾就像老女人一樣愛散播謠言。下次我看到他，肯定要扯下他那狗鬍子，讓他恨不得自己沒出生過。」

「那不是謠言，」納西索懇求道，「他把他的同夥都召集到酒吧去，讓他們喝威士忌喝了一整天，說服了他們來把一個女巫燒死！他們要來追殺女巫！」

「啊！」母親抽噎了一聲，在額頭上畫了個十字。

我聽到這裡不禁屏住了呼吸。我無法相信居然有人會認爲鄔蒂瑪是女巫！她一向只做好事。貓頭鷹又叫了一聲。我轉頭望向黑暗中，但什麼都看不到。然而我還是覺得有某種東西或某個人躲藏在陰影裡，不然貓頭鷹爲什麼會叫？

「誰告訴你這件荒唐的事？」父親質問。

「荷蘇・西瓦剛從港口村過來。我幾分鐘前才跟他說話，然後就跑來這裡警告你們！你們知道他從來不說謊的！」納西索回答。父親同意地點頭。

「葛柏瑞！我們該怎麼辦？」母親喊道。

「德納瑞爾有什麼證據？」父親問。

「證據！」納西索大吼，他幾乎快因爲父親的審愼而發瘋了。「他不需要證據，兄弟！他把那些男人灌飽了威士忌，在他們心中塡滿了他惡毒的恨意！」

「我們得逃走！」母親喊。

「不，」鄔蒂瑪插了進來。她看著父親，用她專注的目光仔細衡量他。「人不能逃避眞相。」她說。

「啊，長者，」納西索呻吟，「我只是爲你的安危著想。你不可能跟喝得醉醺醺，嗅到私刑血腥味的人談眞相——」

「如果他沒有證據，我們就不需要擔憂一頭狼所散佈的謠言。」父親說。

「好吧！」納西索跳起來。「如果你們堅持非得要證據才願意把長者藏起來，我就告訴你們荷蘇跟我說的話‧德納瑞爾告訴所有人說，他在他死去女兒的床底下，找到長者的繫繩袋子，你們知道，就是巫醫會掛在脖子上的那種！」

「不可能！」我跳起來大吼。我衝到父親身邊。「那不可能是鄔蒂瑪的，因爲她的袋子在我這裡！」我扯開我的襯衫，給他們看那綁著繩子的肩衣。就在同時，我們聽到一聲巨大的槍響，而手上拿著火把的男人已經將我們的屋子團團圍住。

「是他們！太遲了！」納西索呻吟，癱坐回椅子上。我看到父親看了一眼他放在架子上的獵槍，然後放棄了這個念頭，鎮定地走到門邊。我緊跟在他身後。

「葛柏瑞‧瑪雷茲！」一個邪惡的聲音從跳躍的火把火光後傳來。父親跨出門外，我跟著他出去。他察覺到我在後面，但沒有叫我回去。他在他自己的土地上，他不能在自己的兒子面前丟臉。

一開始我們只能看到松木心做的火把。但接著我們的眼睛適應了黑暗，便能看到那些男人黑暗的輪廓，和他們在火光下發紅冒汗的臉。其中有些人用木炭在額頭上畫了十字。我顫抖起來。我很害怕，但我發誓絕不讓他們帶走鄔蒂瑪。我等著父親開口。

「來者何人？」父親問。他兩腿張開，彷彿準備打架。

「我們不想找你麻煩，瑪雷茲。」那個邪惡的聲音喊道，「我們只要那個女巫！」

父親的聲音此時因憤怒而緊繃。「誰在說話？」他大聲問。沒有人回答。

「出來，出來啊！」父親重複道，幾乎是大吼著，「你明明認識我！你喊了我的名字，既然你來到我的土地上，我要知道是誰在說話！」

男人們緊張地互相瞄了一眼。其中兩個人靠近了些，竊竊私語。第三個人從屋後繞過來，加入他們。他們本來以爲要帶走鄔蒂瑪會很容易，但是現在他們明白父親不會讓任何人入侵他的家。

「今天晚上這件事跟你無關，瑪雷茲，」德納瑞爾的聲音尖銳地劃破黑暗。我認得在港口村酒吧的那個聲音。

「你踩在我的土地上！這就是我的事！」父親吼道。

「我們不想跟你爭執，瑪雷茲；我們要的是那個老巫婆。把她交給我們，我們就會帶她離開。不會有其他的麻煩。何況她跟你非親非故，又被指控施展巫術——」

「誰指控她？」父親嚴厲地問。他強迫他們說出自己的身分，因此他們藉著威士忌跟黑暗壯膽的勇氣正在消失。爲了避免這些人變成一盤散沙，德納瑞爾不得不開口說話。

「指控她的人是我，德納瑞爾・德瑞曼迪納！」他大吼一聲，跳了出來，因此我可以清楚地看到他醜陋的臉。「那個沒有犯過罪的女人是女巫，我敢對上帝發誓！」

他來不及說完他的指控，因爲父親伸出手抓住了他的領子。德納瑞爾並不矮小，但是父親用一隻手就讓他雙腿離地，將那縮起來的身形往前拉。

「你是個卑鄙小人。」他幾乎是平靜地正對著德納瑞爾邪惡驚恐的臉說。「你是個婊子！」

他用左手抓住德納瑞爾下巴上的一叢毛髮，用力一扯。德納瑞爾痛苦又憤怒地尖叫。然後父親把手臂一伸，德納瑞爾便飛了出去。他尖叫著落在地上，然後連滾帶爬地站起來，躲到他的兩個同夥土狼背後。

「等等，瑪雷茲！」其中一個人大吼，跳到父親跟德納瑞爾中間。「我們不是來跟你打架的！這裡沒有一個人不尊敬你。但是施行巫術是很嚴重的指控，你也知道。我們也不喜歡這麼做，但是這項指控一定要搞清楚！德納瑞爾的女兒今天早上過世了。他有證據證明是鄔蒂瑪的詛咒害死了她——」

其他人也點頭並向前移動。他們的臉色陰沉。他們全都拿著用綠色杜松子枝匆促做成的十字架跟松木心做的火把。火把的光線跳躍在他們別在外套跟襯衫上，別針與縫針做的十字架上。其中一個男人甚至用針穿過他下唇的皮膚，防止任何詛咒進入他的身體。鮮血從他的嘴唇流下來，並從他的下巴滴下來。

「布拉斯．蒙塔諾，是你嗎？」父親問剛剛說話的人。

「是。」那個人回答並點頭示意。

「把女巫交給我們！」德納瑞爾在他夥伴的庇護下，從後頭大吼。他對於受到污辱氣憤不已，但是他不敢靠近父親。

「這裡沒有女巫！」父親回答，並彎低身子，彷彿等待他們攻擊。

「德納瑞爾有證據！」另一個人吼道。

「去你媽的！」父親吼回去。他們必須打倒他，才能帶走鄔蒂瑪，但是他們人太多了！我想著是否該跑去拿獵槍。

「交出那個女巫！」德納瑞爾吼道。他催促這些人向前，他們於是像合唱團般應和起來。「交出女巫！」「交出女巫！」那個嘴唇上有縫針十字架的男人對著屋子揮舞他的杜松子十字架。其他人也來回揮舞著他們的火把，一邊慢慢逼近父親。

「交出女巫！」「交出女巫！」他們喊著，並向前移動，但是父親仍不動如山。火把的嘶嘶聲讓我害怕，但是父親給了我勇氣。他們就在幾乎逼到我們面前時，突然停了下來。紗門砰的一聲，納西索跨了出來。擋在這群暴民面前的，不是一個橫衝直撞的醉鬼，而是一個巨大的男人。他雙手輕鬆地拿著父親的獵槍，同時掃視著這群暴民。

「你們在幹什麼？」他如雷的隆隆聲音攢破了緊繃的寂靜。「爲什麼一群農夫跑到外頭當起保安官來？你們不是該坐在溫暖的爐火前，打打牌，計算收成有多豐碩？我認識你們這些人，我認識你，布拉斯·蒙塔諾、瑪諾力托，還有你，克魯茲·賽迪歐——我知道你們是敢作敢當的人，不會偷偷摸摸地躲在黑暗裡！」

這些人面面相覷。被他們視爲酒鬼的人點出了他們的行爲有多卑劣，讓他們顏面無光。一個人舉起手中的酒瓶喝了一口，並想把酒傳下去，但是沒有人願意接。他們一片沉默。

「你們居然聽從這該死的德納瑞爾，眞是污辱了自己的好名聲！」納西索繼續說。

「啊！」德納瑞爾憤怒又憎恨地怒吼，但是他什麼也不敢做。

「這個卑鄙小人今天失去了他的女兒，她的邪惡行徑也隨著她下了地獄，港口村今後可以因此睡得比較安穩了！」

「你這禽獸！」德納瑞爾不屑地哼道。

「我或許是禽獸，」納西索大笑，「但我可不是傻子！」

「我們不是傻子！」布拉斯吼道，「我們是根據傳統的律法而來。這個人有證據證明那個巫醫鄔蒂瑪是個女巫，如果是她的詛咒害死了人，她就得受到懲罰！」他周圍的人紛紛點頭同意。我極度恐懼納西索會跟父親一樣激怒暴民，讓他們從我們身上踩過去。我知道到時候他們就會帶走鄔蒂瑪並殺了她。

納西索的喉嚨發出隆隆的笑聲。「我不是質疑你們有權指控某個人施行巫術，這是傳統。但是你們都是傻子，才會喝下這惡魔的威士忌！」他指向德納瑞爾。「你們都是傻子，才會跟著他在半夜大老遠跑到野地裡來——」

「你污辱我，你要爲此付出代價！」德納瑞爾大吼，揮舞著拳頭。「現在他還說你們是傻瓜！」他轉向那群人。「不用再說這些廢話了。我們是來抓那個女巫的！把她交出來！」

「對！」那群人同意地點頭。

「等等！」納西索阻止他們。「沒錯，我是說你們是傻子，但不是要污辱你們。朋友們，聽我說，你們侵入了這個人的土地——你們來到這裡，製造了許多憎恨，但是這件事其實可以很簡單。你們有權利指控某個人施行巫術，而要知道這項指控是不是眞的，其實有個很簡單的測試方法！」他伸手向前，拔出那個男人嘴唇上的針。「這些針是神聖的嗎？」他問那人。

「是，」那個人回答，「上個禮拜天才由牧師賜福過。」他擦掉嘴唇上的血。

「我說你們是傻瓜，是因爲你們都知道怎麼測試一個人是不是女巫，卻沒想到用這個方法。這方法簡單得很。把神聖的針釘在門上，釘成十字架的形狀——而以上帝之名！」他的聲音隆隆作響。「你們都知道，一個女巫不可能穿過做了上帝記號的門！」

「對啊！」這群人驚呼起來。事實確實如此。

「這個方法是眞的。」叫克魯茲・賽迪歐的那個人說。他拿起納西索手上的針。「這是依據我們的傳統合法的方式。我看過有人用這個方法，眞的有用。」

「但是我們都必須遵守測試的結果。」納西索說。他看著父親。父親第一次回頭看著廚房的門。光線裡，是母親跟鄔蒂瑪相依在一起的身影。然後他看了納西索一眼。他相信他的老朋友。

「我會遵守測試的結果。」父親簡單地說。我在額頭上畫了十字。我毫無疑問鄔蒂瑪可以走過標示著神聖十字架的路。現在所有人都轉過頭，看著德納瑞爾，因爲指控鄔蒂瑪的人是他。

「我會遵守。」他喃喃說。他別無選擇。

「我來放針，」克魯茲・賽迪歐說。他走到門邊，將兩根針在門框上釘成十字架的形狀。然後他回頭，對其他人說話。「是眞的，任何邪惡的人，任何女巫，都不可能穿過由神聖十字架守護的門。我自己就親眼見過一個女人受到這種裁判，因爲她一看到十字架，全身就痛得要命。所以如果鄔蒂瑪沒辦法穿過那道門，那我們今晚的工作才剛開始。但是如果她能走過那道門，那麼就沒有人能再指控她使用巫術——請上帝當我們的見證。」他說完，退到一旁。所有人都畫了十字，喃喃禱告。

我們全都轉頭看著那道門。火把上的火已經逐漸熄滅，事實上有些人已經把冒著煙的火把丟在地上。我們可以清楚看見鄔蒂瑪走到門口。

「指控我的人是誰？」她從紗門後問。她的聲音清晰有力。

「德納瑞爾．德瑞曼迪納指控你是女巫！」德納瑞爾用充滿憎恨的野蠻口氣說。他走上前來吼出他的指控，就在此時，我聽到鄔蒂瑪的貓頭鷹在黑暗中尖聲鳴叫。一陣翅膀的拍打朝我們頭頂撲來，所有人都舉起雙手保護自己，但是那隻貓頭鷹只針對一個人而來，並且找到了目標。牠撲向德納瑞爾，那尖銳的爪子從那惡人的臉上挖出了一隻眼珠。

「啊——！」他痛苦地尖叫。「我看不見了！我看不見了！」在逐漸微弱的光線中，我看到鮮血從那原本是眼睛的黑暗窟窿與血窪中噴出來。

「老天爺啊！」許多人喊。他們恐懼地擠到尖叫咒罵的德納瑞爾旁邊。他們顫抖著，望向夜空尋找那隻貓頭鷹，但牠已經不見了。

「看！」一個人叫道。他指向門口，所有人轉頭望向鄔蒂瑪。她已經穿過了門口！

「事實已經證明了！」納西索喊。

鄔蒂瑪朝那些人跨了一步，而他們全都往後退開。他們無法了解貓頭鷹爲何會攻擊德納瑞爾，也無法了解鄔蒂瑪的力量。但是她已經穿過了那道門，所以巫醫的力量是善的。

「事實已經證明了，」克魯茲．賽迪歐說，「這個女人不再受到任何指控了。」他轉身，走向他們停在山丘上的貨車，其他幾個人也匆忙追上去。兩個人留下來幫忙德納瑞爾。

「你的邪惡的鳥把我弄瞎了！」他喊道。「我詛咒你！我一定會要你的命！還有你，納西索，我發誓會殺了你！」那兩個男人把他拉走。他們走出了劈啪作響的火把的微弱光線外，走進黑暗中。

「長者！」母親在此刻衝出來。她張開雙臂抱住鄔蒂瑪，帶她回屋裡去。

「哎，眞是驚險的一晚。」父親看著溜走的那些人的背影，聳了聳肩。我們聽到他們的貨車在山丘上發動，然後離開。「將來我或許得殺了那個人。」他自言自語。

「他確實該死。」納西索同意。

「老朋友，我該怎麼謝謝你。」父親說著，轉向納西索。

「我的命是長者撿回來的，」納西索說，「我也欠你很多，瑪雷茲。朋友之間說什麼謝謝。」

父親點頭。「來吧，我需要喝一杯——」他們走進屋裡。我跟在後頭，但是在門邊停了一下。一絲閃光抓住了我的視線。我彎下腰，撿起本來釘在門框上的兩根針。是有人破壞了它們形成的十字架，還是它們自己掉了下來，我永遠都不會知道。

13

我們起得晚了，便趕緊收拾東西準備去港口村。我們都絕口不提那天晚上發生的可怕的事，但是我猜父親是因爲這樣，才決定跟我們一起去。我們都很興奮，因爲這是他第一次跟我們一起去並且留下來。他先去城裡請假一個禮拜，回來的時候，我聽到他跟母親低聲談論城裡流傳的閒話。

「德納瑞爾在醫院裡，他一隻眼睛瞎了──而且他們說港口村的神父不讓他死去的女兒在教堂裡舉行彌撒。不曉得會發生什麼事情──」

「我很高興你要跟我們一起去，葛柏瑞。」母親回答。

我去到外面。有人，我猜是母親，已經清掉了燒完的火把，還把院子掃乾淨了。這裡已經沒有任何痕跡顯示發生過的事情。太陽發出明亮清澈的光芒，空氣中有一絲涼意。我跑去哈森家，請他在我們離開時，幫我餵牲口。等我回來時，我的沛卓舅舅已經到了，正在幫忙裝行李。

「安東尼！」他用一個擁抱跟我打招呼。我也跟他問候，然後去找鄔蒂瑪。我很擔心她，但是我發現她正忙著洗早餐的碗盤。每個人都在忙著做事，這有助於我們忘掉昨晚的恐怖。

黛柏拉、德瑞莎、母親，還有鄔蒂瑪與父親坐一輛車，我則跟舅舅同車。我們安靜地上路，因此我有時間思考。我們經過了蘿絲的房子，於是我想到城裡的罪，還有金鯉魚會如何懲罰罪人。祂會讓他們都沉入清澈藍色的水裡溺死。然後我們經過教堂，於是我想到上帝對罪人的懲罰。祂會把他們丟入地獄的熊熊烈焰裡，讓他們被燃燒到永恆。

我們經過瑞多溪上的橋，於是我記起希可說的，人和神變成鯉魚的故事。但是爲什麼這個新的神，這金鯉魚，也選擇要懲罰人類呢？舊的神已經這樣做了。不論是溺水或燃燒，懲罰都是一樣的。靈魂已經迷失，不安全，不安穩，承受著痛苦了——爲什麼不能有一個從來不會懲罰人的神？一個永遠都會原諒的神？或許聖母瑪利亞就是這樣的神？她原諒了殺害她兒子的人。她總是原諒。或許最好的神會是像女人一樣，因爲只有女人眞正知道如何原諒。

「你好安靜，安東尼，」沛卓舅舅打斷我的思緒，「你在想昨晚的事嗎？」

「沒有，」我回答，「我在想關於神的事。」

「啊，別讓我打斷你。」

「爲什麼你昨晚沒有來警告我們？」我問。舅舅皺起眉頭。

「嗯，」他終於開口，「你外公不容許我們任何人牽扯進昨天的事——」

「但是鄔蒂瑪治療了路卡舅舅！他不感激嗎？」

「他當然感激！」他辯解，「但是你不了解——」

「什麼？」

「哎，港口村很小。我們已經在那裡住了很久，也一直與那裡好的壞的一切和平共處。我們不對任何人妄加裁判。」他以有些斬釘截鐵的態度說。

「但是你們容許德納瑞爾對鄔蒂瑪加以裁判，」我說，「而且如果不是有納西索，他很可能已經執行了他的裁判。這樣公平嗎？」

舅舅開口想回答，卻又停下來。我看到他雙手緊握著方向盤，用力到指關節發白。他坐立難安了很久，然後終於說：「我可以承認我昨晚太懦弱，但這並不能減輕我的愧疚。我們都太懦弱了，才會把父親的希望當成藉口。相信我，她救了路卡，我絕對相信她……。願上帝保佑不會再有下一次，但是下一次，我絕對不會再逃避我對她應負的責任。」然後他轉頭看著我，並伸出一隻手摸摸我的頭。「我很高興你為你的朋友挺身而出，」他微笑，「朋友就是應該這樣。」

是，我確實為鄔蒂瑪挺身而出。父親也是，還有納西索，還有那隻貓頭鷹。我們本來都會跟那隻貓頭鷹一樣奮力一擊，來保護鄔蒂瑪。要原諒像德納瑞爾這樣的人並不容易，或許上帝就是因此不肯原諒。祂跟人太像了。

我們到達港口村時，村子裡瀰漫著動盪的氣氛。當然全村人都知道德納瑞爾發生了什麼事，也都等著他回來埋葬他女兒。我們知道神父不會讓她下葬在教堂旁，神聖的墓園土地上。但是收成季節是工作的時候，不該拿來說閒話。我的舅舅都是農人，他們唯一相信的眞理來自泥土，因此下午剛開始，我們已經來到田地和果園裡，收成變成最重要的事。

這樣其實也很好，因爲這讓我們忘掉我們不想記得的事。當月亮從黑色台地形成的港口升起，灑下第一道月光時，我們便完成了第一天的收成，返回家裡。在飽餐一頓後，我們都安頓到瑪德歐舅舅的房間裡，因爲他最會說故事。母親跟郞蒂瑪則單獨在一旁，將紅辣椒編成長長的辣椒串。我的嬸嬸們對郞蒂瑪彬彬有禮。因爲她爲路卡斯做的事，所以他們對她都很尊重，但是除此之外，他們都盡量與她保持距離。我想郞蒂瑪也喜歡這樣。

「哎，那些德瑞曼迪納家的人做的事眞的很可惡，」瑪德歐舅舅低聲說。他瞄了走廊一眼，但是我外公已經休息了。我外公不會容許任何人在他面前談論巫術。

「我今天跟波菲力歐·巴卡講過話，」胡安舅舅說，「他說剩下的德瑞曼迪納兩姊妹今天都在幫她們的姊妹做棺材。」

「啊！」瑪德歐舅舅示意我們仔細聽。「她們在收集三葉楊的樹枝，來編織一具棺材，這就證明了她是女巫！女巫不能用松樹或杉木做的棺材下葬。」

「聽說德納瑞爾今天回來了。他一隻眼睛瞎了。」

「是，」舅舅繼續說，「而且今晚她們會聚在屍體旁，用她們的黑魔法書禱告。仔細聽！」

我們聆聽著外頭冷風的呼號，還斷斷續續聽到一隻土狼淒厲的吠叫聲。在畜欄裡，被關起來的牲畜緊張地兜圈子。邪惡瀰漫在秋日夜晚的空氣裡。

「他們會燒硫磺，而不是神聖的焚香。她們會在她的棺材旁唱歌跳舞，拉著自己的頭髮跟皮肉。她們會殺掉一隻公雞，把牠的血灑在死掉的姊妹身上。記住我的話，當那個德瑞曼迪納家的女巫被載去教堂時，她會躺在用三葉楊樹枝編織的棺材裡，屍體上還會抹滿了血……」

「但是她們爲什麼要這樣做？」有人低聲說。

「爲了崇拜惡魔，」舅舅回答。「她們這麼做是爲了讓惡魔在屍體下葬前，來跟她一起睡覺……」

「瑪德歐！」我的一個舅媽警告道。她指了指小孩子。

「我說的是眞的！」他說。

「那她們爲什麼要帶她去教堂？」胡安舅舅的太太問。

「哼！她們才不在乎教堂。那只是做做樣子。」舅舅微笑。

「你怎麼會知道這些？」她諷刺地說。

「當然是我親愛的歐瑞蒂雅告訴我的。」他咧嘴笑道，轉向坐在他身旁的妻子，溫柔地拍了拍她。她看著他，同意地點點頭。我們都笑起來，因爲我們都知道歐瑞蒂雅，瑪德歐舅舅的太太，一出生就又聾又啞。

睡眠來臨，而我的夢中命運隨之而來，帶著我來到女巫的黑彌撒。

我看到了一切，就像舅舅描述的一樣。然後我的夢中命運帶我來到棺材旁。我往裡看，卻萬分驚恐地看到鄔蒂瑪！

我必定在夢中哭喊起來，因爲我感覺到有人把我抱起來，之後我就覺得溫暖而平靜了。我醒來的時候，外面已經天亮了。平常總是響著吱吱嘎嘎或叮叮噹噹的聲音，充滿了活力的屋子，此刻卻靜悄悄的，像座墳墓。我從床上跳起來，穿好衣服，匆匆跑到外頭。全村的人都站在街道兩旁。他們以興奮壓低的聲音交談著，伸長了脖子望向通往橋頭的泥土路。然後我聽到了一輛沉重馬車的嘎吱聲。

我看到了鄔蒂瑪，她單獨一人站在屋子旁高起的一片地上。她似乎絲毫沒有察覺我的存在。黑色披肩裹住了她的頭跟臉，只有她的眼睛沒有被蓋住。她專注地看著走上街道、朝向教堂而去的喪禮隊伍。所有人都安靜下來。寧靜的早晨空氣讓那沉重馬車的嘎吱聲傳得很遠，我們還可以聽到馬匹奮力拉著載運那死去女人的馬車，噴著鼻息的聲音，和韁繩的摩擦聲。在馬車的座位上，坐著兩個全身黑衣的瘦削女人。黑色面紗蓋了她們的臉，而在經過鄔蒂瑪面前時，她們都轉過頭去。

馬車的平台上，放著那具棺材。那是一具用柔韌的三葉楊木樹枝編織的棺材，所以當屍體移動時，棺材似乎會發出呻吟。一股強烈的腐爛臭味在馬車經過時瀰漫在空氣裡。

德納瑞爾騎著馬，在隊伍最前頭。他一身黑衣，駝著背坐在馬鞍上。他戴著一頂深色寬邊的帽子，帽緣壓得很低，以遮掩他一隻眼睛上的黑色眼罩。他精神充沛的馬緊張地跳著腳，頭不斷左甩右甩。

天空澄藍而寂靜。我們的目光都跟隨著那吱軋作響的馬車穿過泥土路，經過酒吧，來到教堂門口。隊伍在這裡停下來，等神父出現。神父從教堂出來時，德納瑞爾對他說話，然後神父回答。他張開雙臂，像要擋住進教堂的大門，並點點頭。他拒絕幫死者舉行彌撒，也拒絕讓死者下葬在教堂的墓園。氣氛變得緊繃。沒有人知道德納瑞爾對這樣的羞辱會有什麼反應。大家都知道他瘋狂到可能會攻擊神父。

但是德納瑞爾被擊敗了。整個村子都目睹了他被逐出教會。神父的拒絕表示教會表明了立場，德瑞曼迪納家的邪惡行徑已經公諸於世。德納瑞爾沒想到神父會出來對抗他。靜默持續了很久，然後德納瑞爾掉轉馬頭，整個隊伍沿著街道往回走。他將必須把女兒下葬在不神聖的土地上，而缺少了彌撒的救贖，她的靈魂也將永遠陷在地獄中。但是讓德納瑞爾最難受的是，他將無法再號召鎮上的人助陣，他將無法再利用恐懼控制他們。如果過去一直不肯譴責德瑞曼迪納家人惡行的神父都已經表明立場，這肯定會給予村民們勇氣。

馬車經過時，我看到那兩姊妹癱坐在椅子上，而她們哀悼的哭喊不只是爲了姊妹的命運，也是爲了自己。她們操弄了一個人的命運，而現在她們知道後果了。德納瑞爾也在馬鞍上駝著背。他拉著他長長的黑色外套，包裹住自己瘦削的身軀，縮在裡頭，彷彿希望藉此逃避村人的目光。只有在經過鄔蒂瑪時，他才抬頭瞄了一眼，而在那匆匆一眼中，他邪惡的眼睛發誓要對鄔蒂瑪報復。

所有人都因爲發生的事而變得低沉，但是到了下午，收成的工作已經讓我們精神大振。在我外公嚴密的注視下，田地和果園裡豐碩的作物一一收成。載滿作物的馬車來回在田地和村莊之間，像螞蟻匆忙疾行，忙著儲存種子。綠辣椒烘烤過放在一旁曬乾。紅辣椒變成巨大的辣椒串。加蓋小屋的斜屋頂上擺滿了金黃色的切片蘋果乾。空氣甜滋滋的，充滿了煮果醬跟醃漬水果的香氣，和女人的笑聲。玉米烘烤過作成乾玉米，藍玉米則磨碎成玉米粉，剩下的則儲存起來給牲口吃。

然後，就像綠意悄悄溜進河流的時間中，金黃色的收成時光也在轉眼間結束。我們必須回去瓜達魯沛了。學校又要開學了。

「再見！再見！」我們互相喊著。在這時候，胡安舅舅才把父親跟母親帶到旁邊，低聲說出舅舅們的希望。

「安東尼表現得很好。」他生硬地說。「他血液裡有泥土的感覺。如果你們願意讓他來跟我們住一個夏天，我們會很榮幸——其他的孩子，」他說，「沒有選擇我們的生活方式。那就這樣吧。但是如果安東尼想了解我們的生活，我們就必須在明年夏天開始教導他——」我其他的舅舅則在這段簡短的話中間頻頻點頭。舅舅們一向沉默寡言。

「喔，葛柏瑞！」母親驚呼，她驕傲地神采飛揚。

「再看看吧。」父親說。於是我們就離開了。

14

「再見，安東尼……」

「再見，媽媽，再見，鄔蒂瑪。」我揮手。

「你眞是會說話。」安德魯笑道。

「要尊敬老師！幫我問候瑪耶斯塔老師！不要讓我們家丟臉。」媽媽的聲音此刻已經很遙遠。

「爲什麼這樣說？」我問安德魯。

「我也不知道，」我在山羊小徑上追趕他長長的步伐，「只是你回頭跟長者還有媽媽揮手說再見的樣子——眞是打敗所有人。」

「我每天都會回頭揮手。」我說著，跟上他腳步的節奏。我很高興可以跟他一起走路。

「為什麼？」

「我也不知道——有時候我覺得等我到家的時候，一切都會改變了，再也不會一樣了——」我不能告訴他我希望巨人的城堡永遠屹立不搖，說我希望山羊小徑跟這山丘永遠都會一樣。但我確實感到不安，我已經開始明白世事不會永遠保持原狀。

「我知道你的意思。」他說，此時黛柏拉跟德瑞莎像兩頭瘋狂的山羊超過我們。「我從軍隊退伍回來時，就覺得一切都改變了。好像所有東西都變小了。」

「我很高興你待在家裡。」我說。我抓緊了我的紅酋長寫字板跟鉛筆。我迫不及待想看到那一夥人。我也想著不知道三年級的功課會有多難。

「啊，我覺得自己好像是老人去上學，但是這是唯一的出路，安東尼，唯一的出路——」

我們在橋邊遇到了小子跟森謬。我們比賽看誰先衝過橋，而結果一如平常，小子那棕色肌膚的野蠻身影把我們遠遠拋在身後。到了橋的另一頭，安德魯停了下來，說他要喘一下，森謬跟我便先往前走。我們經過了蘿絲的房子，然後朝學校走去。我告訴森謬我在暑假時看到了那隻金色鯉魚，他顯得很高興。

「你說不定可以變成跟我們一樣。」他露出他睿智滿足的微笑。

「那你做了什麼？」我問。「我去找過你，但是你已經不在了。」

「我跟我爸爸去黑水農場牧羊。」他說。「你知道嗎，安東尼，」他又說，「我想我會去當牧羊人。」

「我媽媽希望我當農夫，或是神父。」我說。
「照顧羊群會得到報償，耕種作物也會得到報償，但是最偉大的召喚還是成爲神父，」他說，「神父會照顧他的信眾——」
「對。」
「我聽說他們對鄔蒂瑪做了什麼恐怖的事，德納瑞爾瞎掉的事傳遍了遊牧營地。」他停了下來，看著我。「你要小心，城裡的孩子不會了解的。」
「我會小心。」我說。
我們走到了吵嚷的遊戲場，我告訴森謬我得去見瑪耶斯塔老師。他了解。我想在跟那夥人混在一起前先去見瑪耶斯塔小姐，轉告我媽媽的問候。瑪耶斯塔老師忙著照顧一年級生，所以我沒有待很久，但是她很高興看到我，我也很高興看到她。她跟去年沒什麼改變。
然後我跑出去到遊戲場上，我們的老地方，加入我們那一夥人。「嗨，安東尼！」他們喊道，然後馬臉丟了個傳球給我。我接住了，然後傳給佛羅倫斯。「幹！」
佛羅倫斯沒接到，罵了髒話。「去你的屌！」「你手塗了奶油嗎?!」
「你的老師是誰，安東尼?」
「哈瑞斯老師還是韋麗特老師?」
「不知道嗎?」
「韋麗特老師！」骨頭大喊，「我們都是韋麗特老師！去你的，我就跟你說了。」

「你怎麼知道？」洛德問。

「笨學生都會給韋麗特老師——」

「所有笨蛋菜鳥！呀，呀，」洛德模仿著。

「安東尼才不笨，他念完二年級了！」

「他有巫婆幫他。」厄尼嘲諷道。

厄尼還是一天到晚找我麻煩。我還是不知道為什麼。

「韋麗特老師每個禮拜五都會給她的學生梅子乾！」

「她藉此報復我們的父母，因為她整個禮拜都得看著我們！」大家都大笑起來。

「我才不是笨菜鳥！」馬臉發著牢騷。

「嘿，安東尼！」厄尼喊道，「你哥哥真的去蘿絲那裡嫖妓嗎？」

「去你的屌！」「那些母狗！」

我不知道嫖妓這個字眼是什麼意思，但是我知道蘿絲那裡不是好地方。我沒有回話。

「別鬧了，」紅頭髮說，「幹嘛單找安東尼麻煩！城裡每個人都會去蘿絲那裡！」

「沒錯喔喔——」骨頭嚎叫，眼珠子在眼眶裡轉呀賺，「包括厄尼的老爸！」

「骨頭你這混蛋！」厄尼對他狠狠瞪了一眼，但是沒有撲到骨頭身上。撲到骨頭身上絕對是很愚蠢的事，他可能會眼睛都不眨一下地殺了你。

「厄尼的老爸！」馬臉大叫，然後貼到骨頭背後，大家都大笑起來。「啊，啊，啊！」馬臉發出喘息。

「很好笑嗎！」厄尼啐了口口水，一回身面對我。「至少我們家沒有住個巫婆！」

「嘿，沒錯！安東尼有個巫婆！」「我暑假也聽說了！」「幹！」「去你的屌！」

「是眞的嗎，安東尼？」佛羅倫斯問道。

「她把那個人眼睛弄瞎了。」亞柏猛點頭。

「怎麼弄？」

「用巫術——」

「去你卵芭——」

他們現在都圍到我旁邊，看著我。這個圈子緊密而安靜。我們周圍的遊戲場是一團刺耳的嗡嗡噪音，但是這個小圈子裡卻很安靜。

「你們別鬧了！」紅頭髮說，「這是安東尼第一年跟我們同班！我們來打球吧！別鬧了，根本沒有巫婆這種事——」

「如果你是天主教徒就有！」洛德反駁。

「沒錯，」馬臉同意，「紅頭髮什麼都不知道。他以後會下地獄，因爲他不是天主教徒！」

「狗屁！」紅頭髮說。

「是眞的，」洛德說，「只有天主教徒才能上天堂！」

「也不是——」佛羅倫斯點著頭，他瘦削的身形前後搖晃。

「說實話吧，安東尼，」厄尼邊說邊靠得更近，「她是巫婆對吧！他們會把她燒死，哼！」

「他們得用一根木樁刺穿她的心臟，才能合法燒死她。」洛德說。

「她不是巫婆，她是個好女人。」我回答。我回答。我幾乎聽不到自己的聲音。我從一邊的眼角看到森謬坐在翹翹板上。

「你說我說謊嗎？」厄尼對著我的臉大吼。他的口水又熱又難聞。有人說他只喝山羊奶，因爲他對牛奶過敏。

「沒錯！」我對著他的臉大吼。我本來很想跑開，但是我想起我爸爸跟納西索爲鄔蒂瑪挺身而出。我看到厄尼瞇起眼睛，也感覺到所有人都屏住呼吸造成的眞空。接著厄尼的手臂突然一伸，他拿著的足球正中我的臉。我本能地一揮拳，感覺到我的拳頭擊中他的下顎。

「打啊！打啊！」馬臉大吼，撲到我身上。我張開湧出淚水的眼睛，彎身下來，看到骨頭騎到厄尼頭頂上。接下來就是一團混戰了。所有人都跳進扭打成一團，手腳亂揮的一堆人當中。詛咒、抱怨跟呻吟聲一時四起，然後幾個中學老師跑過來，將我們一個個拉開。沒有人受傷，而且這是開學第一天，所以他們沒有向校長報告。他們只是嘲笑我們，我們也跟著他們笑起來。上課鐘響起，我們都跑向教室，開始新的學年。

在那之後再也就沒有人拿鄔蒂瑪的事戲弄我了。我想他們一定認爲，既然我敢對抗厄尼，我就敢對抗任何人。花這種力氣不值得。而且，除了紅頭髮跟森謬會在打架時助我一臂之力以外，我後面還有鄔蒂瑪強大的，不可知的神奇力量。

愉快的秋日很快就被時光的狂風侵蝕。學校生活變成例行公事。隨著寒冷的天氣籠罩亞諾荒原，農場和牧場上也沒有那麼多活可幹，就有越來越多孩子來上學了。河邊的綠蔭經歷過明亮的橘色，轉變成棕色。河床上的涓涓細流變得很安靜，不像夏天那樣唱著歌。下午變得灰暗寂靜，充滿成熟的氣息與歸屬感。我每天打開廚房門，就有烹煮食物的香氣迎面而來，還有我媽媽跟鄔蒂瑪，都帶來一種安全的，安穩的，受到歡迎的感覺。

在聖誕節快來臨之前，亞諾的風和雪將大地包圍在寒冷中。放學之後，遊戲場上很快就空無一人。如果你得留校，晚一點離開，那麼一個人穿過空蕩蕩的街上時會覺得詭異又孤單。大雪和亞諾的風交替出現，那是全世界最冷的風。雪一融化，風就凍得人發痛，讓水結成冰。然後又會開始下雪。河面完全結了冰。沿著河岸的大樹像是巨大的雪人，窩在一起取暖。在亞諾荒原上，牧場主人努力要餵飽他們的牛羊。許多牲畜死掉，大家總是談論著今年冬天的苦寒，跟失落在老人記憶裡的其他年比起來如何如何。

整個學校都渴望著聖誕假期來臨。那兩星期會讓所有人都可以輕鬆一下，不用再辛苦跋涉來回學校。我們期待在學校裡做的最後一件事是表演我們在韋麗特老師班上排練的那齣戲。事實上工作都是女生做的，但是我們都自認有功勞。

沒有人預料到預定演出的前一晚會突然刮起暴風雪。「我的媽啊！」我聽到媽媽喊道。我從結霜冰冷的層層毯子往外看，看到我的小窗戶已經完全被冰覆蓋。我受不了冰冷的空氣像死亡一般將我裹住，趕緊起身穿好衣服，跑到溫暖的廚房裡去。「你看！」媽媽說。她在結冰的窗戶上清出了一個小洞。我望出去，看到整片白色的曠野，除了劃開雪堆的藍色波紋以外，一片荒蕪。

「兩個女生今天不去上學了，」她對鄔蒂瑪說。「反正一天而已。黛柏拉、德瑞莎！」她朝著樓梯上喊，「不用起來了！雪把山羊小徑都蓋住了！」

我聽到樓上傳來尖叫聲跟咯咯笑聲。

「東尼要去嗎？」安德魯問，他顫抖著走到爐子邊。他全副武裝，準備與風雪作戰。

「我非去不可，」我回答，「今天要演戲。」

「不太好。」鄔蒂瑪低聲說。她不是指那齣戲，而是天氣裡的某種東西，因爲我看到她微微抬起頭，彷彿嗅到外頭風裡的某種味道。

「不過一天而已，東尼。」安德魯說，一邊走過來，在早餐桌旁坐下。

「這對他有好處，」母親說。她幫我們端上熱騰騰的玉米粥跟蛋餅。「如果他要當神父，他就應該儘早學會犧牲——」

安德魯看著我，我也看著他，但是我們沒有說話。安德魯轉而問道：「公路的工作呢？路開了嗎？」

「沒有，」母親說。「地面都結冰了。你們爸爸已經在家兩個禮拜了——只有撒鹽的貨車出去。」

「那齣戲是演什麼，東尼？」安德魯問。

「耶穌。」我說。

「你演什麼角色？」

「一個牧羊人。」

「你認爲你應該去學校？」他問我。我知道他很擔心，因爲雪積得很深。

「是。」我點頭。

「那你呢，安德魯？」我媽媽問：「我以爲今天輪到你休息？」

「是休息沒錯，」安德魯回答，「我只是要去拿我的薪水。」

「還有看你的女朋友。」我媽媽微笑。

「沒有什麼女朋友。」安德魯皺起眉頭。「走吧，東尼。」他起身，穿上外套。「我們出門吧。」

我媽媽幫我穿好外套，把羊毛帽戴在我頭上。「我的小學者。」她微笑，吻了一下我的額頭。「願神保佑你。」

「謝謝。」我說。「再見，鄔蒂瑪。」我走到她面前，握住她的手。

「小心風裡的惡魔。」她低語，然後彎下身親吻我的臉頰。「好。」我回答。我把手放到胸前，披著她的肩衣的地方。她點點頭。

「走吧！」安德魯在門邊喊。我追上去，跟著他走在山羊小徑上，努力踏在他在雪堆中踩出的腳印上。清晨的陽光照耀下來，周圍一切都好明亮。看到這麼多白色讓我眼睛刺痛。「或許暴風雪很快就會散了……」安德魯在我前頭噴著氣。西邊的雲還是很黑，但是我沒有說什麼。我們穿過厚厚的積雪，走得很慢，等我們走到橋邊時，腳都已經溼了，但是並不冷。

「小子在那邊。」這是我第一次看到小子靜靜站著。他跟森謬看到了我們，正等著我們。

「賽跑！」我們走上前時，小子喊道。

「今天不行，」安德魯回答，「你很可能會在冰上摔斷脖子。」他點點頭，於是我們看到橋上被冰覆蓋的人行道。車子把冰水濺到人行道上，一夜之間這些水都結成了堅硬的冰。我們得小心找路走，才能過橋。但是小子還是不相信我們。他就在我們前頭倒退著走，以便隨時都能看到我們。

「你聽說昨晚打架的事了嗎？」森謬問。他靜靜走在我們旁邊。我們的呼吸在清爽冰冷的空氣中形成煙柱。下面的河裡，水、草叢、樹木、所有東西都被冰覆蓋。從東邊升起的太陽照得所有東西閃閃發亮，創造出一片結冰的仙境。

「沒有，」安德魯說。「誰打架？」

「德納瑞爾跟納西索——」

我仔細聽著。我還記得德納瑞爾的威脅。

「在哪裡？」

「長角。」

「喝醉了？」

「正在喝酒——」

「誰告訴你的？」

「我爸爸在那裡。他本來在跟納西索喝酒，」森謬說，「後來德納瑞爾從港口村過來。德納瑞爾咒罵長者鄔蒂瑪，然後又在所有人面前咒罵納西索。但是一直到他詛咒大草原的所有人時，納西索才站起來，拉扯德納瑞爾臉上那撮好笑的小鬍子——」

「哈！」安德魯大笑。「那老混蛋活該！」

森謬繼續說：「我爸爸說這件事不會到此爲止——」

我們走到了橋的另一頭，小子跳下了橋。他贏了走路的比賽。

「那要怎麼樣才會結束？」我問森謬。

「要有人流血才會結束。」森謬說。「我爸爸說，一個人渴望報仇時，血液就會變得混濁，他必須讓那混濁的血流出來，才能再度覺得完整——」

我們停了下來，四周很安靜。一輛車開始駛過橋面。它移動得很慢，輪胎在冰上打滑。前方可以看到幾個加油站的老闆正在車道上掃雪。所有人都希望暴風雪已經過去了。所有人都厭倦了寒冷。

「他們只是些酒鬼，跟老女人一樣，除了吵架什麼都不會。」安德魯笑道。「你爸爸說的如果是男人，或許會是對的。」

「酒鬼跟惡魔也都是男人。」森謬反駁。

「啊！」安德魯噴出白色熱氣，「你們趕緊去學校吧。今晚見，東尼。」

「晚點見。」我揮手。小子早就跑得不見蹤影。我跑上前跟上森謬。

學校的校舍一片寂靜，像是被寒冬凍住的墳墓。校車因爲暴風雪而沒有進來，城裡的孩子也大都留在家裡。但是馬臉、骨頭，跟亞洛斯的一夥人都在。他們是學校裡最笨的孩子，但是他們從來沒有缺過課。就算地獄都結凍了，他們還是會邁著步伐，穿過小徑，一路扭打互踹，踏進教室裡，然後整天不安分，讓老師日子難過。

「女生呢？」骨頭用力地嗅著空氣，砰一聲在一張結冰的桌子旁坐下。

「她們沒來。」我回答。

「爲什麼？」「去你的！」「那戲怎麼辦？」

「我不知道。」我說著，指向走廊上，韋麗特老師正在那裡跟今天來到學校的老師商量。他們都穿著毛衣，發抖著。樓下的鍋爐發出呻吟聲，讓蒸汽散熱器砰砰作響，但是還是很冷。

「沒戲可演了，狗屎！」亞柏哀鳴。

韋麗特老師走進來。「你剛說什麼，亞柏？」

「沒戲可演，眞糟。」亞柏說。

「我們還是可以演戲，」韋麗特老師坐下來，我們都聚到她身邊，「如果由男生來演這些角色——」

我們全都面面相覷。在禮堂裡佈置好所有東西，還在韋麗特老師的幫忙下編好三個智者故事的，全都是女生。本來我們只要站在旁邊，裝成牧羊人的樣子，但是現在我們卻全都要自己來，因爲女生都沒來上學。

「啊，不要。」馬臉在韋麗特老師面前低聲說。

「這麼多學生都沒來，其他老師也沒有什麼事可做，」她不理會滿臉質疑的馬臉，「所以他們都想來看我們的戲——」

「啊，不行。」骨頭咆哮。

「我們得記住所有角色的台詞。」洛德說。他小心地擤著鼻子。

「我們有一整個早上可以練習。」韋麗特老師說。她看著我。

「我覺得這個主意很好。」紅頭髮猛力點頭。他一向都想幫忙老師。

「幹的卵芭！」

「那是什麼意思？」韋麗特老師問。

「意思是沒問題！」

所以我們整個早上就坐在教室各處背誦戲裡的台詞。這很困難，因爲亞洛斯的孩子都不太識字。午餐後，我們到禮堂很快地練習了一次，其他老師就帶著他們班上的同學進來了。站在舞台上讓我們很害怕，有些男生開始臨陣脫逃。骨頭攀上一條舞台繩索，爬到靠近屋頂的一根橫樑上，不肯下來演戲。

「骨——頭！」韋麗特老師喊。「下來！」

骨頭像是被逼急的狗對她咆哮。「演戲是女生做的事！」他大吼。

馬臉朝他丟了一塊二乘四的木板，差點把他打了下來。結果板子落下來，打中了小子，把他打昏了過去。那樣子很好笑，因爲雖然他突然臉色蒼白，不醒人事，他的腿卻還在動，就像他在跟人比賽過橋時一樣。韋麗特老師慌亂地試圖叫醒他。她擔心得要命。

「來。」紅頭髮去拿了水，灑在小子臉上。小子呻吟了一聲，睜開眼睛。

「混帳王八蛋！」他咒罵道。

我們其他人則不是忙著穿上愚蠢的長袍和毛巾，好讓自己看起來像牧羊人，就是在舞台四周晃來晃去。有人把嬰兒耶穌打翻了，結果他的頭掉了下來。

「根本沒有童貞女懷胎這種事。」佛羅倫斯說，俯瞰著那被斷頭的娃娃。他的長腿從短袍子底下露出來，頭上裹著頭巾，看起來像個瘋子。

「你們全都是一堆娘娘腔！」骨頭從上頭大吼。馬臉再度拿那塊二乘四的板子瞄準他，但是韋麗特老師及時阻止了他。

「去把娃娃的頭裝好。」她說。

「我得去上廁所。」亞柏說。他抓著自己褲子的前面。

韋麗特老師緩緩點頭，閉上眼睛，然後說：「不行。」

「你可能會因爲這樣被告。」洛伊用他像女生的聲音說道。他正在嚼一根巧克力棒。巧克力從他嘴巴兩邊滴下來，讓他顯得很邪惡。

「我也可能被控謀殺！」韋麗特老師伸手要去抓洛伊，但是他一閃身，消失到馬槽旁一隻紙板做的母牛背後。

「各位拜託，大家合作一點嘛！」紅頭髮吼道。他正在努力讓每個人站在自己的位置。我們決定了讓所有人整齣戲都站在同一個位置。這樣會比較簡單。只有國王會走到馬槽前，獻上禮物。

「站好位置！站好位置！」韋麗特老師喊道。「約瑟？」她喊，我便走上前。「瑪利亞呢？誰是瑪利亞？」

「馬臉！」紅頭髮回答。

「不要！不要！不要！」馬臉喊道。我們在舞台上到處追他，打翻了很多道具，但是最後終於讓他穿上那件漂亮的藍色袍子。

「馬臉是處女！」骨頭喊道。

「啊！混蛋！」馬臉要沿著繩索爬上去，但是我們把他拉了下來。

「馬臉！馬臉！」韋麗特老師試圖引誘他。「只有一下子而已，而且沒有人會知道。來。」

她在他頭上披上一條厚重的頭紗，然後整個包住他的臉，只露出他的眼睛。

「不要！」馬臉尖叫。聽他喊叫真是難受，好像他承受著很大的痛苦。

「我會給你一個甲。」韋麗特老師激動地說。這讓馬臉認眞得想了起來。他這輩子從來沒有在任何事情上拿過甲。

「一個甲。」他喃喃自語，寬大如馬的下顎移動著，像在衡量這個屈辱角色跟成績的輕重。

「好吧，」他終於說，「好吧。但是你要記得，你說是甲喔！」

「我幫你作證。」躲在那隻牛後面的洛伊說。

「馬臉是處女！」骨頭唱道，於是馬臉又不幹了，我們又得重新說服他一次。

「骨頭只是忌妒。」紅頭髮試圖讓他相信。

「你下來！」韋麗特老師對骨頭大吼。

「給我一個甲！」骨頭咆哮。

「好啦。」她同意。

他想了一下，又大叫，「不，給我兩個甲！」

「你去——」她及時住了口，然後說：「你就待在那裡吧。但是如果你掉下來摔斷脖子，可不是我的錯！」

「你這樣說可能會被他的家人告。」洛伊說。他抹了一下嘴巴，於是巧克力沾得他滿臉都是。

「我要尿尿——」亞柏呻吟。

「馬臉，你跪在這裡。」馬臉要跪在馬槽旁邊，我則要站在他旁邊，一隻手放在他的肩膀上。但是當我一隻手臂環住他的肩膀時，他的嘴唇急促地動了一下，讓我以爲他就要拔腿跑掉。他大大的馬眼向上緊張地看著我。一隻紙板做的驢子不斷翻倒，打到馬臉，這只讓他更加緊張。有些小孩子被安排站在紙板做的動物後面，讓紙板立起來，而他們一直咯咯傻笑，互相偷看。他們開始玩吐痰遊戲，這讓韋麗特老師眞的怒火中燒。

「拜託你們守規矩！」她大吼。「拜——託！」維他命小子恢復了過來，在舞台上跑來跑去。她抓住了他，要他站在一個位置上。「國王在這裡。」她說。我猜一定是有人在小子被敲昏時幫他套上了袍子，否則沒有人可以抓住他夠長的時間，把袍子套上去。

「每個人都有劇本了嘛？」紅頭髮吼道。「如果你要看台詞，一定要把劇本藏起來，不要讓觀眾看到——」

「我看不到——」說話的是骨頭。他探出身子，俯瞰佛羅倫斯的劇本，而差點從樑上摔下來。我們全都倒抽了一口氣，但是他穩住了。接著他開始炫耀，「泰——山——，叢林之王！」然後他開始像電影裡的泰山那樣呼叫大象。「啊嗚——嗚——嗚嗚——」

「混蛋！」「幹！」大家都大笑起來。

「骨頭，」韋麗特老師懇求。我覺得她似乎要哭了，「拜託你下來。」

「我不是娘娘腔！」他齜牙咧嘴。

「你知道，我得告訴校長你這樣子——」

骨頭大笑。他已經被校長打過太多次，這對他而言已經不算什麼了。他們已經幾乎像是朋友，或是互相尊敬的敵手。現在當骨頭因爲不規矩而被送去校長室時，他說校長只會叫他坐著。然後，根據骨頭說，校長會很緩慢地點起一根香菸，開始抽，不斷噴煙圈到骨頭的臉上。骨頭很喜歡這樣。我猜他們倆人都從中得到一種滿足感。等香菸抽完，菸的火花在菸灰缸裡熄滅，骨頭就可以離開了。之後骨頭會回來教室，告訴老師他這次眞的學乖了，他保證會做個好孩子，不會再違反任何規矩。但是五分鐘後，他就又犯規了，而且他當然是身不由己，因爲他們說他在肉店工作的哥哥是用生肉餵他長大的。

「我沒有第五頁。」亞柏喊道。他的臉很紅，顯得很不舒服。

「你不需要第五頁，你的台詞在第二頁。」紅頭髮對他說。他很擅長幫忙韋麗特老師。我眞希望我能多幫點忙，但是同學不會聽我的，因爲我不像紅頭髮那麼高大，而且我的手臂攬著馬臉，也走不開。

「佛羅倫斯到燈旁邊——」高大天使般的佛羅倫斯移動到代表東方明星的那顆燈泡下。當所有燈都關掉時，佛羅倫斯身後的那顆燈泡會是唯一的光。

「大家都準備好了？」東方三智者準備好了，森謬、佛羅倫斯跟小鬼。馬臉跟我也準備好了。拿著紙板動物的人準備好了。而紅頭髮也準備好了。

「他們進來了。」韋麗特老師低聲說。她退到側邊。

我抬頭瞄了一下，看到一大群尖聲叫嚷的一年級生衝過走道，到前面幾排坐下。四年級跟五年級生坐在他們後面。他們的老師們看了看舞台，搖搖頭，就離開了，離去時還關上了門。觀眾全都留給我們了。

「我要尿尿。」亞柏低聲說。

「噓，」韋麗特老師哄他，「大家安靜。」她按下燈光開關，禮堂就暗了下來，只剩下東方之星在舞台上亮著。韋麗特老師低聲要紅頭髮開始。他走到舞台中央，開始講故事。

「第一個聖誕節！」他大聲宣佈。他很會朗讀。

「嘿，是紅頭髮耶！」觀眾裡有人喊道，大家都咯咯竊笑起來。我相信紅頭髮一定臉紅了，但是他繼續講下去。他不會爲這種事情覺得丟臉。

「我要——」亞柏呻吟。

洛伊開始拆開另一條巧克力棒的包裝，於是他拿著的那頭母牛開始傾斜。「母牛在動。」第一排的某個人低聲說。馬臉緊張地看了一眼我的背後。我很怕他會跑掉。他在發抖。

「——他們被東方之星帶領著——」紅頭髮在此時指向那顆燈泡。下面的小孩子哄堂大笑起來。「——於是他們在寒冷的夜晚繼續跋涉，直到來到伯利恆鎮——」

「亞柏尿尿了！」骨頭從上頭大叫。我們轉頭，看到東方之星的光映照出亞柏腳底下的一灘金色水塘。亞柏顯得如釋重負。

「去你的屌！」「混帳！」

「好髒。」洛伊不屑地斥責。他轉頭吐出滿嘴嚼過的巧克力棒，結果吐在麥辛身上，麥辛在我們後頭拿著一隻紙板做的驢子。

麥辛站起來弄乾淨，驢子就翻倒了。「混蛋！」他咒罵洛伊，推了他一把。洛伊跌倒在他的母牛上。

「我可以告你的。」他跌在地板上威脅道。

「孩子們！孩子們！」韋麗特老師激動地從黑暗中喊道。

我感覺到馬臉的頭在這混亂中搖晃。我把手臂夾緊，想壓制住他，結果他咬了我的手。

「啊！」

「就在那裡的一個馬槽裡，他們找到了聖嬰——」紅頭髮轉頭，對我點頭，要我開口說話。

「我是約瑟！」我儘可能大聲地說，努力不去理會馬臉那一咬帶來的刺痛，「這是嬰孩的母親——」

「你去死！」我這麼說時，馬臉怒聲咒罵，然後跳起來，正對我的臉揍了一拳。

「是馬臉！」觀眾尖叫。他的面紗掉了，他站在那裡發抖，像被困住的野獸。

「馬臉是處女！」骨頭喊。

「孩子們！孩子們！」韋麗特老師哀求。

「——而三個國王帶來了給上帝之子的禮物——」紅頭髮唸得很快，想把戲盡快演完，因爲舞台上已經亂成一團。

但觀眾都在幫倒忙，他們大喊著：「馬臉，是你嗎？」或「東尼，是你嗎？」

小子向前一步，拿出第一項禮物。「我帶了，我帶了——」他看著他的劇本，但是他唸不出來。

「乳香。」我低聲說。

「什麼？」

「乳香。」我重複。韋麗特老師已經重新整理好馬臉的袍子，把他推回到我身邊跪著。我的眼睛因爲他那一拳而冒著淚水。

「乳—香，」小子說，然後他把我們拿來當乳香的蠟筆盒直接丟進馬槽裡，再度弄斷了娃娃的頭。那顆圓圓的頭就這樣滾出來，滾到舞台正中央，靠近紅頭髮站的地方。紅頭髮朝下看著它，一臉困惑。

然後小子往後退，卻在亞柏的那灘尿上滑倒。他試著站起來跑掉，結果卻更糟。他不斷滑倒又爬起來，滑倒又爬起來，同時觀眾瘋狂興奮地大叫大笑。

「第二個智者帶來了沒藥！」紅頭髮大吼，試圖壓過吵鬧聲響。

「沒，沒，沒藥！」骨頭像隻猴子似的大喊。

「我帶了梅樂。」森謬說。

「梅樂！」觀眾裡有人大喊，於是所有五年級生都轉頭去看一個叫梅樂的女生。所有男生都說她放學後會坐在她家的牆上，給任何想看的人看她的內褲。

「嘿，馬臉！」

「幹！」馬臉說，一邊緊張地磨著牙。他站起來，但我推他，他於是又跪下來。

小子抓著亞柏，試著站穩，而亞柏只是站得直挺挺的，說：「我非尿不可。」

「第三個智者帶來了黃金！」紅頭髮勝利地大吼。我們快演完了。

佛羅倫斯走上前，深深鞠躬，對馬臉遞上一個空的雪茄盒。「獻給童貞女。」他咧嘴笑道。

「混帳！」馬臉撲上來，把佛羅倫斯推到舞台另一邊，而同時伴隨著充斥空氣，令人血液凝結的一聲叫聲，骨頭飛過空中，撲在馬臉身上。

「獻給童貞女！」骨頭大喊。

佛羅倫斯退後時，一定撞到了那顆燈泡，因爲啪的一聲，東方之星熄滅了，隨即一片黑暗。

「──這就是第一個聖誕節！」我聽到勇敢的紅頭髮大吼，即使舞台上已經亂成一片，大打群架，觀眾也尖叫起來。然後鐘聲響起，所有人都衝出去，一邊大吼：「聖誕快樂！」「聖誕快樂！」「幹！」

幾分鐘後，禮堂就靜悄悄了。只剩下紅頭髮、我，跟韋麗特老師還在舞台上。我的耳朵嗡嗡作響，就像我站在鐵路橋下，而火車從我頭頂經過時一樣。從我們進來禮堂之後，這是第一次裡面這麼安靜。風開始在我們頭上吹起。暴風雪並沒有減緩。

「眞是驚人的一齣戲，」韋麗特老師笑道，「我的上帝啊，眞是驚人的一齣戲！」她在一團混亂雜物當中的一只木箱上坐下來，笑著。然後她抬頭看著空蕩蕩的橫樑，喊道：「骨頭，下來！」她的聲音迴盪在孤單的禮堂裡。紅頭髮跟我安靜地站在她旁邊。

「我們要不要開始收拾了？」紅頭髮終於問。韋麗特老師抬頭看著我們，點頭微笑。我們儘可能把舞台整理好。我們一邊工作，一邊感覺到暴風雪的風更大了，而頭頂上，禮堂的天窗，也因爲風雪而變得昏暗。

「我想我們頂多只能做到這樣了，」韋麗特老師說。「暴風雪好像越來越強了──」

我們穿上外套，關上禮堂大門，走過寬闊空蕩的走廊。工友一定把暖氣爐關掉了，因爲聽不到運轉的噪音。

「這地方好像墳墓。」韋麗特老師哆嗦起來。

這裡確實像墳墓，沒有了小孩子，校舍就像一座巨大安靜的墳墓，呻吟的風在它周圍哭喊。之前這裡充滿了活力，一切是如此好笑又莫名的有些哀傷，但此刻卻是如此寂靜。我們的腳步聲在走廊裡迴響。

一直到了門邊，我才知道雪下得多大。我們往外看，只看到一整片罩下的灰色的雪。雪下得如此大，我們幾乎看不到學校操場另一頭的街道。

「我從沒看過這樣的雪，」紅頭髮說道，「好像是黑色的——」

確實，雪看起來像是黑色的。

「東尼，你可以安全地回到家嗎？」韋麗特老師問。她正在戴上手套。

「可以。」我回答。「你呢？」

她微笑。「紅頭髮會跟我一起走。」她說。紅頭髮住在美以美教會的教堂旁，而韋麗特老師就住在過去一點的地方，所以他們可以一起走。韋麗特老師沒有結婚，我知道她跟母親住在一棟圍著很高磚牆的房子裡。

「聖誕快樂，東尼。」她彎下腰，親吻我的臉頰。「你自己小心——」

「改天見，東尼。」紅頭髮喊道。我看著他們彎著身子，走進黑暗的風雪裡。

「聖誕快樂！」我在他們後面喊，不到幾秒鐘，那兩個身影已經消失了。雪好大，阻擋了我的視線。我拉上外套拉鍊，緊緊裹住自己。我不想離開這門口的遮蔽。我不想掙扎走進風雪中。我想到家，想到母親跟鄔蒂瑪，我渴望跟他們一起在溫暖的家裡。我並不是害怕暴風雪，我見過亞諾冬天的風雪，也知道只要我夠小心，我就可以平安到家。我想只是那黑暗讓我猶豫。我不曉得自己站在那裡想了多久。

最後一陣寒冷的哆嗦終於讓我從思緒中醒來。我彎身走入寒風中，跑向街道。一到了大街上，我便靠著有建築保護的那邊走。所有商店都點著亮晃晃的燈，但是街上幾乎沒有人。當真的有人出現在眼前時，似乎都是突然冒出來，然後又蹣跚地繼續往前，消失在狂風吹襲的大雪中。車輛緩緩地出現又消失在街道上。實在很難相信此刻才下午三點，感覺就像在一個漫長黑暗夜晚的午夜時分。

我在艾倫商店轉彎，強風正面打在我的臉上。這裡毫無遮蔽。我想走進店裡，但隨即記起安德魯今天沒有來上班。他可能在家裡，正安穩地睡在溫暖的床上。

我把頭埋在外套裡，沿著建築的邊緣舉步維艱地前進。我小心地前進，以免在冰上滑倒。就在我經過長角酒吧的門前時，酒吧的門突然碰一聲打開，兩個巨大的身影衝了出來。他們在翻滾到街上時撞到了我，讓我一股腦撞到牆上。我就在這裡看到了我生平所見最野蠻的打鬥。

「我非殺了你不可，混帳東西！」其中一個男人大吼，我認出那是德納瑞爾邪惡的聲音。我的血液瞬間凝結。

他們像兩頭喝醉的大熊滾到積雪裡，互相又踢又打，他們的叫喊聲跟咒罵聲充滿空氣中。

「混蛋！」體型比較沉重的那個男人咕噥。那是納西索！

認出德納瑞爾時，我的第一個反應是快跑，但是現在我無法移動了。我動彈不得地靠著牆壁，看著這恐怖的場景。

「你這王八蛋龜兒子！」

「混帳東西！」

他們傷痕累累的臉上流出的血染紅了雪。他們跪倒在地上，要去掐對方的喉嚨。還好有酒保以及跟著酒保出來的兩個男人拉開他們，才沒讓他們殺了對方。

「好了！好了！」酒保大吼。他抓住納西索，試著把他拉離德納瑞爾。另一個男人幫忙他，而第三個男人則站到德納瑞爾面前，把他向後推。

「看在聖母份上！」他們懇求。

「我要殺了那個混帳！」德納瑞爾吼道。

「你沒那個種！」納西索吼回去，「你只會養一堆巫婆——」

「你胡說八道！」德納瑞爾咆哮，撲向納西索。這兩人再度糾纏在一起，像兩頭公羊的長角纏在一起，酒保跟其他兩個人得用盡力氣，才能把他們分開。

「混帳！你這龜兒子！你老婆是跟魔鬼上床搞大了肚子，才會生下一堆巫婆女兒！」納西索嘲弄他，而即使在這些男人掙扎著分開他們時，他巨大的手臂還是飛舞出來，落在德納瑞爾的臉上跟身體上，發出沉悶噁心的聲響。

「別說了！別說了！」酒保吼道，同時三個人七手八腳，邊抱怨邊將兩人拉開。終於德納瑞爾退開了。汗水跟鮮血從他臉上滴下來。他受夠了。我以爲我會吐出來，我也很想跑開，但這恐怖的場景讓我像著了魔動也不動。

「酒鬼！兔崽子！」德納瑞爾隔著安全的距離喊。他往後退時，我以爲他會看到我靠在牆邊，但是雪太大了，他的注意力又都集中在納西索身上。

「胡說八道的老太婆！」納西索反駁。這兩個男人都氣得發抖，但是他們不想再衝撞對方。我想他們倆人都知道，第二次衝突肯定會有傷亡。那三個男人不再需要抓住他們了。

「我的另一個女兒也生病了，這可不是胡說八道！」德納瑞爾咆哮，「而且她也會死，就跟我第一個女兒一樣！這都要怪那個草原來的巫婆鄔蒂瑪——」

我想大吼事實不是這樣，但是我的聲音卡在喉嚨裡。風呼嘯地打在我們身上，將我們的話吹走。

「是你女兒先開始做法害人的！」納西索反駁，「而且如果你敢動長者一根寒毛，我就把你的心挖出來！」

「我們走著瞧！」德納瑞爾譏諷地說，一邊後退，臨去前還不忘威脅。「我會想辦法殺了那巫婆，如果你妨礙我，我也會殺了你！」他蹣跚越過狂風吹襲的街道，走回他的貨車。

「眞是個惡魔！」納西索咒罵，「只會爲非作歹！」其他人聳聳肩，在寒風中顫抖。

「啊！大家都只是說氣話而已。別把這件事放在心上，免得警長來找你麻煩。來，我們去喝酒吧——」他們慶幸打架結束了，又溼又發抖地走回酒吧裡去。

「那個壞蛋一定打算幹什麼壞事，我得警告長者！」納西索喃喃說。

「沒什麼事啦！」酒保在門邊喊道。「進來吧，別在外面凍死了！我請你喝一杯！」

納西索揮揮手打發他們，於是酒吧門關上了。他站在原地看著德納瑞爾的貨車駛離，消失在遮蔽視線的風雪中。「我得去警告長者，」納西索重複，「但是風雪這麼大，我怎麼去瑪雷茲家！」

我仍舊因害怕而顫抖，但是已經不反胃了。我全身都是雪，又溼又冷，但是我的臉和額頭都覺得好燙。我跟納西索一樣，也很擔心鄔蒂瑪的安危。我本來以為任何頭腦正常的人都不會挑戰孔武有力的納西索，但是德納瑞爾這麼做了，可見他一定因為他女兒的事而狗急跳牆了。我正要走上前，告訴納西索我就要回家，我會去警告鄔蒂瑪，但他已經蹣跚地朝風雪中走去，我聽到他喃喃自語：「我去找安德魯！」

我想到安德魯在家裡，但是納西索卻朝街上走，往河的方向去。如果安德魯來了鎮上，他一定會在艾倫的店裡，或在「八號球」打撞球。擔心著鄔蒂瑪，又冷到全身發燙的我掙扎著要跟上他的腳步，因為在這樣的大雪中，人影很快就會消失不見。我緊跟著前面那個步履蹣跚的身影，而當大風稍微停歇時，我可以聽到他自言自語地說著德納瑞爾的威脅，以及他要如何警告安德魯。

他轉上教堂路，朝橋頭走去，我相信他的目的還是要去父親的房子，但是當他走到蘿絲的房子時，卻在積滿雪的圍籬門前停了下來。

單單一顆紅色燈泡在門廊上亮著。它就像一道溫暖的明燈，邀請風雪中疲累的旅人入內休息。窗戶上的遮板拉了起來，但是光線還是透了出來，而從屋內某處還傳出隱約的旋律，消散在風裡。

「賤女人——」納西索咕噥了一句，走上了門前走道。雪很快蓋住了他的腳印。

我不知道爲什麼他會在傳遞這麼重要的訊息時，在這裡停留。我不知道該怎麼辦。我得在風雪變得更大前趕回家，但是某個原因拉住了我，讓我停在那些邪惡女人的門外。納西索已經在用力捶著門，大吼著要人開門。我不加思索地跑上走道，繞到門廊的旁邊。我從門廊圍牆上的紗網偷瞄。

門打開，洩露出的一線光線照亮了納西索的臉。他的臉因爲剛剛打架而浮腫流血，而潮溼的雪讓他的血沿著臉流下來。他的樣子足以嚇到任何人，結果也確實如此。開門的那個女人尖叫起來。

「納西索！發生了什麼事！」她喊。

「讓我進去！」納西索大吼，伸手推門。但是門被裡面的一條鏈子卡住，推不開。

「你喝醉了！不然就是瘋了！不然就是又醉又瘋！」那女人喊道。「你知道我只讓紳士來找我的女孩子——」

她的臉抹得紅紅的，當她對納西索微笑時，則露出閃亮潔白的牙齒。她甜美的香氣從打開的門飄出來，與裡頭的音樂混在一起。我可以聽到裡面傳出笑聲。某種東西叫我要趕快逃離充滿赤裸女人的房子，但另一個念頭又對我耳語，叫我留下來得知可怕的眞相。我覺得動彈不得。

「我不是來找樂子的，婊子！」納西索咆哮。「我得見瑪雷茲！他在這裡嗎？」

我剎那間彷彿聽到巨響，耳中隆隆作響。我覺得自己好像在寒風中站了一小時，凜冽的風不斷敲擊著我赤裸的神經。我覺得自由了，彷彿風把我吹了起來，帶到遠處。我也覺得非常渺小孤單。但事實上，幾秒內，我全身就都理解了這眞相。

「哪一個瑪雷茲？」我聽到那個女人喊道，她的笑聲呼應著裡頭突然爆出的哄堂大笑。

「別跟我耍花樣，你這婊子！」納西索吼道，「叫瑪雷茲出來！」他伸手進門縫，差一點就要抓住她，但她及時退開。

「好啦！好啦！」我聽到她大叫。「安德魯！安德魯！」

我不想聽懂她的話，但是她聽懂了。我現在知道，我尾隨納西索，站在風中，讓寒風鞭打著的背，就是因爲我早就預期會聽到他們喊我哥哥的名字。有一刻，我甚至害怕會是父親在那些罪惡女人的房子裡，因爲我記得當那頭公牛撲到那頭母牛身上時，他跟賽拉諾曾經交頭接耳地講關於那裡的女人的笑話。

「安德魯……」風似乎在用他的名字戲弄我。我的哥哥。

我頓時全身發燙。我覺得自己虛弱又無用。我想起我哥哥們出發去大城市的那天，記得他們吼叫著說離開前要來這裡。我也想起安德魯總是在這裡盤桓，不告訴母親他的女朋友是誰，這一切似乎都吻合了。然後我想起我的夢。安德魯曾經說過他不會走進這赤裸女人的屋子，直到我失去我的純真……

我已經失去我的純真了嗎？怎麼失去的？我目睹了路比托被殺……我目睹了鄔蒂瑪去除巫術……我目睹一群人要來吊死她……我目睹了剛才發生的恐怖打鬥……我也目睹並沉醉於美麗的金鯉魚！

喔，上帝啊！我的靈魂在哀號，我覺得它就要爆炸開來，而我將靠在這邪惡的屋子旁死掉。我是怎麼犯了罪的？

「誰？誰找我？啊，納西索，是你啊！」是安德魯沒錯。他一把推開了門。「進來，進來。」他示意。他的一隻手臂環繞著一個年輕女孩。女孩穿著一件垂墜的袍子，寬鬆到露出她粉紅色的肩膀，和彎曲胸部的柔軟深溝。

我不想再看到更多了。我把額頭靠在門廊圍牆的冰冷木頭上，閉上眼睛。我希望寒冷吸走我疲憊汗溼的身體裡所有的熱度，讓我好起來。這一天如此漫長，彷彿蔓延到無止盡的永恆。我只想回到安全溫暖的家。我想要恨安德魯，恨他跟壞女人在一起，但是我沒辦法。我只覺得好累，覺得自己老了。

「不！不！」納西索抗拒著。「出事了！」

「哪裡？你受傷了——」

「那無所謂——不重要！」納西索點頭。「你得趕快回家警告你父母！」

「警告什麼？」安德魯驚訝地問。

「叫他走開，把門關上吧。」那女孩咯咯笑道。

「德納瑞爾！德納瑞爾，那隻瘋狗！他要找長者麻煩！他已經放話威脅！」

「喔，」安德魯笑起來，「就這樣而已嗎？兄弟，你剛才還眞讓我擔心了一下——」

「就這樣而已？！」納西索大喊。「他威脅要對長者不利！他現在恐怕已經著手了！你得趕快回家，我沒辦法，我太老了，我沒辦法在這種風雪中過去那裡——」

「把門關上！好冷！」那女孩抱怨。

「德納瑞爾在哪？」安德魯問。我祈禱他會聽納西索的話。我希望他離開這邪惡的地方，去幫忙鄔蒂瑪。我知道納西索已經精疲力竭，而且他也無法抵擋這麼強大的暴風雪。我甚至懷疑自己能不能到家。我的身體又麻又燙，而回家的路是那麼長，那麼困難。

「他開他的貨車走了！我們剛剛才打架，在——」

「在酒吧。」安德魯接話。「你們兩個剛剛在喝酒吵架，現在你就把沒什麼大不了的事搞成——」

「上帝啊！拜託看在你母親的份上，求求你去！」納西索懇求。

「去哪裡？」安德魯回答。「如果眞的出事，父親在家裡。他會解決事情的，而且德納瑞爾也不敢再挑戰他，你也知道的。更何況，德納瑞爾既然喝得醉醺醺的，說不定已經爬到溫暖的床上，呼呼大睡了！」

那女孩咯咯笑著。「進來吧，安德魯。」她懇求。

「如果你不去，那就叫警長去！」納西索絕望地喊。但是這也毫無用處，安德魯就是看不出來這件事有什麼緊急。

「去找警長？」他不敢置信地說，「讓我自己出糗嗎？」

「他會把你們兩個都丟到關酒鬼的監獄裡，」那年輕女孩嘲弄地說，「我就得孤單一整晚了——」她的聲音甜美，充滿誘惑。

安德魯笑起來。「這倒是，納西索。不過你可以進來，我會請蘿絲破例幫你——」

「啊，你這懦夫！」納西索甩開他的手。「這些賤女人讓你都腦袋不清楚了！你滿腦子只想著玩女人——我告訴你，安德魯，你會迷失方向，就跟你的兄弟一樣——」他蹣跚地離開門口。

「關門，安德魯，」那女孩懇求，「只有傻子跟酒鬼才會在這種大風雪中跑去外面——」

「納西索！」

門砰的一聲關上。納西索站在黑暗中。「傻子跟酒鬼，還有惡魔，」他咕噥。「德納瑞爾那個惡魔忙著算計他的家人，這頭年輕公鹿卻只忙著跟婊子上床——沒有別人可能走過那座橋，爬上那座山丘了——那就我去吧。我已經老到會怕亞諾的暴風雪了嗎？我就自己去警告瑪雷茲吧，就像上次一樣——」

我越過門廊邊緣，看到他在口袋裡翻找。他拿出一只酒瓶，喝光最後一口甜酒。他把瓶子丟到一旁，聳了聳肩，然後走進了暗無天日的暴風雪中。「亞諾孕育我，餵養我，」他喃喃道，「也可以埋葬我——」

我從原來蹲著的姿勢站起來，尾隨在他後頭。我又溼又冰的衣服隨著天氣更冷，開始從外頭結凍起來。我不知道現在是什麼時間，也不在乎。我麻木、虛弱，而幻滅地跟在納西索後頭，步伐沉重地跟著他走進昏暗的風雪中。

我像守護他的影子緊跟著他，只隔著一小段距離，讓他不至於看到我。我不想讓任何人看見我，而風颳起的雪的漩渦包圍住我，讓我與世隔絕。我目睹了邪惡，因此我體內從此帶著邪惡，而告解和聖餐的聖禮都好遙遠。我不知在何時失去了我的純真，讓罪惡進入了我的靈魂。對上帝的認知，拯救靈魂的恩典，都離我好遠。

這城鎮的罪惡將被金鯉魚的水淹沒……

我很高興看到橋上的兩根燈柱。它們代表著一道分界線，將小鎮的喧囂和罪惡跟寧靜的亞諾山丘分隔開來。我們穿過暴風吹襲的橋時，我覺得稍微鬆了口氣。在橋的那一頭就是安全的家，母親溫暖的懷抱，鄔蒂瑪治癒一切的力量，還有父親強壯的身軀。他不會容許德納瑞爾侵犯我們平靜的山丘。

但是他能夠阻止侵擾嗎？城裡的人殺了路比托，褻瀆了這河流。之後德納瑞爾和他帶領的人也心懷憎恨地來到山丘上。父親一直試圖保持他的土地神聖純淨，但這似乎是不可能的。或許亞諾就跟我一樣，隨著我逐漸長大，純真就消失了，而土地也會改變。人們會到這土地上來犯下殺人的罪行。

我鉛一般重的雙腿在橋的盡頭轉彎，而我感覺到積雪底下，山羊小徑的圓石。我很累，覺得頭暈目眩。我無法控制自己的思緒，感覺好像在夢遊。但是我們離家越近，我越確定郇蒂瑪安全無虞。我現在已經不擔心納西索在我前頭很遠了。我只專注在努力爬上山丘的斜坡。或許如果我跟納西索離得比較近，後來的事就不會發生，或者也有可能我們兩個都會死。

我聽到前頭傳來開槍聲。我停下來，聆聽槍聲後一定會有的火藥爆裂聲，但是呼嘯的風聲把它蓋住。但是我很確定那是槍聲，於是我拔腿往前狂奔。就在那棵大杜松子樹下，我看到兩個身影。就跟之前一樣，我一直跑到幾乎就到他們面前，才看到發生了什麼事。他們正糾纏在一起，死命抓住對方，前後搖晃地跳著死亡之舞。他們互相咒罵扭打，而這次沒有人阻止他們了。

我現在知道德納瑞爾做了什麼了，而我恨自己沒有早點猜到，也恨安德魯不肯聽納西索的話。德納瑞爾那個惡魔趁著我們在蘿絲家停留時，偷偷繞到前面的杜松子樹下，等著偷襲納西索。我想找人幫忙，但是四下無人。他們這次的打鬥非分個你死我活不可，而我是唯一的目擊者。

「你這惡魔，你用懦夫的方式對我開槍！」納西索痛苦又憤怒地喊。

「你死定了，混蛋！」德納瑞爾也吼叫。

他們抓住對方，不斷旋轉，像兩頭巨大的野獸。血已經染黑了雪，風將兩人吹倒在地上。

在杜松子樹的遮蔽下，他們翻滾、抱怨、咒罵。我僵直地站在原地，看著這死亡的場景，束手無策。然後我聽到第二聲槍聲。這一次悶住槍聲的不是風，而是槍擊發時抵住的身軀。我屏住呼吸，看著活著的人掙脫死去的人的糾纏，踉蹌地站起來。那是德納瑞爾。

「願你的靈魂受詛咒下地獄！」德納瑞爾咒罵。他身軀起伏，喘息著，大口吸著氣。然後爲了加強咒罵，他對納西索的身體吐了口水。當德納瑞爾將手槍對準納西索的頭時，我聽到一聲低聲呻吟。我驚恐地尖叫起來，而德納瑞爾回身過來，看到我。他把手槍對準我，然後我聽到撞針喀答一聲。但是槍沒有擊發。

「你這個巫婆的私生子！」他厲聲吼道。他將手槍塞進口袋，轉身奔向公路。

我好一會動也不動。我無法相信我還活著，我無法相信我不是夢到一個恐怖的夢魘。然後那垂死之人的呻吟聲呼喊我，我走到納西索身邊，跪下來。

在杜松子樹下，一切顯得好寧靜。大雪仍持續綿密地下著，但是風靜了下來。這樹龐大黑暗的枝枒提供了遮蔽，像是一個告解室。我往下看著納西索血淋淋的臉，忽然覺得我發燒的身體承受了這麼多小時的緊綳似乎釋放了。他彷彿是睡著了。雪覆蓋了他龐大的，棕色的，長滿鬍子的臉。我撥開一些雪，他的眼皮翻動了一下。

「納西索。」我聽到自己輕聲說。

「孩子——」他喃喃低語。

我把手伸進他的頭底下，低聲說：「你死了嗎？」

他淡淡地微笑，眼皮顫動了一下掀開來，於是我看到他眼中有一層我從來沒見過的朦朧。血從他的嘴角滴落，而當他巨大的手從胸口移開時，我看到他之前一直抓著子彈射穿的傷口。汩汩流出的溫暖血液浸溼了他的外套和積雪。他畫了十字，在他碰觸的額頭、胸口，和兩側留下血跡。

「孩子，」他沙啞的聲音低語，「我需要告—解—我快死了——」

我拚命地搖頭。來不及找神父了。我不能，我不可能走回橋，回去鎮上，去教堂。我的臉頰感覺不到開始奔流而下，潑在他血淋淋臉上的溫熱鹹味的淚水。

「我不是神父。」我說。我感覺他的身體抽了一下，變得僵硬。他正在死去。

「鄔蒂瑪——」他的聲音非常虛弱，垂死。

「來不及了。」我低語。

「那你幫我禱告，」他虛弱地說，閉上了眼睛，「你有純潔的心——」

我知道我必須唸什麼禱告詞。我必須爲他即將離去的靈魂唸《悔罪經》，就像我爲路比托禱告一樣。但是我沒有在路比托的身體變冷時抱著他。我的手沒有沾上他的生命之血。我看著他胸口的傷口，看到血停止流出；憤怒與不滿充滿了我的身體。我想對著風暴大喊，說納西索因爲行善而死實在太不公平了，讓一個小男孩目睹一個人死去實在太不公平了。

「幫我告解——」

我把耳朵靠近他的嘴巴，聽到他喃喃說出的告解。我感覺到淚水奔流，盈滿眼眶，讓我視線模糊，然後流到我的嘴角，同時我感覺到嗚咽掐住我的喉嚨，想要爆發出來。

「謝謝你，神父，我再不會犯罪了——」

我禱告，「我的主啊，我爲我所有的罪懺悔，不是因爲我恐懼地獄之火，而是因爲罪行令您不悅，主啊，您是一切的善，應得我所有的愛——藉助您的力量，我將不再犯罪——」

然後我在他身上畫了十字。

「能死在亞諾的山丘上，在這棵杜松子樹下，眞好——」是他最後的話。我感覺他最後一次吸進空氣，還有他最後一次呼吸的呻吟。我將手從他的頭下方抽出來，然後哭泣來臨。我跪在他身邊許久，哭著，想著發生的一切。

當哭泣洗去了我靈魂中沉重的悲憐，我站了起來，跑回家。我衝進母親的廚房時，覺得非常虛弱，非常想吐。

「安東尼！」母親喊道。我衝進她溫暖的懷抱裡，感覺安全了。「啊，耶穌、瑪利亞與約瑟——」

「你去哪裡了？」我聽到我坐在椅子上的父親問。

「放學好久了——」黛柏拉逗弄我。

我想我開始大笑起來，或大哭起來，因爲母親不解地看著我，摸了一下我的額頭。「你的衣服都溼了，而且你發燒了！」

然後我感覺鄔蒂瑪的手在我身上。「血！」她低語。我手上有納西索的血。這房間和盯著我的所有臉孔開始天旋地轉，彷彿我在一個黑暗急流漩渦的中央。

「我的天哪！」母親喊道。「東尼，你受傷了嗎？」

「我就知道那是手槍槍聲！」父親從椅子上跳起來，抓住我的衣領。「你受傷了嗎？發生了什麼事？」

「納西索！」我衝口而出。

「在杜松子樹旁——」我好像聽到鄔蒂瑪說。她皺起眉頭，似乎在嗅著空氣中是否殘餘任何一絲對我們的威脅。

「他死了！」我大喊。

「在哪裡？」父親不可置信地說。母親眼睛顫動，跌跌撞撞地往後退。鄔蒂瑪將我抱起來。

「在山羊小徑——」

「怎麼會？你親眼看到的嗎？」他已經伸手去拿他的外套。

「這孩子不能講話了。他必須休息。」鄔蒂瑪說。

「對。」母親焦慮地說。他們一起把我抱進她房間。

「我去看看。」父親說。我聽到門碰一聲。

「多拿幾床毯子來。」鄔蒂瑪對母親說，她匆忙照著去做。她們脫掉我溼掉冰冷的衣服，把我塞進厚重溫暖的毯子裡。

「他是要來警告你的，」我對鄔蒂瑪低聲說，「德納瑞爾威脅說要殺你，他們打得好兇，他要來警告你——」

「他是個好人，」她哀傷的眼睛充滿了憐憫，「但是你現在別說話，孩子，你得休息——」

母親拿來了毯子。鄔蒂瑪用維克斯傷風膏跟她用許多其他藥草做的藥膏幫我搓揉身體，然後給我一種涼涼的東西喝下去。她請求我安靜下來，但是發燒逼迫我一次又一次地重複我可怕的敘述。

「在我們那棵杜松子樹下，在山羊小徑上，他開槍殺了納西索！我全都看到了，我幫他告解——」

「我的寶貝！」母親喊道。我可以從他們眼中看出他們很擔憂，而我試著告訴他們我沒有生病，我只是要說出我知道的事，才能驅逐高燒。我一遍又一遍地喊叫著那謀殺的場景。然後寒冷的魔咒來臨，我冷得發抖，毯子的溫暖也無法驅趕那寒冷。一直到傍晚，我不斷反覆經歷燃燒的高燒與戰慄的冰冷。

很快我就弄不清楚時間了。在生病的期間，我有一次看到鎮上醫生的臉，後來還看到安德魯。而鄔蒂瑪則隨時都在我身邊，守護著我經歷這恐怖路程中的每個轉折。在那漫漫長夜中，夢魘就像一大群野馬，在我發燒的頭腦裡奔馳踐踏。

怪異的場景迴旋在我的惡夢之境，每一個場景似乎都要以它恐怖的力量淹沒我。

我看到安德魯跟蘿絲那裡的那個年輕女孩。他們摟著彼此跳著舞，納西索此時卻正用力敲著寒冷的門。她赤裸著身體，她垂墜的長髮纏繞住安德魯，讓他無法幫忙納西索。她拉走安德魯，安德魯隨著她走進可怕的地獄之火裡。

安德魯！我大叫。我掙扎著，絕望地要幫他，但是我被沉重的毯子壓得無法動彈。

上帝請原諒他！我尖叫。從那舞動的火焰中傳出一個如雷的聲響。

我不是會原諒的神！那聲音咆哮。

聽我說！我哀求。

我不會聽不曾領過聖餐，不曾與我交流的人說話！上帝回答。你哥哥跟妓女在一起而犯了罪，因此我將判他永遠身陷地獄！

不！我哀求，聽我說，我就會當你的祭司！

我不能容許我的祭司崇拜黃金的偶像，上帝回答，然後火焰轟隆冒起，吞噬了一切。

在啪拉爆裂，跳躍飛舞的火焰中，我看到納西索的臉。他的臉上滿是鮮血，他的眼睛因死亡而黑暗。

原諒納西索！我對上帝呼喊。

我會原諒他，那恐怖的聲音回答，但是你也得要求我原諒德納瑞爾！

可是德納瑞爾殺了納西索！德納瑞爾做了壞事！

一陣隆隆的笑聲從火焰之谷迴盪而出。那聲響在黑色的煙霧中翻騰，如夏日暴風雨中的雷聲。

我會原諒德納瑞爾，一個溫柔的聲音喊道。我轉頭，看到寬大為懷的聖母。

不！不！我喊道，你應該原諒的是納西索！請你為他求情，讓他能進入喜樂的天堂。

安東尼，她微笑，我會原諒所有人。

你不可以！我繼續囈語，你必須懲罰德納瑞爾殺了納西索！

那笑聲再度從火焰中響起。你這愚蠢的孩子，上帝怒吼，你看不出來你陷入自己的陷阱了嗎？你想要一個寬大為懷的神，但是當你興起某個念頭，你就希望神幫你懲罰報復。你希望母親來統治我的天國，你希望所有罪人得到她的原諒，但是你又要她的手沾上復仇的血——

復仇在我！他吼道，即使是你的金鯉魚也不願放棄身為神的這種力量！

啊，我喊道，上帝請原諒我！我犯了罪，我在思想上，言語上，行為上都犯了滔天大罪。我的思想陷害了我，讓我遠離了您！

然後火焰突然分開，我看到納西索的血流進河流，與路比托的血混在一起。許多人被血的甜味吸引而來。消息散播開來，說山丘上的血是甜的，可以治癒所有罪惡，於是鎮上的人都興奮無比。

暴民聚集起來，唸誦著：嚐一滴巫醫的血，就得到了進入天國的鑰匙。

我們要鄔蒂瑪的血！他們喊道，於是他們形成一長串的車隊，越過了橋，來到山丘上。就跟德納瑞爾和殺了路比托的人們一樣，他們踐踏在曾經純潔的山羊小徑的圓石上。

車隊最前頭有三個男人。他們是三個受折磨的鬼魂，被三個女人用鞭子驅趕帶領著。

安東尼——，他們喊道，安東尼。救救我們。我們是你迷失的哥哥——

他們的聲音在揚起的風中哭喊。

喔，救救我們，我們親愛的弟弟，救救我們。我們沒有遵循上帝的律法，也沒有追隨你的異教神靈，更不曾在乎你的鄔蒂瑪的魔法。我們犯了所有可能的罪。賜福給我們，弟弟，賜福給我們，原諒我們。

看到他們被鞭打，讓我心如刀割，但是我一籌莫展。我不是神父，我喊道，我自己也犯了罪！我曾經懷疑上帝！

但是你流著魯納家神父的血液，他們堅持，只要碰一下我們的額頭，我們就會獲得救贖！

我伸出我血淋淋的手，去碰觸他們，卻感覺到毛茸茸的動物的蹄。我抬頭看，看到德瑞曼迪納三姊妹在我周圍舞蹈。

嘻！嘻！她們呼喊舞蹈著，治癒路卡的魔法經由你的身體傳遞，你的名字給予詛咒力量，讓我們其中一人無法再服事我們的主人。我們要復仇，她們的聲音啪拉作響。

她們用生銹的剪刀剪下我黑色的頭髮，將頭髮跟蝙蝠血混在一起，然後跟一隻蟾蜍的內臟一起倒入一個碗裡。她們知道蟾蜍是我最討厭的動物，碰到牠，甚至只是看到牠，都會讓我作嘔。她們把這混合的東西放在她們邪惡的火中烹煮，煮好之後喝了下去。

我看到我的身體衰落凋萎。母親來到面前，摸了我的額頭，然後開始哀傷痛哭。鄔蒂瑪坐在我身邊，面對死亡也無計可施。我看到鎮上的神父來到，在我的腳上抹上聖油並禱告。漫長黑暗的夜晚籠罩住我，我在裡頭尋找上帝的臉，但是我找不到祂。連聖母跟我的守護神聖安東尼都不肯看我的臉。我還沒領聖餐就死了，而且我還受到詛咒。我的白骨被安放在煉獄黑暗的門前。

而德瑞曼迪納姊妹領著車隊爬上小徑，來到山丘上。面對這群發了瘋的人，公羊和母羊都驚慌逃竄。佛羅倫斯、紅頭髮、厄尼、骨頭、馬臉，還有其他所有人都試圖逃跑，但他們被抓到，鋳上鎖鏈。連女生們，瑞塔、艾格尼絲、麗蒂亞、艾達跟瓊安，也都被抓住，套上鐵做的枷鎖。在沉重的枷鎖下，他們年輕的臉孔起了皺紋而老去。

邪惡的人們放火燒掉我們山丘上的城堡。我的父親、母親，跟姊姊們在火中喪身。他們殺了那隻貓頭鷹，讓鄔蒂瑪失去力量，然後他們砍下她的頭，喝下她的血。當他們都浸在血當中，他們將她綁到一根柱子上，用一根木樁穿過她的心臟，然後放火燒了她。他們去到河邊，抓起河裡的鯉魚，把魚帶回來，用燒鄔蒂瑪的餘燼烹煮魚。然後他們吃下鯉魚的肉。

接著土地發出轟隆巨響，裂開一道巨大的裂縫。教堂崩塌，校舍灰飛煙滅，整座小鎮消失到裂縫裡。人們看到洶湧奔騰的水填滿這黑洞，不由得發出尖銳哭喊。人們萬分驚恐。

不要害怕！不要害怕！德瑞曼迪納姊妹們舞蹈歌唱，我們在神聖山丘上，我們得救了。然後人們大笑起來，繼續大啖鯉魚肉。

此時風揚起了塵土，太陽轉成血紅。人們面面相覷，看到自己的皮膚腐爛脱落。痛苦的哀號充斥在空中，整片野地響起哀悼的哭聲，行屍走肉的人們埋葬安眠的死人。腐敗腐臭的味道四處瀰漫。到處都是疾病與污穢。

到最後，沒有任何人活下來。公羊與母羊從牠們逃竄躲避的山丘中返還。牠們無辜地看著堆積如山的死屍。風不再推著髒污的水拍打著湖岸，四周一片寂靜。港口村的農人，我的舅舅們，來到這裡，揚起灰燼，找到了我的家人與鄔蒂瑪的骨灰，將它們收拾起來，然後回去港口村，將骨灰埋在他們神聖的田地裡。

暮色降臨在土地與水面上。星星出來了，在黑暗的空中閃爍。在湖裡，金鯉魚出現。他美麗的身軀在月光下閃閃發亮。他目睹了一切，也決定所有人都應該存活下來，但是以新的樣子。他張開他巨大的嘴，吞下一切，所有的一切，善的與惡的。然後他游向如藍絲絨的夜色裡，在升向星空時閃爍光芒。月亮對他微笑，引導著他，於是他金色的身軀燃燒得如此燦爛，成為天空中一個新的太陽。一個新的太陽，將他的美好光芒照耀在新的土地上。

15

燒退之後，我又在床上躺了許多天。醫生告訴母親我得了肺炎，必須盡量多休息。當我體力逐漸恢復後，我得知了發生了什麼事。父親找到了納西索的屍體，凍僵在那棵杜松子樹下。父親去找了警長，指控是德納瑞爾所爲，但是他除了一個病弱小男孩的說法外，沒有別的證據支持他的指控。聚集在杜松子樹下的驗屍陪審團認定死因是意外，或死者自己造成，然後就迫不及待地離開寒冷的野外，回到他們各自溫暖的家。因爲納西索是鎮上出名的酒鬼，所以沒有人眞的在乎。父親抗議，但是他也不能做什麼，於是納西索就這樣下葬，而鎮上的人都說他是在某一次喝醉時意外死亡。

他是個壯碩瘋狂的人；他跟大多數男人一樣喝酒罵髒話，但他是個好人。他是爲了幫助一個老朋友而死。他的雙手有孕育萬物生長的魔力，而他將這力量灌注到泥土裡。現在他的房子荒廢了，他的花園也日漸枯萎，幾乎沒有人記得納西索好的一面。

我還在床上休養的時候，有一天安德魯過來跟我說話。我猜他認為，如果他當初聽了納西索的話，他現在應該還活著，因為他說的第一句話是：「納西索的事，我很抱歉——」

「嗯。」我點頭。我沒有告訴他我看到他在蘿絲的房子。我還沒有告訴任何人，以後也不會告訴任何人。

「我很抱歉你目睹他被殺——」他結結巴巴。

「為什麼？」我問。跟他說話讓我覺得不自在。我望向鄔蒂瑪，在那恐怖的一晚之後，她就一直陪在我身邊。我想她了解我的感覺，因為本來坐著鉤毛衣的她站了起來。安德魯知道這表示他應該離開了。

「我不知道，」他說，「你還只是個孩子——我只是很抱歉。」

「他得休息了。」鄔蒂瑪溫柔地說。

「是，」安德魯同意，「我只是想看看他好不好。你覺得怎麼樣，東尼？」他顯得緊張。

「還好。」我回答。

「很好，很好。」他喃喃說。「嗯，我不打擾你休息了。真希望我能幫什麼忙——我很抱歉，只是這樣。」他轉身離開。在那之後，他幫我帶來店裡的糖果跟水果，但是他都拿給母親轉交給我，再也沒有進來房間。他只有在早上出門去工作時，從門口跟我揮揮手。

後來我問鄔蒂瑪，「我發燒的時候有講到安德魯嗎？」

「你跟你哥哥的血脈是相連的，」她回答，「你講到你的夢，還有你對他們的愛，但是你沒有說出安德魯的祕密——」

我很高興鄔蒂瑪了解我，也很高興我沒有說出我在蘿絲的房子看到的事。就像其他不愉快的事一樣，我開始把這件事擋在記憶之外。

於是聖誕節來了又走了。我們有一棵小聖誕樹，有新衣服當聖誕禮物，但是最重要的事是去看教堂的耶穌誕生佈置，還有去參加午夜彌撒。當然我沒有去，但是當大家回來時，我醒著等著他們，然後我們一起吃波索烈燉肉[9]。甜點則是大茴香肉桂餅乾，跟加了糖和肉桂的熱咖啡。當我可以起來的時候，我會在鄔蒂瑪的房間坐著，看著她繡花。她會說大草原上以前的故事給我聽。她告訴我告訴納西索年輕時的故事，那時他是個牛仔，很受人敬重。他娶了一個可愛的年輕女孩，但是他們還來不及生下小孩，她就過世了。摧毀大草原上許多事物的白喉大流行也奪走了她的性命。從此之後納西索就成了酒鬼，失去了一切，但是他永遠都由衷感激鄔蒂瑪曾經如此努力拯救他年輕的妻子。鄔蒂瑪說，以前的人都會互相幫忙，不論日子好壞都支持彼此，共度難關，而在貧瘠的亞諾荒原上結成的友誼，都是一輩子的情誼。

有些時間我則必須跟母親在一起背誦教義問答本的內容。我已經可以背出大多數我該知道的禱告辭。所以她在煮飯或熨衣服時，我會坐在廚房裡，她會叫我背出這段或那段禱告詞，我便照

9 Posole，在哥倫布發現新大陸前就已經存在墨西哥的中南美洲傳統菜餚，後來成為節日的特殊餐點。材料通常包含玉米跟肉類。

做，這讓她很開心。

「等到了春天，我就去跟教堂神父安排，讓你開始上教義問答課，然後到復活節，你就可以第一次領聖餐了。安東尼，你想想看，你將第一次把上帝放進嘴裡，放進你的身體裡、靈魂裡——你將會跟祂說話，祂也將會回答——」她對我說。她微笑起來，眼睛裡含著淚水。

「那我就會擁有上帝的知識了？」我問。

「嗯，」她嘆息。「我希望你會用你的知識去遵行上帝的意旨。你是個很聰明的孩子，你懂得那麼多，你可以成為一個很好的領導者，一個神父——我不希望你像你爸爸，把生命浪費在做夢上。你一定要出人頭地，服務人群。人群需要領導者，最偉大的領導者就是神父——」

「是。」我同意。

「然後等到夏天，」她繼續說，「你就去港口村跟舅舅們住一段時間。你會學會他們的祕訣，學會耕種的古老祕密，他們會好好教你。在太陽底下工作對你也有好處。你病了好一陣子，又看到許多我不希望你看到的事，你還只是個孩子——不過那些都過去了。現在你可以好好期待聖餐禮跟夏天到來了——」

「嗯。」我同意。

「那你用英文唸禱告詞給我聽。」她喜歡聽我用英文念教義問答本，雖然她無法完全聽懂我在唸什麼，而我自己唸的時候也不是完全了解內容。許多年紀大的人不接受這種新的語言，拒絕讓他們的孩子說這種語言，但是母親相信如果我要成為一個成功的神父，我就應該兩種語言都懂，因此她鼓勵我兩種都會。

「啊，眞是聰明的孩子，」當我用英文結結巴巴地唸完萬福瑪利亞時，她滿臉笑容說，「眞正的學者！」然後她親吻一下我的頭，給了我一些聖誕節那天留下來的糕餅。

里奧跟尤金的到來，打破了我們被風雪關在屋裡，一成不變的單調生活。他們在聖誕節時沒有回來，母親因此很傷心而擔憂。她唯一得到的關於他們的消息，都來自在拉斯維加斯碰到他們的人。里奧跟尤金一向懶得寫信。

某一天清晨，我們都坐在餐桌前吃早餐時，媽媽聽到了車子的聲音，而從結霜的窗子往外看。

「耶穌、瑪利亞與約瑟啊！」她驚呼，「是警察！」

我們跑向窗邊，擠在窗前看著警車從山羊小徑開上來。車子開得很慢，因爲積雪很深。當警車停下來時，里奧跟尤金走了出來。

「我的孩子！」母親喊道。她推開門，他們走了進來，在她將他們擁入懷中時靦腆地笑著。

「嗨，老媽。」他們微笑。

「里奧，尤金。」父親擁抱他們。

「老爸。」他們點頭，跟他握手。

「萬福無玷瑪利亞。」母親喊著，在胸前畫了十字。

「嘿，里奧，尤金。」安德魯跟他們倆人握手，黛柏拉跟德瑞莎則尖叫著迎接他們，對他們又拉又扯。我們都圍繞在他們身邊。

「但是爲什麼是州警送你們回來？」母親緊張地問。
「是維傑嗎？」安德魯問，里奧點頭。
「出了什麼事嗎？」父親問。他站在窗邊，對離去的警車揮手。
「沒，沒什麼事——」
「去跟長者打招呼，」母親微笑道，「還有別叫她老媽——」我們都笑起來。
「您好嗎，長者？」他們禮貌地說，並擁抱了鄔蒂瑪。
「很好，很好，感謝神。」鄔蒂瑪微笑。她知道他們會肚子餓，便轉身去爐子旁幫他們做早餐。
「但是你們還沒有說爲什麼是州警送你們回來。」安德魯又問了一次。
「跟他們說吧，尤金。」里奧微笑。
「我就知道你們會回來，」父親喃喃道，「我就知道你們會回來！」然後他又抱了他們一下，領著他們來到餐桌前。他拿出一瓶威士忌，他們則脫掉身上又皺又髒的外套。他們的樣子比我記得的又年長了些。
「說什麼？」母親圍著他們忙東忙西。
「先讓他們吃飯吧，瑪麗亞。」鄔蒂瑪睿智地說，她已經在準備碗盤。里奧跟尤金狼吞虎嚥地吃下放在他們面前的所有東西。
「我們聽說納西索——」里奧滿嘴都是食物地說，「眞是太糟了——」

「東尼都好嗎？」尤金問。

「都好。」母親替我回答，「但是你們還是沒有說爲什麼是維傑帶你們回來。黛柏拉，帶德瑞莎去樓上玩——」但黛柏拉跟德瑞莎只是移到廚房的角落，留下來聽。

「跟他們說吧，尤金。」里奧說。

「嘿，應該你說啊！」尤金吼道。「這都是你的錯！是你想回來的——」他喝下父親倒給他的一小杯威士忌，悶悶不樂地走到爐子邊去。

「尤金！不准在長者面前這樣說話！」母親此刻變得很嚴厲。即使是兒子返家的喜悅，也不能打破尊重長者的規矩。

「到底發生了什麼事？」安德魯堅持詢問。

「我向長者道歉。」尤金繃起了臉。

「尤金，那不是誰的錯，」里奧用他一向緩慢的口氣說，「而且事情都發生了——」

「到底是什麼事？」父親懇求道。

「我們把車子撞毀了——」

「你們有車子！」安德魯讚許地驚呼。

「現在沒了！」尤金插嘴。

「沒錯，我們把錢存下來，買了一輛很棒的雪佛蘭——昨天晚上，我們一時興起，決定啓程——」

「是你自己決定！」尤金糾正他。

「撞毀了，在哪裡撞的？」「怎麼撞的？」「噓！讓他說下去！」

「就在安敦．奇可村那邊，」里奧不受干擾地說，「我們碰到一個很滑的地方，一塊結冰的路面，就摔下壕溝——」

「但是那條路昨晚就封閉了，」父親說，「那一段路已經每晚都封閉一整個禮拜了——」

「你說他會管嗎？」尤金突然爆發。

「我想回家。」里奧耐心地說，他了解他兄弟的心情。

「啊，我的心肝寶貝啊！」母親到里奧身邊擁抱他，里奧只是坐在原地微笑著，但藍色眼珠裡泛出淚水。「只要你們都平安無事，誰還在乎車子。他只是想回家來看媽媽！」她笑逐顏開。

「但是車子沒有損害得很嚴重吧？」安德魯問。

「整台都燒掉了！」尤金吼道。

「燒掉了？」安德魯驚呼。大家一陣沉默。

「我們在冰天雪地裡等了很久，」里奧的聲音小到幾乎聽不見，「都沒有車子經過。我們燒掉了毯子，然後是座椅、汽油、輪胎——今天早上不知道什麼時候，我們靠在車子旁邊睡著了，然後突然之間，所有東西突然就著了火，燒了起來。」

「維傑就在這時候找到你們。」父親說。

里奧點頭。「至少我們沒冷死——」

「感謝上帝讓你們平安無事，」母親說。她在額頭上畫個十字。「我得好好感謝聖母——」她走去客廳，去她的祭壇禱告。

「我們不應該回來的。」尤金抱怨。

里奧跟尤金在安德魯的房間裡度過剩下的早晨時光。我可以聽到他們的笑聲。他們在聊在拉斯維加斯的愉快時光。到了下午，他們穿好衣服到鎮上去，說是要去打撞球。之後一整天父親都在喝酒，因此到了晚餐時間，他已經相當醉了。但是他沒有咆哮咒罵，反而沉默鬱悶。我們都知道這是他最糟的喝醉狀況。他本來很高興見到他的孩子們，但是這快樂很短暫。他聽到他們在計畫一起去進行新的冒險，他也知道，當春天來到，讓他內心充滿西遷的渴望時，將不會有人跟他一起去。

第二天早上，父親果然顯得很焦躁。我們在較晚的時間吃早餐時，父親正餵完牲口進來。他用力跺著腳走到爐邊，倒一杯咖啡。他一邊喝咖啡，一邊盯著我的哥哥們，讓他們不自在起來。

「外頭比地獄還冷。」他說。

「葛柏瑞！有孩子在——」母親責罵他。「還有你的外套都溼了，趕快脫掉——」融化的雪滴在熱爐子上。小水珠在熱燙的鐵上瘋狂舞動，發出滋滋聲，然後消失。「我得再出去，」父親回答，目光仍舊凝結在我哥哥們身上，「風把風車上的鐵絲拉斷了。如果我不去綁好，到下午風就會把那玩意吹散了——」

「哎，一天到晚都有忙不完的事。」母親埋怨。

我走到窗邊，透過結霜窗玻璃上的一個小圓洞看到風車颼颼轉動的葉片。寒風吹得葉片飛速轉動，讓整座風車劇烈晃動，像是隨時都會塌下來。如果風車壞掉，就表示會有好幾天無水可用，因爲蓄水槽裡夏天的儲水已經用光了，而融雪取水又是一件痛苦的事。要拿積雪來融水，表示我們的手腳都會凍僵，最討厭的是好幾噸的融雪似乎只會產生出一點點水。

「昨晚去城裡好玩嗎？」父親問道。

他們緊張地互瞄一眼，安德魯說：「城裡很安靜。『八號球』裡的人問到你，要我們問候你——不過他們都很高興看到里奧跟尤金。」

「嗯，」父親點頭，啜了一口咖啡，「很高興見到浪跡天涯的瑪雷茲兄弟，是吧。」他的口氣很辛辣。我猜他知道他們又要離開，而他無法接受。

「我們有在工作，爸爸。」尤金說。

「嗯哼，」父親點頭。「我只是在想，我們以前都一起工作。嘿，」他微笑，「我們一起建造這棟房子也不過多久以前的事啊。其實大部分工作都是你們做的，我也以此爲傲。那時候我下午在公路的工作結束後，遠遠地在山羊小徑上，靠近納西索死去的那棵杜松子樹的地方，我就能聽到槌子敲打的聲音。不論我有多累，我都會趕緊趕回來幫忙。那時候眞是開心，是吧，一個男人可以跟自己的兒子一起計畫、工作——」

「嗯，」安德魯說，「當然。」

「是啊。」里奧同意並點頭。

「葛柏瑞——」母親懇求。

「啊，」他微笑，「我們只是在回憶舊時光，這沒什麼不對吧。還記得那年夏天，我帶你們去公路跟我一起工作吧？我喜歡你們在我身邊，我以你們爲榮——」他大笑起來，拍了一下大腿。「你們三個那時候還那麼小，拿起氣壓鑽路機，整個人就抖得跟碎布娃娃一樣——」淚水從他眼中流下。

「對啊，那時候眞的很快樂。」里奧強烈地說。他憂鬱的藍色眼睛亮了起來。甚至尤金也點頭表示同意。

「我們都記得，爸爸。」安德魯微笑。然後他們互相看著，沉默許久，兒子們突然看到父親年老了，而父親知道兒子們已經長大成人，將離家遠走。

「嗯，」他清了清喉嚨，擤了下鼻子，「我想那都是陳年舊事，不會再回來了——」他放下杯子，「我現在就去修風車。」他說。

「但是風很大啊，葛柏瑞。」母親有點擔憂地說。

「這事非做不可。」他聳聳肩。風吹得正強，而爬上風車架子平台的梯子一定結滿了冰。他看了他的兒子們最後一眼，但他們避開他的目光。然後他就出去了。

「他應該等風停下來再去。」安德魯不安地說。

「或者等到風車結冰，自己停下來。」里奧軟弱無力地補充。

「或者等那該死的東西斷掉。」尤金低聲說，「爲一台爛風車冒著摔斷脖子的危險，實在沒道理。」

我走到窗邊，看著父親努力爬上那不可靠的梯子。那是很緩慢而危險的工作。他設法爬到了狹小的平台上，避開嘎吱作響的旋轉葉片，抓住鬆脫的鐵絲，小心地將鐵絲拉下來，把鬆開的尾端綁好，讓轉動的葉片停下來。他回到廚房時，手跟臉都凍得蒼白，也累得滿身大汗，但是他臉上有種滿足的表情。

第二天里奧跟尤金離開了。這一次他們還帶走了安德魯。他辭掉了在艾倫商店的工作，放棄了念完高中的計畫，跟他們去了聖塔菲。他們離開的時候，父親並不在。道路都開放通行了，所有公路工人都在忙著工作。母親在與兒子們親吻道別時淚流不止，但她已經屈服了。我憂慮不安地與他們道別。我不知道我到底可不可能眞正了解我的哥哥們，還是他們永遠只會是我夢中的幻影。我也不禁想，納西索的死是否跟安德魯決定離開有關。

16

聖誕節過後，我回到學校。我好想念跟安德魯每天早上的散步。一開始，同學都想知道關於納西索被殺的事，但是我什麼都沒說，因此很快地這新聞就過時，他們也就去關心別的事情了。我覺得，我的人生改變了。我好像長大了，但我同學們的生活卻絲毫未變。小子仍舊在橋上橫衝直撞，森謬還是點點頭就繼續往前走，馬臉跟骨頭仍舊互相踢來踢去，而黃色校車也仍舊載著滿滿一車車陰沉的農場孩子進來。而教義問答課就在我們所有人面前不遠處等著。

我只跟希可講過一次話。他說：「我們失去了一個朋友。我們應該等到夏天，再把消息告訴金鯉魚。他會告訴我們該怎麼做——」在那之後，我就很少看到他了。

我儘可能獨處。我甚至跟哈森失去了連絡，這點眞的很糟，因爲後來我得知他本來可以理解的。而我生病時作的夢當然也持續縈繞不去。我無法了解爲什麼納西索可以成功拯救鄔蒂瑪，卻丟了自己的性命；也無法了解爲什麼殺了人的邪惡德納瑞爾可以不受處罰。這似乎很不公平。我經常想到上帝，思考他爲什麼會讓這種事發生。當天氣比較暖和時，我有時候會停在那棵杜松子樹下，看著染過血的地面，於是我的心神便恍惚起來，我的思緒變成有自己的生命。

我心想，或許上帝沒有看到那件謀殺發生，所以祂沒有懲罰德納瑞爾。或許上帝在天國裡太忙了，沒有時間擔心或關心我們。

有時候，下午放學後，我會獨自一個人去教堂，跪下來用力地祈禱。我請求上帝回答我的問題，但總是只聽到風充滿空蕩蕩教堂的咻咻聲響。我於是越來越轉向聖母的聖壇前禱告，因爲當我對她說話的時候，總覺得她似乎在傾聽著，就像我媽媽會聽我說話一樣。我會很用力地看著在她腳邊燃燒的紅色聖壇蠟燭，然後低下頭，閉上眼睛，想像我看到她去找上帝，把我要求的事一一告訴祂。

然後上帝會搖搖頭，回答說，這個孩子還沒準備好了解。

我想，或許等我第一次領聖餐時，我就會了解了。但是對有些人而言，他們要求的答案卻來得那麼快。我媽媽跟我說過那個墨西哥人，狄亞哥的故事。他在墨西哥看到了瓜達魯沛的聖母。她現身在他面前，對他說話，並對他顯現了神蹟。她讓玫瑰在貧瘠多石的，就像我們家這樣的山坡上生長出來。因此我夢想我也會遇見聖母。每次我轉過轉角，都預期我會看到她。

就在有一次我又有這樣的心情時，我在放學回家的路上遇到了德納瑞爾。刮著的風充滿嗆人的沙塵，因此我頭低低地沿著小徑往上走。直到他在呼嘯的狂風中大吼，我才看到他。他就站在那棵杜松子樹下，就是他謀殺了納西索的那個地方。我嚇了一大跳，像隻受傷的兔子般驚恐地跳起來，但是他完全沒有要抓我的樣子。他一如平常穿著一件長長的黑色外套，寬緣的帽子壓得很低。他瞎掉的那隻眼睛像一個深藍色的坑洞，另一隻眼睛在塵土中閃著黃色光芒。他居高臨下地看著我，大笑大叫，我以爲他喝醉了。

「你這邪惡小鬼！」他咒罵我。「卑鄙無恥的傢伙！」

「耶穌，瑪莉亞與約瑟！」我鼓起勇氣吼回去，同時用拇指交叉食指，高舉起來抵擋他的邪惡，因爲我眞的認爲他就是惡魔的化身。

「小王八蛋！你以爲你這樣就可以把我嚇跑？你以爲我跟你家那個老太婆一樣？那個巫婆！但願土狼騷擾她的墳墓——我將送她進去的墳墓。」他還補了一句。他惡毒的臉因憎恨而扭曲。我覺得自己的腳在發抖。他朝我走了一步，又停下來。「我女兒快死了，」他呻吟道，而風啪一聲吹斷他可悲的，動物般的叫聲。「我第二個女兒也快死了，都是因爲那個巫婆鄔蒂瑪。她對我第一個女兒下了詛咒，現在她又要謀殺我第二個女兒——但是我一定會想到辦法，」他緊握著拳頭威脅我，「我一定會找到她的弱點，殺了她！」

即使是在德納瑞爾殺害納西索時，我也沒看到他邪惡的臉上有這麼多的憎恨。我似乎太過弱小，不可能阻擋這樣一個滿腔怒火，一心一意致人於死的男人，但是我想起父親曾經挺身阻擋他，納西索曾經挺身阻擋他，甚至鄔蒂瑪都曾經挺身面對他的邪惡，因此即使害怕得發抖，我還是回答：「不！我不會讓你得逞！」

他又朝我跨了一步，然後停下來。他咧嘴獰笑，邪惡的眼睛瞇了起來。他狐疑地往我們周圍呼嘯的沙塵裡瞄了一眼，然後說：「我就是在這裡殺掉那個多管閒事的的納西索！就在這裡！」他指向他腳下的土地。「結果警長根本碰也沒碰我！我一定會找到辦法殺掉那個巫婆——」

「你這個殺人兇手！」我挑釁地大吼。「如果你想傷害鄔蒂瑪，我爸爸一定會阻止你，那隻貓頭鷹也會把你另外一隻眼睛挖出來——」

他彎身，彷彿打算揍我，卻突然靜止不動，思考起來。我全身緊繃打算抵擋他的拳頭，但是他的拳頭並沒有落下。他反而挺直了身體，微笑起來，彷彿腦中浮現一個念頭，然後他說：「啊，你這小混蛋，你的詛咒就是你知道太多了！」然後他轉身，消失在旋轉飛揚的塵土裡。他邪惡的笑聲在他身後縈繞不去，直到風將它淹沒。

我匆匆趕回家，而等到我能跟鄔蒂瑪獨處時，我便告訴她發生了什麼事。

「他有傷害你嗎？」她在我描述完整個過程後說。

「沒有。」我要她安心。

「他有碰到你嗎？即使只是輕輕碰一下？」

「沒有。」我回答。

「他沒有在樹下留下任何東西？任何你可能碰到或撿起來的東西？」她問。

「都沒有，」我回答，「但是他威脅要殺你。他說他想辦法殺害你，就像他殺死納西索一樣——」

「哎，」她微笑起來，雙臂擁抱住我，「不要擔心德納瑞爾的威脅，他沒有男人的力量足以貫徹到底。他殺了納西索，是因爲他用冷血的方式暗中偷襲，但是他會發現我沒有那麼容易被偷襲——他就像一頭老野狼，拖著腳步在殺害獵物的地方來回徘徊，因爲他的良心讓他無法平靜。他回去他犯下滔天大罪的樹下，是因爲他想爲自己的罪找到赦免。但是當一個人不承認自己的罪，也不爲做錯的事懺悔時，就不可能得到原諒——」

我了解她的話，因此我離開時至少寬心了些，知道至少鄔蒂瑪並不害怕德納瑞爾的陰險詭計。但是我還是經常在夜半作惡夢醒來，因爲我在夢中看到德納瑞爾射殺了鄔蒂瑪，就像他射殺納西索一樣。之後我都得悄悄爬下樓梯，到她門邊仔細聆聽，確定她安全無恙，才能鬆一口氣。她似乎從不睡覺，因爲只要我聽得夠久，就一定能聽到她在製作草藥時沙沙移動的聲響和吟唱聲。自從鄔蒂瑪來跟我們住之後，我就跟她很親近，但是在我生病，受到她照顧的那幾個禮拜，是我與她最親近，也最感激她的美好時光。

17

哈雷路亞！哈雷路亞！哈雷路亞！

聖母教會將我們納入她的羽翼之下，指引我們走在她的道路上。到三月底時，我們的教義問答課就快結束了。沒有任何事會比走向與上帝溝通的路，更讓人興奮！相較起來，學校的課業便顯得單調乏味。每天下午當下課鐘響起，我們便跑過學校操場，跑過沙土漫天的街道與巷弄，跑向教堂。神父就在那裡等著我們，等著指引我們了解上帝的祕密。

亞諾荒原的春天沙塵暴持續不停，於是我聽到許多大人把去年冬天的酷寒，跟今年春天的沙塵暴都怪到爲終結大戰所做的新炸彈上。「那原子彈，」他們竊竊私語，「是一大團超乎想像的白熱火球，比地獄還可怕──」他們會指向南方，比港口村的青翠河谷更南的地方。「人本來就不該懂這麼多東西，」老太太們會用壓低而沙啞的聲音說。「他們與上帝競爭，干擾季節的變換，想比上帝懂得更多。到頭來，他們追求的知識會害死我們所有人——」於是她們彎著腰，用黑色披肩裹住駝著的肩膀，走進呼嘯的風裡。

「上帝知道什麼？」神父問。

「上帝什麼都知道。」艾格尼絲低聲說。

我坐在硬梆梆的木頭長椅上戰慄起來。上帝什麼都知道。但人試圖知道時，他的知識卻會害死我們所有人。我也想知道。我想知道上帝的祕密。我想讓上帝到我的身體裡，回答我的問題。爲什麼納西索會被殺？爲什麼壞人不會受到懲罰？爲什麼祂容許邪惡的事存在？我懷疑我尋求的知識會不會也害死我？但是不可能的，那是上帝的知識——要求分享上帝的知識，是太過分的要求嗎？

「爸爸，」我問，「大人說是炸彈讓風刮得這麼兇——」我們正在把冬天從牲畜圍欄裡清出來的一堆堆糞便拖到菜園花圃裡。父親笑起來。

「那是胡說八道。」他說。

「那爲什麼風這麼大？沙子這麼多？」我問。

「亞諾就是這樣，」他說，「風是他的聲音，他在跟我們說話，告訴我們有些事不對勁。」他暫停了手上的工作，挺直腰桿，望向起伏的山丘。他聽著，我也聽著。我似乎可以聽到風在對我說話。

「風在說，亞諾給過我們很好的氣候，冬季很溫和，夏天很多雨，讓草長得又高又長。牛仔們馳騁在上頭，六畜興旺，牛羊長得又肥又壯。大家都很快樂，啊，」他低語，「亞諾有時候眞是世界上最美麗的地方——但有時候它也可以是最殘酷的地方。它變幻無常，就像女人一樣。富有的農場主人挖下許多深井，把土地都吸乾了，所以天空才得降下大雪來補充泥土裡的水分。貪婪的人在農場上放牧太多牛羊，吃光了草，所以現在風才會吹起空禿禿的土壤，把沙土吹到他們臉上。風在替土地說話，說你們剝削了我太多，讓我乾涸又貧瘠——」

他停下來，向下看著我。我猜剛剛有一會他忘記了自己在跟我講話，只是自言自語地重複著風裡的信息。他微笑著說：「安東尼，聰明的人會傾聽大地的聲音。他傾聽，因爲風帶來的天氣可能拯救他，也可能毀滅他。就像幼小的樹會隨風彎腰，人也必須對大地謙卑低頭——只有在人變得老成世故，拒絕承認自己跟土地的聯繫和對大地之母的依賴時，大地之母的力量才會轉而對付他，毀滅他，就像強風折斷古老乾枯的樹一樣。將我們的錯誤怪到那顆炸彈或其他東西身上，不是男人該有的行徑。是我們濫用了土地，必須爲我們的罪付出代價——」

「但是什麼是罪？」佛羅倫斯問我。

「就是不遵從上帝的旨意——」我低下頭，風帶來的細沙在我的齒縫裡嘎吱作響。

「這樣做是罪？」他伸出一隻手指。

「對。」我回答。

「爲什麼？」

「這個手勢不好——」

「但是我伸出手指時，什麼事都沒有發生啊。」他又做了一次。

「你會受到處罰的——」

「什麼時候？」

「等你死的時候。」我說。

「那如果我去告解呢？」

「那你的罪就會被原諒，你的靈魂就乾淨了，然後你就得救了——」

「所以你是說我可以隨便去外面犯罪，做各種壞事，對人比手指，說髒話，偷看女生洗澡，做幾百萬種壞事，然後等我快死的時候，只要去告解，去領聖餐，然後我就可以上天堂？」

「對，」我說，「如果你後悔自己犯了罪——」

「哈哈哈，」他大笑，「喔，我當然會後悔！去他的王八蛋，我當然會！我可以當世界上最壞的混蛋，然後等我九十九歲時，我就可以後悔自己是個大壞蛋，就可以上天堂了——你知道，這樣好像不太公平——」

這樣確實不太公平，卻眞的有可能發生。這是另一個我想解答的問題。我正想著這個問題要怎麼回答時，聽到後面突然爆出羊叫聲。

「哇——」

我彎下身，但是太遲了。馬臉強壯的手臂已經一把繞住我的脖子，衝力讓我們往前滑了十尺。我一邊的臉刮過佈滿地面的荊棘，起來時身上都是鬼針草的針。

「嘿，東尼，你沒看到他們打架！」馬臉對著我微笑。他仍舊緊緊抓著我。他的馬眼興奮而狂野，一口大黃牙嚼著聞起來像臭雞蛋的東西。我想罵他髒話，但是我向上瞄了一眼，看到佛羅倫斯站在那，等著我的回應。

「很厲害的攻擊，馬臉，」我儘可能平靜地說，「眞的很厲害。可以讓我起來了吧。」我站起來，開始拔出我流血的臉頰上的刺。

「誰打架？」佛羅倫斯問。他拍掉我外衣上的灰塵。

「羅可跟威利，在廁所！」洛伊氣喘吁吁地跟著大夥跑來。

「幹！你知道羅可老是逗威利——」

「知道。」我們點頭。

「威利不是你的朋友嗎？」厄尼問。

「是。」我回答。大威利是德力亞那裡農場的一個男孩子。他跟喬治一天到晚都在一起，從來不會亂惹別人。威利個頭很大，但是羅可老愛找他麻煩，因爲他不會保護自己。他很膽小，羅可則是很愛欺負人。

「羅可老是愛唱：威利，威利，二乘四，廁所門口進不去，大便大在大門口——」骨頭猛力喘氣。

「而且每次別人在尿尿，他就故意推人，讓別人尿溼褲子。」洛伊厭惡地閉上眼睛。他拿出一條賀喜巧克力棒。

「給我一半！」骨頭大吼。洛伊把一塊巧克力丟在地上，然後在骨頭去撿時，趕緊把剩下的塞進嘴裡。

「混蛋！」

「這根本沒有一半！」骨頭咆哮，一邊嚼著巧克力跟沙子。

「我就希望如此。」洛伊傲慢地說。然後他伸出舌頭，他嘴裡的一團巧克力滴下汁液。

「啊——！」骨頭發了狂，撲到洛伊身上，跟他扭打起來。然後馬臉又再度興奮起來，也撲到骨頭身上。

「你們會被告——」洛伊威脅說，一邊從扭成一團的人堆中脫身。我們繼續往前走，把互相踢打的骨頭跟馬臉拋在後頭。

「那他們到底爲什麼打架？」佛羅倫斯耐心地問。

「就是啊，放學後，」洛伊說，「羅可就到廁所裡，推了威利，但是威利一定早就等著他，因爲他閃到一邊，讓羅可差一點摔到小便盆裡，反正威利還繼續尿，尿得羅可的鞋子上都是——」

「眞是好笑得要命，」厄尼說，「羅可就站在那裡，然後威利尿得他鞋子上都是——」

馬臉跟骨頭趕上了我們。

「然後羅可那老傢伙就揍了威利一拳——」洛伊大笑。

「但威利就站在那裡動也不動。」厄尼補充。

「然後威利就朝著羅可正面一拳！」馬臉大喊。

「然後就到處都是血！」骨頭氣喘吁吁，流血的畫面又讓他們所有人再度亢奮起來。馬臉發出嘶鳴，仰天長嘯，骨頭則像隻瘋狗般撲到他身上。

「羅可像頭豬一樣一直流血，一邊大哭，鞋子又都溼了——」

「要命，眞的不能惹威利。」厄尼警告道。「嘿，他是你朋友，對不對，東尼？」他又問。

「是。」我回答。我知道厄尼老是在衡量朋友的價值。如果威利這次打架打輸，厄尼一定會一直拿這點來煩我。但是由於結果是我的這個農場朋友讓羅可流鼻血，所以我也莫名地贏得了他的尊敬。

「嘿！為什麼他們不用去教義問答課？」亞柏問。

「因爲他們會來不及搭校車，笨蛋。」佛羅倫斯說。

「而且新教徒也不用去。」厄尼點頭。

「他們會下地獄！」骨頭喊叫。

「才不會，」佛羅倫斯替新教徒說話，「紅頭髮是新教徒，你們覺得他會下地獄嗎？」

「你也會下地獄，佛羅倫斯！」馬臉大吼。「因爲你不信上帝！」

「那又怎樣？」佛羅倫斯聳聳肩，「如果你不信上帝，那就根本沒有地獄可下——」

「那你爲什麼要去上教義問答課？」我問他。

他聳聳肩。「我想跟你們一起。我只是不想自己一個人落單。」他低聲說。

「快點！我們去逗那些女生！」骨頭大喊。他聞到了就在前頭的女生的氣味。其他人全都響應他的號召，一群野狗般呼嘯地一湧而上。

「那萬一你最後被單獨留在天堂外面呢？」我問佛羅倫斯。我們兩個都留在後頭。

「那就會像是下地獄了。」他點頭。「我覺得世界上如果有地獄，應該就是你被單獨留在一個地方，身邊沒有任何人。要命，如果你孤孤單單地一個人，你根本不必被烈火焚燒，光是永遠都孤單，就已經是那個老頭所可能給的最恐怖的懲罰了——」

「那個老頭？」我問，我的疑問當中摻雜著替佛羅倫斯感到難過。

「上帝。」他回答。

「我以為你不相信——」

「我是不相信。」

「為什麼？」我問。

「我也不知道。」他踢起一塊小石頭。「我媽媽在我三歲時就死了，我的老爸讓自己喝酒喝到死，而且，」他停下來，望向已經在我們前方不遠的教堂。他充滿質疑的，天使般的臉孔微笑起來。「而且，我姊姊都是妓女，在蘿絲那裡上班——」

風在我們周圍捲起，發出很大的噪音，就像那些鴿子在河邊的鳴叫聲。我不曉得安德魯去蘿絲那裡時，有沒有認識佛羅倫斯的某一個姊姊。這一點，還有我對佛羅倫斯的憐憫讓我覺得跟他很親近。

「所以我問我自己，」他繼續說，「上帝怎麼能讓這種事發生在一個小孩子身上。我從來沒有要求被生下來。但是祂讓我生下來，給我一個靈魂，然後讓我受到這種懲罰。爲什麼？我是哪裡惹到祂，要受到這種待遇？」

我過了好一會都沒有回答。佛羅倫斯提出的這些問題，也是我想要得到答案的問題。爲什麼上帝容許納西索被謀殺？爲什麼上帝容許邪惡存在？

「或許就像神父說的，」我終於結結巴巴地說，「或許上帝在我們面前設下阻礙，讓我們必須克服阻礙。如果我們能克服所有困難的，不好的事情，那我們就會成爲好天主教徒，而贏得上天堂，跟祂在一起的權利——」

佛羅倫斯搖搖頭。「我也想過這件事，」他說，「但是我覺得，如果上帝眞的跟神父說的一樣聰明，那他根本就不需要這些測試才能知道我們是不是好天主教徒。例如，你要怎麼測試一個什麼都不懂的三歲小孩？上帝不是應該什麼都知道嗎？那他爲什麼不讓這個世界上沒有任何壞事或邪惡存在？爲什麼他不讓我們所有人都互相好好對待？他可以讓這個世界永遠都是夏天，讓樹上永遠結滿蘋果，讓藍湖裡的水永遠都乾淨又溫暖，隨時都可以游泳——但是他卻讓有些人去游泳時傳染到小兒痲痹，然後一輩子跛腳！這樣是對的嗎？」

「我不知道。」我搖搖頭，我眞的不知道。「這個世界本來都很好的，在伊甸園裡，沒有任何罪惡，人都很快樂，但是我們犯了罪——」

「什麼狗屁犯罪，」佛羅倫斯反對，「老夏娃犯了罪！但是爲什麼我們要因爲她犯規而受到處罰？爲什麼？」

「但是她不只是犯規而已，」我繼續說，我想是因爲我還想相信上帝。我不想像佛羅倫斯一樣放棄祂。我覺得我不能沒有上帝。

「那還有什麼？」他問。

「他們想跟上帝一樣！你不記得神父說那顆蘋果是可以讓他們知道更多的知識之果？會讓他們跟上帝一樣能分辨善與惡。祂懲罰他們，是因爲他們想要知識——」

佛羅倫斯微笑。「這樣還是不對，不是嗎？爲什麼知識會傷害任何人？我們上學就是爲了學習知識，我們甚至去上教義問答，也是爲了學習——」

「是啊，」我回答。我們問的問題裡似乎有好多陷阱。我想要知道這些問題的答案，但是知道這些答案會不會讓我跟亞當和夏娃一樣犯下原罪？

「那如果我們沒有任何知識呢？」我問。

「那我們就會跟野地裡愚蠢的動物一樣，」佛羅倫斯回答。

動物，我想。那麼金鯉魚帶領的魚會不會比我們快樂呢？金鯉魚會不會是比較好的神呢？

「——去年麥辛得了小兒痲痺，」佛羅倫斯繼續說，「我表哥則被那匹該死的馬在地上拖行，腦袋都破了。他們兩個禮拜以後才在河邊找到他，他的身體已經被烏鴉跟兀鷹吃掉了一半。結果他媽媽因此發瘋。這樣是對的嗎？」

「不，」我回答，「這樣不對——」

我們走出了滿地沙土的小巷，來到教堂門口，強風吹過而荒涼貧瘠的空地。那巨大的棕色建築高聳入沙塵遍佈的天空，舉著耶穌的十字架，讓所有人遠遠就可看到。我剛聽了佛羅倫斯的異端說法，但是教會的上帝並沒有對我五雷轟頂。我好想大喊我不怕祂。

「我爸爸說氣候會不斷循環，」我轉而講，「有些年天氣會很好，然後有些年天氣會很糟——」

「我不懂你在說什麼。」佛羅倫斯說。

或許我也不懂，但是我的頭腦在嘗試回答佛羅倫斯的問題。「或許上帝也是會不斷循環的，跟天氣一樣，」我回答。「有些時候上帝與我們同在，有時候則不是。或許就像現在，上帝躲起來了。他會有很多年都不在，甚至好幾百年——」我講得很快，因爲我的頭腦似乎就快要找到一些可能的答案而興奮起來。

「但是我們無法改變天氣，」佛羅倫斯說，「也不能要求上帝回來——」

「對，」我點頭，「但是如果他不在的時候，有其他神可以負責統治呢？」我比佛羅倫斯更訝異我居然會這麼說。我抓住他的領子大吼：「如果現在統治的不是上帝，而是聖母瑪利亞或金鯉魚呢——！」

就在我褻瀆上帝的這一刻，周圍突然狂風大作，天空因如雷巨響而顫動。我張開嘴，抬頭望向鐘塔。

「噹—噹——」第一聲鐘響劃破天空。我在鐘響下畏縮顫抖。我在額頭上畫了個十字，喊道：「上帝啊，原諒我！」然後第二聲巨大的鐘響響徹雲霄。

「快走吧，東尼。」佛羅倫斯拉我。「我們要遲到了——」

我們跑上階梯，經過像猴子一樣掛在鐘塔繩索上搖來搖去的馬臉跟骨頭。我們匆忙加入隊伍中，但是拜恩斯神父已經看到我們了。他抓住佛羅倫斯，把他拉出隊伍，然後對我低聲說：「東尼，我沒想到你會遲到。這次我會原諒你，但是你要小心你跟誰在一起，因為魔鬼可以用很多種方式讓人誤入歧途。」

我瞄了一眼後頭的佛羅倫斯，但是他點頭示意我往前走。隊伍經過了聖水盆，讓我們沾溼手指，然後跪下來，同時在身上畫十字。水很冰。教堂裡又冷又有霉味。我們沿著通道走到最前面的幾排座椅。女生的隊伍列隊走進右邊的位子，男生則坐到左邊。

「好了。」神父的聲音在孤寂的教堂裡隆隆迴響，於是叫喚我們的鐘聲靜了下來。馬臉跟骨頭跑進來加入我們。然後神父也走進來。我把握機會往後瞥了一眼。佛羅倫斯遲到的懲罰是要站在走道中央，兩隻手張開架好。他站得直挺挺的，文風不動，幾乎在微笑。午後的陽光透過牆上一排排的彩繪玻璃流瀉進來，而那金色的光線讓佛羅倫斯看起來像個天使。我替他感到難過，同時也因為他被懲罰、我卻被原諒，而覺得很難受。

「讓我們禱告。」拜恩斯神父說，並跪下來。我們全都照做，在座椅前粗糙多刺的跪板上跪下來。只有佛羅倫斯仍舊站著，支撐著他手臂的重量。等到教義問答課結束時，他的手臂肯定會變得像鉛一樣重。

「我們在天上的父啊——」我對自己唸著跟別人都不一樣的西班牙文禱告辭。其他人都用英文禱告。

我聽到坐在同一排遠處的骨頭在假裝。「巴拉巴拉巴拉。」他的嘴巴隨著禱告喃喃有詞地動著。他低著頭，閉著眼睛，樣子如此虔誠，誰都不會懷疑他的誠懇。

接著神父問我們之前已經上過的內容。

「誰創造了你？」他問。

「上帝創造了我。」我們異口同聲地回答。

「上帝爲什麼創造你們？」他問，我看到他望向走道上的佛羅倫斯。

「上帝創造我們，讓我們敬愛、榮耀、服事，及服從祂。」

「上帝在哪裡？」

「上帝無所不在。」

「在蘿絲那裡。」骨頭低聲說，眼珠子轉了轉。

拜恩斯神父沒有聽到。「上帝裡面有幾個人？」他繼續問。

「三個。聖父、聖子、聖靈。」

「他們一定很擠。」馬臉露出他難看的馬齒笑道，然後把他從齒縫挑出的白色東西擦在褲子上。

「聖靈，」骨頭神祕兮兮地說，「神聖的鬼——魂——」

拜恩斯神父接著開始討論大罪和小罪的區別。他的解釋很簡單，但一方面也很嚇人。小罪都是些輕微的罪，例如罵髒話，或在四旬齋時不去參加拜苦路儀式[10]。如果你過世時，靈魂裡還有小罪，那麼你也必須等到你在人世間的家人用禱告、玫瑰經，或彌撒，讓你得到赦免，你才能上天堂。如果你過世時，靈魂裡還有大罪，那麼你永遠都不可能進天堂。永遠都不能。想到你可能一個禮拜天沒去望彌撒，結果就可能因爲這一項大罪，而要永遠下地獄，實在很嚇人。

「如果你死掉的時候，靈魂裡有一項小罪，那麼你會去哪裡？」他問。

「煉獄。」瑞塔回答。女生總是知道正確的答案。大多數的答案我也知道，但是我從來不會舉手，因爲我經常想問問題，而我知道如果我發問，一定會讓神父不高興。事實上，唯一問過問題的人就是佛羅倫斯，而今天他在接受處罰。

「沒錯，瑞塔。」他微笑。「那麼煉獄是用來做什麼的？」

「洗滌腸子。」亞柏低聲說。男孩子都咯咯竊笑。

「我知道！我知道！」艾格妮絲熱切地揮手，神父微笑起來。「靈魂要在煉獄受到洗滌，然後才能去天堂！」

「那麼如果你死的時候，靈魂裡有大罪呢？」他問，語氣很冷酷。教堂彷彿因爲外面一陣狂風而戰慄，而當它安靜下來時，一扇側門打開，一位全身黑衣的老太太蹣跚地走上側邊走道，來

---

10 Stations of the Cross，「四旬齋」時在教堂裡進行的儀式，藉由巡看教堂內描繪的，耶穌身背十字架走向加爾瓦略山途中所經歷的事蹟，來紀念耶穌。通常有十四處，有些堂區加上第十五處「耶穌復活」。

到聖母的聖壇前。她點燃在紅色玻璃裡的一根蠟燭，然後跪下來禱告。

「就要下地獄！」艾達屏息回答。

神父點頭。「有人可以逃離地獄嗎？」他舉起一隻手指。我們全都沉默地點頭。「不可能！」他大吼，雙手用力一擊，讓我們所有人都在椅子上跳起來。「一旦下了地獄，就毫無希望！地獄是永恆的詛咒！地獄之火會永遠永遠地燃燒著——」

「永遠永遠。」艾格妮絲若有所思地說。

「直到永恆！」拜恩斯神父強調地說。他伸手到他的僧袍下，拿出一本破舊襤褸的教義問答書。他很少用這本書，因爲他對內容倒背如流，但是此刻他翻開書頁，指著其中一處。「你們看第十七頁。永恆。永恆這個字是什麼意思？」

我們翻到第十七頁。「永遠。」艾格妮絲說。

「沒有盡頭。」瑞塔顫抖起來。

「大概二十年。」骨頭大聲說。他沒有舉手，而且他的話讓大家哄堂大笑，於是他只得走到拜恩斯神父面前，伸出雙手，掌心向上。拜恩斯神父拿出他爲這種時刻準備的板子，往骨頭手上打下去。手掌被這板子打一下就會起水泡了，但是骨頭似乎不覺得什麼。他開心地點頭，說：「謝謝神父。」便走回來坐下。我看到跪在聖母聖壇前的那個老太太轉過頭來，看到拜恩斯神父打骨頭，而讚許地點頭。

「現在我來跟你們說一個故事，讓你們知道永恆是多久。記著，如果你們死的時候，靈魂裡有大罪的污點，你們的靈魂就會在地獄裡被燃燒這麼久。首先，你們想像我們的國家是一座沙子堆起的山。這座山高到可以碰到雲，寬到從一座海洋延續到另一座海洋——」

「乖乖！」亞柏的眼睛睜得好大。馬臉察覺到神父在講他聽不懂的東西，開始變得緊張。骨頭翻了翻白眼。我們都耐心地等著神父的故事的發展，因爲我們知道他很會用故事顯示他想要說的重點。我想到佛羅倫斯撐著他的手臂直到永恆。

「好，現在假設在海的另一邊，有一個平坦的國家。海洋很寬闊，要好幾個禮拜才能度過海到另一邊。好，但是你想把這座巨大的沙子山從這邊移到那邊——」

「先弄一艘船！」馬臉緊張地點頭。

「不對，馬臉，」拜恩斯神父不滿地發牢騷，「不要講話！注意聽！好，各位女同學，」他轉向她們，「你們覺得要花多久時間，才能把這座沙子山全部移到海的那一邊，讓那邊變成山，這邊變成平地？」好幾隻手舉起來，但他只是微笑，回味著自己的問題。「啊，啊，」他咧嘴笑，「在你們回答之前，讓我先說你們要怎麼移動這座巨大的沙子山。不是像馬臉說的用船——」大家都笑起來。「而是用一隻小鳥，一隻麻雀，幫你們移動這座山。而麻雀的嘴只能咬住一小粒沙子。所以牠必須一次啣起一小粒沙子，飛過一整片寬闊的海洋，放下那粒沙子，然後再一路飛回來，啣起另一粒沙子。這隻小鳥要花好幾個禮拜才能飛越海洋，而牠每一次都只能啣起一粒沙子——」

「牠永遠都做不完。」瓊安悲傷地搖搖頭。「光是一桶沙一定就有一百萬顆沙子，要移動那一桶沙子就要花上幾千年。但是移動一整座山的沙子——」她的話結束在絕望中。馬臉發出哀鳴，開始在椅子上坐立難安，而骨頭則是牙齒咬住前排座椅的椅背，用力嘶咬，同時眼珠子瘋狂滾動，嘴邊冒出白色泡沫。連亞柏跟洛伊，還有女孩們，似乎都對即將出現的故事結論感到不安。

「所以永恆就是那麼久嗎？」艾格妮絲勇敢地問。「靈魂就是必須被燒這麼久嗎？」

「不，」拜恩斯神父輕聲說，而我們都看著他，向他求助，但是他說出的故事結尾卻是：

「當那隻小鳥把整座沙子山都移到海的另一邊時，才剛過了永恆的第一天！」

我們倒抽一口氣，往後靠在椅背上，想到永恆待在地獄裡而全身顫抖。這個故事讓我們大受震撼。所有人都動也不動。風在教堂周圍呼嘯。當太陽西沉時，從窗外射入的一束光線聚攏了彩繪玻璃上的色彩，把它們像花朵般，輕輕放在聖母的聖壇前。剛才在那裡禱告的老婦人已經不見了。在教堂黑暗的走道上，佛羅倫斯站立著，痲痹的手臂向外伸展，對永恆無所畏懼。

18

聖灰星期三[11]。聖灰星期三是一年中最截然不同的一天。自負的與柔順的人，傲慢的與謙卑的人，在聖灰星期三這天都變得平等。健康的與生病的人，精神強健與虛弱的人，都在灰暗的早晨或沙塵籠罩的午後來到教堂。他們沉默地魚貫列隊，眼睛看著下方，骨頭突出的手指數算著念珠，嘴唇喃喃唸著禱告辭。所有人都在懺悔，所有人都在準備即將到來的震撼，接受聖灰灑在額頭，並且聆聽神父令人痛苦的話語，「爾為塵土，也將歸回塵土。」

為病人抹油膏的儀式完成了，神父繼續往前，只剩下陰沉的無助感揮之不去。軀殼並不重要。軀殼不過是塵，不過是土；是蟲子的食物。風與水會將它溶解，分散到天地四方。到最後，

11 Ash Wednesday，聖灰星期三，復活節的慶祝活動從這天開始，所有教徒必須自這天起齋戒四十天，直到復活節，即所謂的「四旬齋」。所有教徒在這天必須在教堂接受神父用沾灰的手指在額頭畫一個十字，並告誡：爾為塵土，也將歸回塵土。

我們在乎的一切不過是短暫的人生，但之後才是永恆。永無止盡的時間。百萬個世界誕生，演變，然後消失在無邊無際的渾沌天空之後，還有永恆。永無止盡的時間。軀體化爲沙土、樹木，跟爆裂的火花，變成氣體然後消失，之後仍有永恆。沉默的，不可抵擋的，陰鬱的，永無止盡的……

但是靈魂會存活下來。靈魂會永遠存在。必須拯救的是靈魂，因爲靈魂才會永垂不朽。因此當你卸下了負荷，不再思慮著自己軀殼的微不足道，靈魂的永生便會如遮蔽一切的風暴中的光明。人的心靈喊道：親愛的上帝！我的靈魂將會永恆存在！

於是我們匆匆趕去教義問答課！考驗我們的四十天四旬齋即將到來，然後就是那閃閃發亮的目標，復活節跟第一次領聖餐！我生活中的其他一切都變得不重要。跟神祕的宗教比起來，學校的功課顯得無趣，不會帶來什麼啓發。在教義問答課裡，每個新的問題、新的章節、新的故事似乎都會開啓關於拯救我的靈魂的數千個新的面向。我很少見到鄔蒂瑪，甚至很少見到我爸媽。我只關切我自己。我知道永恆會永遠持續，而靈魂可能因爲一個錯誤，就得在地獄裡度過那樣的永恆。

這件事很讓人害怕。我許多次夢到我看見自己或不同的人被地獄之火燃燒。其中一個人尤其經常出現在我的夢魘裡。那就是佛羅倫斯。我所看到的，被永恆地獄的熊熊烈焰燃燒的人，必然就是他。

但是爲什麼？我質問那嘶嘶作響的火焰，佛羅倫斯知道所有問題的答案啊！

但是他並不接受，火焰怒吼回答。

「佛羅倫斯，」我在那天下午懇求他，「你試著回答嘛。」他微笑。「好對我自己說謊？」他回答。

「不要說謊！回答就好！」我不耐煩地大叫。

「你是說，神父問說上帝在哪裡時，我應該回答上帝無所不在：上帝就是等著炎熱夏天來到，好吃掉納西索的小蟲。他也與德納瑞爾跟他邪惡的女兒們同床共枕——」

「喔，天哪。」我絕望地喊道。

森謬走過來，拍了一下我的肩膀。「或許如果他相信金鯉魚，一切就不會這麼困難了。」他輕聲地說。

「佛羅倫斯知道嗎？」我問。

「今年夏天他就會知道了。」森謬睿智地回答。

「你們在幹什麼？」厄尼問。

「沒什麼。」我說。

「快點！」亞柏大叫，「鐘聲響了——」

這天是禮拜五，我們趕緊跑向教堂，去參加拜苦路儀式。天氣已經逐漸溫暖，但是強風依舊吹襲，而呼呼的風聲、咕咕的鴿子叫聲，和燃燒的焚香氣味，讓耶穌的痛苦路途顯得非常哀傷。拜恩斯神父站在第一站前，對著牆上的圖像禱告，那圖像描繪著彼拉多判處將耶穌釘上十字架。

兩個在念高中的輔祭男童跟著神父，一個手持點燃的蠟燭，一個手持焚香爐。耶穌的追隨者壓低聲音回應著神父的禱告。接著神父與追隨者移動到耶穌背上十字架的第二站，這中間是一段靜默。

馬臉坐在我旁邊。他正在我們面前的椅背上刻著他的名字縮寫。馬臉從來不會每一站都跟著禱告，他總是等到神父靠近時，看他剛好坐在哪一站旁，就唸出那一站的禱告辭。我望向牆上，看到今天他選擇坐在耶穌第三次跌倒的圖像旁。

神父在耶穌第一次跌倒的圖像前跪下禱告。焚香的氣味又濃又甜。有時候會讓我覺得噁心，也覺得頭昏。下禮拜五將是聖週五耶穌受難日。四旬齋很快地過去了。聖週五耶穌受難日將不會有拜苦路儀式，或許也不會有教義問答課。但是那時候我們已經準備好在週六告解，然後在一年中最神聖的一天，復活節周日接受聖餐禮。

「什麼是無—顛—受—苔？」亞柏問。拜恩斯神父此時已經來到耶穌見到他母親的站前。我試著專心。我對聖母感到同情。

「無玷受胎。」洛伊低聲說。

「所以呢？」

「就是聖母瑪利亞——」

「但是那到底是指什麼？」

「就是懷了小孩，可是沒有——」

「沒有什麼?」

我試著關上耳朵,想聽到神父的話,但是他正走開,走向西滿幫耶穌背十字架的那一站。親愛的上帝,我也願意幫忙背起十字架。

「我不知道——」大家都咯咯竊笑起來。

「噓!」艾格妮絲狠狠瞪著我們。女生們總是整趟路程都低著頭跟著禱告。

「男人跟女人,那要男人跟女人在一起。」佛羅倫斯點頭。

但是聖母怎麼會跟男人在一起!我驚慌起來。聖母瑪利亞是上帝的母親!神父說過她是經由神蹟而成爲母親的。

神父完成了薇若妮擦拭耶穌臉上的血的那一站,走到耶穌第二次跌倒的那站前。耶穌的面容被印在擦臉的那塊布上。除了聖母的藍色長袍以外,這就是全世界最神聖的一塊布了。十字架很沉重,而當耶穌跌倒時,士兵便用鞭子抽他,用棍子打他。周圍的人群都哈哈大笑。他的痛楚開始充滿了教堂,婦女也在祈禱中呻吟起來。但是小孩子都不專心聽。

「測驗就在禮拜六早上——」

馬臉停止了刻字,抬起頭來。「測驗」的字眼讓他緊張起來。

「我,我會過的。」他點頭。骨頭低聲怒吼。

「大家都會過的。」我說,試著安慰他。

「佛羅倫斯不信上帝!」瑞塔在我們後頭低聲譴責。

「噓！神父要回頭了。」拜恩斯神父在教堂的後面，第七站。接下來他會經過我們這邊的走道，走完剩下的七站。耶穌在這一站對耶路撒冷的婦女說話。因爲耶穌對她們說話。或許就是這樣，她們才會如此認眞禱告。

鴿子在鐘塔裡的咕咕叫聲形成一種哀悼的聲音。

神父現在在我們旁邊了。我可以聞到焚香縈繞在他的僧袍上，就像藥草的香氣是鄔蒂瑪的衣服的一部分。我低下頭。燃燒的焚香甜膩而讓人難以呼吸，發亮的燭光讓人陷入昏沉。馬臉看著燭火太久。當神父繼續往前走，馬臉突然靠在我身上。他臉色蒼白。

「混帳，」他低語說，「我要吐了——」

神父已經來到耶穌被釘在十字架的那一站了。槌子敲打在撕裂肉體的釘子上。我幾乎能聽到人群伸長了脖子觀望時發出的嗡嗡低語。但是今天我感受不到他的痛苦。

「東尼——」馬臉靠在我身上作嘔。

我掙扎著扶起他沉重的身體。大家都回過頭來看著我扶著癱軟的馬臉穿過走道。佛羅倫斯離開座位來幫我，我們一起把馬臉拖到外頭。他在教堂的階梯上吐出來。

「他看著蠟燭太久。」佛羅倫斯說。

「對。」我回答。

馬臉虛弱地微笑。他抹去嘴唇上溫熱的嘔吐物，說：「幹，我下禮拜五要再試一次——」

我們勉強度過了最後一週的教義問答課。禁食與嚴格懺悔帶來的沮喪隨著四旬齋即將結束而越來越深沉。耶穌受難日那天，學校不上課。我跟媽媽和鄔蒂瑪一起去教堂。教堂裡所有聖人的雕像都被紫色的保護套蓋住。教堂裡擠滿了全身黑衣的婦女，所有人都堅忍地陪伴被釘在十字架上的耶穌，度過痛苦的三個小時。風在外頭吹襲，捲起沙塵遮蔽了陽光，鴿子則在鐘塔裡發出哀悼的叫聲。教堂裡的禱告聲，在彷彿要吞噬全世界的風暴中，像是被悶住的呼救聲。似乎沒有人可以給予任何安慰。當垂死的耶穌喊道：「我的神，我的神啊，你為何離棄我？」那刺痛人的話彷彿穿透我的心，讓我覺得自己孤單地迷失在一個垂死的宇宙裡。

耶穌受難日因為上帝之子死去，帶來徹底的絕望，而充滿著孤寂、沉重，與陰沉。

但是到了禮拜天早上，我們的精神都振奮起來。我們已經熬過了痛苦，現在令人欣喜的復活節就在眼前了。此外我們還可以期待我們在下午的第一次告解。那天早上，媽媽帶我去鎮上，幫我買了一件白襯衫，跟深色的長褲和外套。這是我生平第一套西裝，當我在店家的鏡子裡看到自己時，不禁微笑起來。我甚至還有了新鞋子。從頭到腳都是新的，遵照第一次聖餐禮該有的禮儀。

母親很興奮。我們從鎮上回來之後，她就不准我再去任何地方或做任何事。每五分鐘她就會瞄一次時鐘。她不希望我在告解時遲到。

「時間到了！」她終於喊道，然後親了我一下，送我蹦蹦跳跳地走上山羊小徑，來到橋頭，跟維他命小子比賽，輸掉，然後等著跟森謬一起走去教堂。

「你準備好了？」我問。他只是笑笑。到了教堂，所有小孩子都聚在階梯旁，等著神父叫我們。

「你過了嗎?」大家都問。「神父問你什麼?」他之前對每個人小考，要我們回答教義問答課上的問題，或背誦禱告辭。

「他問我一個上帝裡面有幾個人?」骨頭大叫。

「那你說?」

「四個!四個!四個!」骨頭喊道。然後他又猛力搖頭。「還是五個!我不知道!」

「那你也過了?」洛伊不屑地說。

「我穿了西裝了，不是嗎?」骨頭咆哮。任何人說他沒通過，他一定會跟他打架。

「好啦，好啦，你過了。」洛伊說，以避免跟他打架。

「他問你什麼，東尼?」

「我得背出使徒信條，然後說明每一個部分的意思，還要解釋爲什麼我們有原罪——」

「是嗎?!」「屌!」「幹!」

「狗屎!」馬臉把他剛剛在嚼的草吐出來。

「東尼只要想做就做得到。」佛羅倫斯替我說話。

「是啊，東尼對宗教跟這類玩意知道得比誰都多——」

「東尼一定會當神父!」

「嘿，我們來練習告解，讓東尼當神父!」厄尼吼叫。

「好啊！」馬臉昂首長嘯。骨頭齜牙咧嘴，用牙齒咬住我的褲腳。

「東尼當神父！東尼當神父！」他們開始唱和。

「不要，不要。」我哀求，但是他們把我團團包圍。厄尼脫下他的毛衣，披在我身上。「他的神父袍！」他大叫，其他人跟著做。他們紛紛脫下外套跟毛衣，把衣服綁在我的腰上跟脖子上。我四下張望想找人幫忙，但徒勞無功。

「東尼是神父！東尼是神父！耶耶耶！」他們圍著我唱歌跳舞。我覺得頭暈起來，那些外套的重量壓得我好重，讓我喘不過氣。

「好了！」我大叫，試圖安撫他們。「我當你們的神父！」我看著森謬。他已經轉身離開。

「耶！好耶！」一陣吼叫聲爆開來。連女生都靠近來觀望。

「向神父致敬！」洛伊慎重其事地說。

「要照規矩做！」艾格尼絲大叫。

「對！我先！要跟眞的一樣！」馬臉大叫，猛然在我面前跪下。

「大家安靜！」厄尼舉起雙手。他們全都靠過來，把跪下的馬臉跟我團團包圍。這堵人牆形成了一個封閉的空間，卻沒有提供告解室的私密。

「請賜福給我，神父——」馬臉說，但是當他專注要畫十字時，卻忘了該說的話。「請賜福給我，神父——」他絕望地重複。

「你犯了罪。」我說。圓圈內十分安靜。

「對。」他說。我記起了聽到納西索臨死前的告解。

「聽別人告解是不對的。」我說，瞄了一眼周圍期待的臉。

「繼續！」厄尼兇狠地說，朝我背上打了一拳。許多拳頭紛紛落在我頭上跟肩膀上。「繼續啊！」他們喊道。他們眞的想聽馬臉的告解。

「不過是玩遊戲而已啊！」瑞塔低聲說。

「你上次告解是多久以前了？」我問馬臉。

「我一直在告解，」他衝口而出，「打從我出生就開始！」

「你犯了什麼罪？」我問。我在那些沉重的外套下覺得又熱又難受。

「說你最嚴重的罪就好。」瑞塔催促著馬臉。「對！」其他人都同意。

馬臉很安靜地想著。他之前抓住我的一隻手，而現在正緊緊地握住，彷彿某種神聖的力量都透過這隻手傳給他，赦免他的罪。他的眼睛不斷轉動，然後他露出微笑，張開嘴。他的口氣很難聞。

「我知道了！我知道了！」他興奮地說。「有一天，韋麗特老師讓我上課時去上廁所，結果我在牆壁上用鐵釘鑽了一個洞！結果我就可以看到女生的廁所！我在那裡等了好久！然後一個女生過來，坐了下來，我就什麼都看到了！她的屁股！全部！我連她尿尿的聲音都聽得到！」他大叫。

「你好下流，馬臉！」瓊安驚呼。然後所有女生都害羞地面面相覷，咯咯竊笑。

「你犯了罪，」我對馬臉說。馬臉放開了我的手，手開始搓他的褲子前方。

「不只這樣！」他喊道。「我還看到一個老師！」

「不會吧！」

「眞的！眞的！」他搓得更用力了。

「誰？」一個女生問道。

「賀林頓老師！」所有人都大笑起來。賀林頓老師的體重大概有兩百磅。「好大好大——！」他大叫出來，顫抖地跌坐到地上。

「叫他贖罪！」女生們異口同聲地說，指著蒼白的馬臉。「馬臉，你好下流！」她們喊道，

「爲了贖罪，你要對聖母唸一遍《玫瑰經》，」我虛弱地說。我覺得不舒服。沉重的外套讓我冒汗，馬臉的告解和其他小孩子的行爲則讓我覺得反胃。我不曉得神父怎麼能承擔他聽到的所有罪惡的重擔。

他則哀鳴著，接受她們的指控。

……罪惡的重量會讓整個城鎭沉入金鯉魚的湖裡……

我尋找森謬。他不想加入這個遊戲。佛羅倫斯冷靜地接受我們玩這個褻瀆神的遊戲，但是反正他不在乎，他又不相信上帝。

「換我！換我！」骨頭大喊。他放開我的褲腳，在我面前跪下來。「我的罪比馬臉的更棒！賜福給我，神父！賜福給我，神父！賜福給我，神父！」他反覆地說。他一遍又一遍地畫十字。

「我有罪！我必須告解！我看到一個高中男生跟一個女生在藍湖旁的草地幹！」他露出驕傲的微笑，環顧四周。

「啊，我每天都在鐵路橋下看到他們。」維他命小子不屑地說。

「你是指什麼？」我問骨頭。

「就是全身光溜溜的！上上下下的！」他大喊。

「骨頭你騙人！」馬臉大吼。他不願意自己的罪被打敗。

「我才沒有騙人。」骨頭反駁。「我沒有騙人，神父，我沒有騙人！」他懇求道。

「你看到的是誰？」瑞塔問。

「賴瑞・薩茲跟那個她爸爸開加油站的啞巴法國女人——求求你神父，這是我犯的罪！我看到了！我要告解！」他很用力地捏著我的手。

「好了，骨頭，好啦，」我點頭，「這是你犯的罪。」

「讓我贖罪！」他咆哮。

「對聖母唸一遍《玫瑰經》。」我說，想藉此擺脫他。

「跟馬臉一樣？」他大吼。

「對。」

「但是我的罪比較大！」他怒吼，跳起來，撲向我的喉嚨。「啊——！」他把我往後撲倒，如果不是其他人把他拉開，他可能就要把我掐死了。

「你居然敢碰神父，再唸一遍《玫瑰經》！」我爲了保護自己而大叫，伸出一隻手指指責他。他便心滿意足地安靜下來。

「換佛羅倫斯！」亞柏喊道。

「不要，反正佛羅倫斯也不會過。」洛伊反對。

「練習已經夠了。」我說，想要脫掉那累贅的服裝，但是他們不放過我。

「亞柏說得沒錯，」厄尼深表同感地說，「佛羅倫斯需要練習！他沒有過就是因爲他沒有練習！」

「他沒有過是因爲他不相信神！」艾格妮絲奚落地說。

「他爲什麼不相信神？」瓊安問。

「我們來找出爲什麼！」「逼他說！」「幹！」

高大的佛羅倫斯正要逃開，卻被他們一把抓住，逼著在我面前跪下來。

「不要這樣！」我表示反對。

「讓他告解！」他們齊聲說。他們把他的手臂固定在後頭，讓他動彈不得。我向下望著他，試著讓他了解我們不如就從善如流地玩這個遊戲。這樣會比較輕鬆。

「你有什麼罪？」我問。

「我沒有任何罪。」佛羅倫斯輕聲說。

「你當然有，你這個王八蛋！」厄尼大吼，把佛羅倫斯的頭往後拉。

「你有罪。」亞柏附和道。

「大家都有罪！」艾格妮絲大叫。她幫忙厄尼把佛羅倫斯往後拉。佛羅倫斯想掙脫，但是他被馬臉、骨頭跟亞柏牢牢抓住。我試著拉開他們抓著他的手，想減輕我在他臉上看到的痛苦，但是那神父的服裝綁手綁腳，讓我幾乎無法做什麼。

「告訴我一項罪就好。」我懇求佛羅倫斯。他的臉現在跟我的臉很靠近，當他搖頭，再度告訴我他沒有罪時，我在他眼中看到一件讓人驚恐的眞相。他說的是實話！他眞的不相信他犯過任何違逆上帝的罪！「上帝啊！」我聽到自己驚呼。

「告解你的罪，否則你就要下地獄！」瑞塔喊道。她抓住他的金髮，幫厄尼跟艾格妮絲把他的頭扭過來。

「告解！告解！」他們大叫。然後佛羅倫斯突然猛力一挺身，大叫一聲，擺脫了折磨他的人。他其實高大健壯，但是由於他個性溫和，我們過去都低估了他的力氣。但現在兩個女生、厄尼，甚至是馬臉都像蒼蠅般被甩到一旁。

「我沒有罪！」他大吼，眼睛直視著我，挑戰著我這個神父。他的口氣就像鄔蒂瑪挑戰德納瑞爾，或納西索試圖拯救路比托時一樣。

「是上帝對我犯了罪！」他聲音如雷，我們全都被他吐出的褻瀆話語嚇得退避三舍。

「佛羅倫斯，」我聽到瓊安哀嗚，「不要說這種話——」

佛羅倫斯咧嘴而笑。「爲什麼？因爲這是事實嗎？」他質問。「因爲你拒絕看見事實？還是因爲你不願意接受我不相信你的謊言？我說上帝對我犯了罪，因爲他在我最需要父母時，把他們帶走，他還讓我的姊姊們變成妓女——他懲罰我們所有人，卻根本沒有合理的理由，東尼，」他的眼神刺穿我，「他帶走了納西索！爲什麼？納西索傷害過什麼人——」

「我們不應該聽他說話，」只有艾格妮絲有勇氣打斷佛羅倫斯，「我們得告解我們聽到這些話，結果神父一定會很生氣。」

「神父不讓佛羅倫斯過是對的，因爲他不信神！」瑞塔補充說。

「如果他根本不相信我們學的律法，那麼他根本不應該在這裡。」洛伊說。

「叫他贖罪！叫他請求上帝原諒他說了這些違逆上帝的話！」艾格妮絲堅持。他們現在都聚攏到我身後，我可以感覺到他們的存在，和他們熱燙尖刻的口氣。他們要我當他們的領導者，他們要我懲罰佛羅倫斯。

「給他很難的贖罪修行。」瑞塔不懷好意地說。

「叫他跪下來給我們打。」厄尼提議。

「對，把他揍一頓！」骨頭瘋狂地說。

「用石頭丟他！」

「揍他！」

「殺了他！」

他們圍在我身邊，朝佛羅倫斯逼近，眼中閃著光芒，想著他們要對不信上帝的人加諸什麼懲罰。就在這時候，恐懼消失了，我知道自己必須做什麼。我一回身，伸出雙手阻止他們。

「不行！」我大吼，「不會有懲罰，也不會有贖罪的苦行！他的罪被原諒了！」我轉身，畫了十字。「安靜離去吧，孩子。」我對佛羅倫斯說。

「不！」他們大叫，「不可以放他走！」

「叫他贖罪！這是規定！」

「懲罰他不信上帝！」

「我是神父！」我吼回去，「而我已經赦免了他的罪！」我面對著一群憤怒的小孩子，我可以看出他們報仇的渴望現在正針對著我。但是我不在乎。我覺得如釋重負。我爲我覺得對的事堅持立場，而我不覺得害怕。我想或許就是這樣的勇氣讓佛羅倫斯能說出他不信上帝。

「你眞是個爛神父，東尼！」艾格妮絲對我開火。

「我們不要你當我們的神父！」瑞塔跟著開口。

「懲罰神父！」他們吼道，然後他們像海浪般湧向我。他們全都撲到我身上，又抓又踢又拉那些外套，脫掉我身上的僧袍。我還手，但是毫無用處。他們人太多了。他們把我手腳打開，把我牢牢釘在地上。他們已經脫掉了我的襯衫，因此尖銳的石頭刺進我的背。

「給他印第安人的刑求！」有人喊道。

「好，印第安人刑求！」他們異口同聲地喊。

他們抓著我的手臂，馬臉跳到我的肚子上，井然有序地一拳拳捶向我的胸口。他用他銳利的指關節，每一拳都瞄準了我的肋骨。我又踢又扭，掙扎著想掙脫那不間斷的拳頭，但是他們把我抓得很牢，我無法擺脫他們。

「不！不！」我吼叫，但是拳頭如雨點落下。一次又一次落在我肋骨上的指關節的重擊，叫人難以承受，但是馬臉毫不留情，其他人的臉上也看不出一絲同情。

「上帝啊！」我喊，「上帝！」但是那刺痛的拳頭仍繼續落下。我不斷左右扭轉著頭，試著又踢又咬，但還是無法掙脫。最後我咬住嘴唇，不讓自己哭出來，但是我的眼睛還是充滿了淚水。他們大笑著，指著馬臉揍我的胸口上顯現的紅腫痕跡。

「他活該，」我聽到有人說，「他放走了罪人——」

然後，在經過像是永恆一樣漫長的折磨後，他們放開了我。神父在教堂階梯上叫喚，所以他們都跑去準備告解。我慢慢站起來，揉揉我胸口的瘀青。佛羅倫斯把我的襯衫跟外套遞給我。

「你應該叫我贖罪懺悔的。」他說。

「你不需要贖罪。」我回答。我擦了一下眼睛，搖搖頭。我體內的一切似乎都鬆脫分離了。

「你要去告解嗎？」他問。

「要。」我說，一邊扣上襯衫鈕子。

「你永遠都不可能成爲他們的神父。」他說。

我望著教堂敞開的門。風中有一種寧靜，而明亮的陽光讓一切都顯得赤裸嚴峻。最後幾個小孩子走進教堂，門關了起來。

「確實是，」我點頭。「你要去告解嗎？」我問他。

「不。」他喃喃說。「就像我說的，我只是想跟你們大家在一起——我沒辦法把上帝吃下去。」他補了一句。

「我非去不可。」我低語。我跑上階梯，進入散發霉味的昏暗教堂裡。我在聖水盆前跪下來，沾溼指尖，在身上畫了十字。告解室的兩邊已經形成了兩列隊伍，小孩子都很規矩很安靜。每個人都低頭站著，準備對拜恩斯神父懺悔自己所有的罪。我安靜地繞過後面的座椅，來到一列隊伍的尾端。我再度畫了十字，開始念我的祈禱詞。每一個孩子告解完，隊伍就魚貫前進。我閉上眼睛，試著不因爲周圍的任何事物分心。我努力想起我犯過的所有罪，並儘可能唸出我記得的所有禱告辭。我一遍又一遍地祈求上帝原諒我的罪。在等待許久之後，排在我前面的艾格妮絲終於從告解室出來。她拉起帘子，讓我走進去。然後她讓帘子落下來，四周就變得一片漆黑。我在粗糙的木板上跪下來，靠在那小窗戶旁。我禱告。我可以聽到另一邊的告解室傳來的低語。我的眼睛逐漸適應了昏暗的光線，而看到一個小十字架釘在窗戶邊上。我親吻了垂下的耶穌的腳。懺悔室充滿著古老木頭的氣味。我想到在這黑暗狹窄的空間裡被吐露的成千上萬的罪。

我的思緒突然被打斷。那窗戶上的小木門在我眼前滑開，我在黑暗中辨識出拜恩斯神父的頭。他閉著眼睛，頭向前低著。他喃喃地用拉丁語說了什麼，然後把手放在額頭上，等著。

我畫了十字，然後說：「神父，請原諒我，因爲我有罪。」然後對他做了第一次告解。

19

復活節。空氣清爽乾淨，有著復活日的白色新床單的氣味。耶穌復活了！他在地獄裡行走了三天，而在第三天，他復活了，坐在上帝的右手上，那全能的父，天地萬物的創造者——

兩列隊伍從教堂階梯上延伸到街上。女孩子的那一列很整齊，她們穿著漿過的白洋裝，每雙手都拿著一本白色的祈禱書跟一串念珠，就像天使一樣。男孩子的隊伍則歪七扭八，焦躁不安。我們扯著領帶，拉著太過合身的外套。我們的手掌上沒有禱告書或念珠。驕傲的父母們在我們周圍相互微笑，等著神父開門。不時就會有媽媽走到隊伍旁，幫某個緊張的孩子拉拉這裡，整整那裡。

在我身後，馬臉對著耶穌的乾淨空氣嘶鳴。

骨頭喝斥他，而負責讓我們排好隊的一個高中團契女孩子用力打了一下他的頭。

——耶穌會來審判所有生者與死者——

我知道。

「你的贖罪苦行是什麼?」馬臉問洛伊。

「不能告訴別人。」洛伊不屑地回答。

「骨頭拿到一整串念珠!」

大家都大笑起來。「噓!」那個高中女生說。

「嘿!佛羅倫斯在那邊!」佛羅倫斯靠牆站著,沐浴在正讓早晨空氣暖和起來的陽光下。

「他會下地獄。」瑞塔在我旁邊低語,艾格妮絲點頭同意。

「喔,喔,喔,哈。」馬臉一聽到地獄就緊張地哼哼哈哈。他大大的牙齒用力嚼著,一團白色的口水在他嘴巴邊緣浮現。空氣中瀰漫剛割下來的乾草的氣味。

在高高的鐘塔上,鴿子們蹦蹦跳跳,互相閃避,唱著柔和的咕咕歌聲。耶穌復活了。他在聖餐杯裡等著我們。

「我聽到瑞塔的告解。」亞柏炫耀道。

「你騙人!」瑞塔怒吼駁斥。

「啊,啊,你的靈魂上有污點。」洛伊說,對她搖著手指。

「噓!」那個高中女生警告我們。她又打了骨頭一下。她打得很用力,因爲我聽到她的指關節跟他的頭骨撞擊的聲響,還有她感覺到痛的驚叫。

「門要開了！」有人低語。拜恩斯神父站在門口，微笑著，端詳著他的信眾。家長們回應他的微笑。他們很滿意他把我們教得這麼好。我轉過頭，看著我的父親、母親，跟鄔蒂瑪。然後隊伍開始往前移動。

「不要忘記該怎麼做！」那個高中女生威脅我們。

「不要把上帝掉在地上了！」骨頭在走過時自動自發地發表意見，於是她又打了他一下。

我們被指示要小心地伸出舌頭接住聖體，然後立刻吞下去。從聖體離開聖杯，到進入我們的嘴裡，這當中不可以弄掉了其中任何一部分。

「不要咬到上帝，」馬臉低聲說。

小心地把祂吞下去，不要咀嚼。我想著上帝進入馬臉惡臭的嘴裡時，不曉得有什麼感覺。唱詩班在上頭唱著。兩列隊伍安靜地穿過走道，分散到前面幾排長椅入座。拜恩斯神父走上祭壇，祭壇鐘聲響起，彌撒開始。整場彌撒中我都在禱告。我回想起昨天的告解，想到揭露自己的想法帶給我的五味雜陳的感覺。但是我什麼都說了，所有我認爲是罪的事情。我已經徹底地洗滌了自己，準備好讓上帝進入我的身體。告解之後我只跟鄔蒂瑪和母親說過話。我一直讓自己保持純潔。

在祭壇上，神父開始儀式，將麵包變成聖體，將葡萄酒變成聖血。復活的耶穌的血與肉。很快祂就會在我身邊，在我裡面，而祂就會回答我想問的所有問題。

祭壇鐘聲叮噹響起，於是我們都跪下來。我們低下頭，用右手拳頭輕輕搥打我們的心口，說著我們相信在我們眼前發生的神蹟。

「裡面現在是血了，」當神父舉起裝葡萄酒的聖杯時，亞柏低聲說。他單薄的聲音神祕地跟響亮的祭壇鐘聲混在一起。我偷瞥一眼，看到聖杯被高高舉起，向著鴿子的咕咕聲，向著神祕的天空。

「啊——」馬臉朝地上吐了口痰，「血——」路比托的血，納西索的血，蜿蜒漫流在河邊，在亞諾的山丘間哭泣……

「佛羅倫斯說那是葡萄酒，神父喝那個是因爲他是酒鬼。」骨頭補充說。

我又看了一眼，看到他高高舉起的那片扁而圓的麵包。那片薄薄的餅正在變成上帝，變成肉體。

「……麵包成爲肉體……」

「肉。」骨頭咕噥。

「不是，骨頭，不是肉！」我點頭。我無法了解，那祕密要離我而去了！我緊閉上眼睛，祈求原諒。

「時間到了——」

「什麼？」

「時間到了，神父在等我們了！」

「幹！」

我張開眼睛，站起來。我的心臟狂跳。我準備好了嗎？我們笨拙地跪在欄杆前，將我們的手伸進覆蓋在上方的白布底下。神父在欄杆的那一頭。女生們先領聖餐。所以我還有時間禱告。

喔，我的上帝啊，我爲我所有的罪懺悔，「因爲他們冒犯了您，上帝，您是一切善而應得崇敬⋯」

「噓！」那個高中女生說。

我們安靜地等著。然後神父來到我們這邊。女生們已經排隊走回他們的位子。那個輔祭男童把金色大盤子端在每個人的下巴下，神父用拉丁文喃喃唸著什麼，然後把聖體放在每個人的舌頭上。他走得很快。

「啊——」我從眼角看到骨頭跳起來，一隻手指伸進他的嘴裡。聖體黏在他嘴裡的頂端。他努力地要用手指把上帝挖下來，鬆開祂，然後上帝又卡到他的喉嚨。

接著，突然間，神父已經來到我面前。我瞥見那小小的白色餅，復活的耶穌，然後我閉上眼睛，感覺聖體被放在我的舌頭上。我欣喜地接受祂，將祂吞下。終於！我用溫熱的口水淹過那片有點黏的餅，將他吞下。上帝。現在我將知道所有答案了！我低下頭，等著祂對我說話！

「東尼！東尼！」

「是！」我回答。

「往前走，往前走！」是小子在戳我。「隊伍要往前移動！」

骨頭從我旁邊走過，還在用手指挖他的嘴。我拖住了隊伍，讓他們搞不清楚怎麼回事。我趕緊趕上腳步。我們排隊走回座位，跪下來。

「上帝——」我低語，仍舊找尋著上帝的聲音。

「你這蠢蛋，」厄尼戳我，「你把大家都搞亂了！」

「該死！我差點噎死！」骨頭眼淚汪汪地哀叫。

我閉上眼睛，試著專心。我才剛吞下祂，祂必定就在裡面！有一刻，在祭壇的欄杆前，我覺得我好像感覺到祂的溫暖，但是之後一切都動得好快。我沒有時間坐下來發現祂，就像我坐在溪邊看著那金鯉魚在隔絕陽光的水底游過時，所能做的一樣。

上帝！爲什麼路比托會死？

爲什麼你容許德瑞曼迪納家人的惡行？

爲什麼你容許行善的納西索被謀殺？

爲什麼你要懲罰佛羅倫斯？爲什麼他不信神？

金鯉魚會統治世界嗎——？

一千個問題在我腦中紛紛浮現，但是我心底的那個聲音並沒有回答。只有一片沉默。或許我準備得不對。我睜開眼睛。祭壇上，神父正在清理聖杯跟盤子。彌撒結束了，轉瞬即逝的祕密已經消失。

「你有感覺到什麼嗎？」我急切地問洛伊，緊抓著他的手臂。

「我覺得好餓。」洛伊回答。

我也因爲早上禁食而肚子發出咕嚕聲，因此我只是點點頭。我四下張望，想看看有誰的臉上和眼睛裡有我沒得到的答案。但是什麼都沒有，大家只是急著要回家去吃早餐。

我們都站了起來，神父在對我們說話。他在說關於身爲基督徒的一些事，還有我們有責任去提醒父母記得每個禮拜天捐獻，這樣才能蓋新的校舍，讓修女們來教我們。

我再度呼喚在我體內的上帝，但是裡頭沒有任何答案。只有一片空虛。我轉過頭，看著聖母的雕像。她微笑著，張開的雙臂赦免所有人。

「去吧，福音已傳給你們。」神父用拉丁文說。

「蒙神庇佑。」唱詩班唱道回應，然後大家站起來離開。

結束了。

20

復活節過後，我每周六都去告解，禮拜天則去領聖餐，但是我並不覺得滿足。我這麼渴望尋找的上帝並不在那裡，我期盼獲得的理解也不在那裡。春天邪惡的血液讓我們體內充滿渴望與騷動，而來自亞洛斯的男孩子跟來自城裡的男孩子彼此對立，經常打群架。既然我不是來自鐵軌那邊的亞洛斯，也不是來自城裡，就經常左右爲難，兩面不是人。

「這都是長大必經的過程，安東尼。」我某天放學後留下來幫忙韋麗特老師時，她告訴我。

「長大有時候眞的很不容易。」我說。她微笑。「下學期開始時，我會過來看你。」我對她說。

「那我會很高興。」她說著，摸摸我的頭。「你今年夏天要做什麼——」

我想告訴我，我在找尋某種東西，但是有時候我根本不知道我要找什麼。我會去看那條金鯉魚，但是我不能告訴她這件事。「玩，」我回答，「釣魚，照顧我的動物，還有去港口村跟我舅舅學種田——」

「你想成爲農夫嗎？」她問。我眞的很不想離開她，但是我聽到外面傳來學生們準備離開的吵鬧聲。我得回家了。

「我不知道，」我說，「我也是我必須了解自己的一點。我有好多夢想要實現，但是鄔蒂瑪說一個人的命運必須像花一樣綻放，只有太陽、土地，跟水能讓它綻放，其他人都不能插手——」

「她一定是個很有智慧的女人——」韋麗特老師說。我看著她，發現她累了，而且好像老了些。或許我們都老了些。

「是。」我說。「那再見了。」

「再見。」她微笑，對著我的背影揮手。

我猛力狂奔，因此跑到橋頭時已經精疲力竭。我的肺漲滿了清爽的空氣，感覺就要爆炸，心臟也狂跳不已，但我還是敢放聲對小子挑釁。

「比——賽……」我大吼。他跟艾達走在一起。我從來沒有看過維他命小子正常走路，但是他就在眼前，跟艾達並肩走著，正要過橋。我衝過他身邊，再度吼叫挑戰他。我把所有力氣投入到這次比賽裡，我拚命狂奔，但是小子始終沒有超過我。我到達橋的另一頭，轉過身往回看。我從迷濛的眼中看到小子跟艾達仍舊並肩走在橋上！安德魯說有一天我一定會打敗小鬼，比他先跑到橋的另一頭，我記得。但是這樣的勝利一點都不甜美，我反而覺得某種美好的東西已經結束了。

學期結束似乎讓我鬆了口氣。我有比較多時間可以跟鄔蒂瑪在一起，而她的陪伴總帶給我很大的安慰與平靜。這已經遠超過我能在教堂裡，或在學校裡跟同學在一起時所能得到的。亞諾荒原已經隨著春天來臨而充滿生氣，走在山丘上，看著新生的生命扎根成長或綠油油得甦醒過來，就讓我覺得受到安慰。但即使在這樣新生的季節，在這山丘裡，還是有些不祥的徵兆。我們在圍繞房子的杜松子樹旁找到足跡。我問鄔蒂瑪，她笑著說那只是有人出來獵兔子的痕跡，但是我看到她仔細研究那些腳印，然後折下一根乾枯的杜松子樹枝，用沙子抹去腳印。而在晚上我也聽到那貓頭鷹尖叫示警，不是我們已經很習慣的充滿韻律的歌聲，而是警告的叫聲。

「那是德納瑞爾。」我說。

「嘖，別為那頭野狼自尋煩惱。」她笑道。

但是我聽到大人之間議論紛紛，說德納瑞爾的第二個女兒病得很重，可能撐不過這個夏天，而我也記得他的威脅。另外還有傳言說黑水農場發生了邪惡的事。有人對黑水農場上的某個人下了詛咒，而那個人認識父親，也知道鄔蒂瑪的能力，因此他前來求助。

「你都好嗎，德耶茲？」父親用擁抱迎接這個消瘦而歷經風霜的男人。

「啊，葛柏瑞．瑪瑞茲，」那灰白憔悴的臉露出虛弱的微笑，「看到老夥伴，一個老牛仔，眞讓我心情舒坦——」

他們互相攬著肩膀走進屋裡，然後那個叫德耶茲的男人跟我媽媽與鄔蒂瑪打招呼。客套話並沒有持續多久，我們都知道他是來拜託鄔蒂瑪幫忙。我爸爸會很樂意幫助他的任何一個老朋友，現在唯一的問題是不知道我媽媽是否會讓鄔蒂瑪去幫忙。自從德納瑞爾跟他帶領的暴民那次來過之後，我媽媽就一直很擔心鄔蒂瑪的安危，之後也一直不讓鄔蒂瑪再去幫忙任何人。

「大家都不知感激，」她說，「他們都要找她幫忙，但是等長者冒著自己的生命危險幫了他們以後，他們又說她是巫婆！我們犯不著跟那種人打交道！」

但此刻我們都專注地聽著這男人敘述籠罩著他生活的恐怖事件。

「我可以在全能的上帝面前發誓，」德耶茲的聲音因恐懼而顫抖碎裂，「發生在我家人身上的很多事都一定是惡魔所為！」

「萬福無玷瑪利亞！」我媽媽驚呼，並在額頭上畫了個十字。

「鍋碗瓢盆都飛到空中，砸在牆上！我們根本沒辦法吃飯！倒滿熱油的平底鍋把我的一個孩子嚴重燙傷！昨天早上，我伸手去拿咖啡壺，結果咖啡壺跳起來，把滾燙的咖啡都灑在我身上。」他捲起袖子，給我們看他上手臂燙傷起水泡的粉紅皮膚。

「德耶茲，」父親鎮定地說，「想像力——」

「想像！」德耶茲譏諷地大笑，「這可不是想像出來的！」他再度指著那隻手臂。「這不是意外，」他堅持道，「而且我也沒有喝酒！」

「或許是有人存心不良的惡作劇，有人跟你有過節。」我爸爸懷疑地問道。

「葛柏瑞，黑水農場上都是好人。你也知道的！誰會做出這麼過分的惡作劇？而且誰能讓石頭從空中落下來？」

「石頭從空中落下來？」母親倒吸一口氣。

「沒錯！白天晚上都會，沒有任何理由，好多石頭就落下來砸在屋子上！爲什麼？這是怎麼做到的？我眞的想破腦袋也想不出來！這一定是惡魔的所作所爲——」德耶茲呻吟。

「你要勇敢。」父親說，同時伸出手，放在德耶茲的肩膀上。

「我小時候也看過港口村受到這樣的詛咒，」母親點頭，「碗盤會自己移動，聖人的雕像被在豬圈跟屋外茅廁裡發現，還有石頭像下雨一樣落在屋子上——」

「對，對，」德耶茲同意地點頭。他知道只要母親相信，他就能得到鄔蒂瑪的幫助。

「後來神父用聖水爲房子賜福後，詛咒就消失了——」她還來不及說完。

「啊，女人，」德耶茲埋怨，「你以爲我的好太太不這樣想嗎？凡恩村的神父已經來過家裡，對整棟房子賜福過，但是一點用都沒有。現在他也不肯再來了。他說沒有任何魔鬼可以抵擋聖水的賜福，所以這一定是我們在編故事。編故事——」他點點頭，苦笑起來。「這種故事！我們沒辦法吃，沒辦法睡。我的孩子像行屍走肉一般，那惡靈讓他們一舉一動有如鬼魂，那個神父還說是我們在編故事！我眞得受不了了——」他雙手抱頭，哭了起來。

所以神父的力量再度失敗了，我心想。爲什麼上帝的力量無法抵擋糾纏德耶茲家的惡魔？爲什麼這樣的事被容許持續下去？

「我能做什麼?」父親問，試圖安慰這可憐的人。

「你跟我來，親眼看看我講的事。我需要有人相信!」德耶茲喊道，因為父親的詢問而有了點信心。

「我跟你去。」父親點頭。

「啊，太謝謝你了!」德耶茲站起來擁抱父親。

他們立刻就離開，而我父親一直到當天晚上很晚的時候才回來。我看到貨車的燈光在山羊小徑上顛簸起伏，便跑出去迎接他，但他從貨車上下來時並沒有跟我打招呼，事實上，他似乎根本沒有看到我。他僵硬地走進屋子裡，睜大的眼睛瞪著前方。他看起來非常疲累。

「葛柏瑞。」母親說，但是他沒有回答。他在自己的椅子上坐下來，看著前方，彷彿在凝視一個夢境，直到他拿起鄔蒂瑪放在他手中的熱咖啡，喝了長長的一口，才終於開口。

「一開始我不相信德耶茲，」他低聲說，「我向來不相信神靈之說，不論是善靈或惡靈，但是——」這時他轉過來，看著我們，彷彿他正回到現實世界裡，他的眼睛明亮而迷濛，「但是我看到了德耶茲說的東西。我到現在還是無法相信——」他的頭垂到胸口。

「萬福無玷瑪利亞!」母親驚叫，然後她轉身，去客廳禱告。我們則在廚房裡等著。

「那農場上到底發生了什麼事?」父親問。他沒有看著鄔蒂瑪，但是他顯然希望她能說出一點為什麼。

「那裡被下了詛咒。」她只簡單地說。

「就像路卡舅舅一樣？」我問。我已經在想她這次會不會帶我一起去幫忙。

「不，」她對父親說，「這個詛咒不是針對某一個人，而是對遊魂，鬼魂。在屋子裡作祟的是那個鬼魂——」

「我不懂。」父親說。他抬起頭困惑地看著她。

「很久以前，」她娓娓道來，「黑水農場的這片亞諾土地是屬於科曼奇印第安人的。後來專門跟科曼奇人交易的墨西哥人後裔，科曼奇商人[12]出現，接著飼養牲畜的墨西哥人也來了——很多年前，三個科曼奇印第安人突襲搶奪了一個墨西哥人的牲畜，而這個人就是德耶茲的爺爺。這個德耶茲找來了其他墨西哥人，一起將那三個印第安人吊死。他們讓屍體吊在一棵樹上，沒有按照他們的習俗將他們埋葬。結果那三個靈魂就被留在那座農場裡飄蕩。下這個詛咒的女巫們知道這件事，所以她們不對這個家裡的任何人下詛咒，以免被抓到，而只是喚醒了那三個印第安人的鬼魂，強迫他們去爲非作歹。這三個飽受折磨的鬼魂也不該被責怪，它們只是受到女巫的操縱——」

「眞叫人難以相信。」父親說。

「是啊。」鄔蒂瑪同意道。

「可以阻止它們嗎？」父親問。

「當然可以，」鄔蒂瑪微笑，「所有邪惡的事都可以被阻止。」

就在此時，母親結束了對聖母的禱告進來。「德耶茲是你的朋友。」她對父親說。

「當然，」父親回答，「我們一起在亞諾草原上長大的，彼此都把對方當成兄弟——」

「而他需要幫忙。」她說，一步步循著非常單純的思路，讓我們所有人都能聽到。

「他此時比任何人都需要幫助。」父親說。

「好，那我們就必須盡力幫他。」她下定決心地說。她就要轉向鄔蒂瑪，但父親示意她安靜。他站起來，走到鄔蒂瑪面前。

「你願意幫助這可憐的一家人，幫助我的朋友嗎？」他問。

「你知道插手別人命運的法則。」鄔蒂瑪說。

「我知道。」父親說。「我一直努力過自己的生活，也尊重別人，讓別人過他們的生活。但是我覺得我非為我的朋友做這件事不可，所以就讓環環相扣的命運的惡果降臨在我頭上吧。」

「我們在明天日出時出發。」鄔蒂瑪說。

我被准許跟去，因此第二天一大早我們就坐進父親的貨車，往西南方駛去。我們沿著通往草原村的路走，但半途就離開了有鋪面的馬路，往南轉進亞諾荒原上的一條泥土路。亞諾荒原在清晨顯得很美麗，在八月盛夏的陽光將它烤乾之前都很美麗。牧豆樹叢一片綠意，連短劍般的王蘭都冒出了開滿白色吊鐘型花朵的綠色長梗，顯得莊嚴華貴。長耳大野兔在貨車接近時，從濃蔭密佈的灌木林衝出來，跳進點綴著深色杜松子樹的起伏山丘中。太陽在清澈蔚藍的天空中變得白亮

12 Comancheros，指新墨西哥州東北部和德州西部地區，用衣服工具、麵粉、菸草等，與印第安遊牧民族，尤其是科曼奇民族交換牲口、獸皮和奴隸的墨西哥人後裔。

火熱。實在很難相信在這樣開闊的美麗曠野中，飄蕩著三個被迫為非作歹的靈魂。

我們三個人在灰濛濛的清晨出門，之後都一直保持沉默。但是此刻這遼闊美麗的亞諾草原充滿了我們的心，讓我們暫時忘記了眼前等待的陌生的，不祥的工作。

「啊，沒有任何自由比得上亞諾的自由！」父親說，深深吸進那新鮮乾淨的空氣。

「也沒有任何地方像這片土地這樣美麗。」鄔蒂瑪說。他們看著對方，微笑起來，於是我明白我是從這兩人身上學會愛上這片遼闊自由土地的神奇美麗。我從母親身上學到男人是泥土做的，他泥土做的雙腳就屬於餵養他的土地，而這樣難分難解的關係讓男人了解了安全與穩定。男人在土地上種作，才能了解生育的奇蹟，而願意為他的家人提供一個家，並建造一座教堂，來維繫他的信仰，以及被拘束在他的肉體裡、他的泥土軀殼裡的靈魂。但從父親跟鄔蒂瑪身上，我學到，更大的永恆是在於人的自由，而最能滋養那種自由的，莫過於遼闊無止盡的土地與空氣，和那純白無瑕的天空。我很害怕地想到有一天我可能無法再走在亞諾荒原上，像飄浮在天空中的老鷹那樣自由、永恆、不受限制。

「這裡有一種力量，可以讓人充滿了滿足感。」父親說。

「這裡還有一種信念，」鄔蒂瑪也說，「相信自然的存在、演變、成長有其道理——」

但我心想，這裡也有黑暗神祕的過去，曾經居住在這裡的人的過去，他們的痕跡就留在今天顯現的魔法裡。

我們陷入各自的思緒裡，顛簸地沿著沙土路前進。這條路有時候會模糊不清，像是放牛吃草的小徑。我迷失在遼闊的天地間，但父親知道要往哪裡去。飽受騷擾的德耶茲家的屋子就依偎在我們眼前一座山丘的山腳下。那是一棟簡單的泥磚農舍，矮矮地蹲踞著，貼近美好的泥土，生了鏽的鐵皮屋頂幫它遮蔽熾熱的陽光。房子的一邊是畜欄。

「那就是他家。」父親宣佈。他把車開到畜欄旁，停下來。德耶茲跑了過來。

「感謝神啊，你們來了！」他大喊。他相信鄔蒂瑪的力量，也知道這是他最後能尋求的幫助了。他握住鄔蒂瑪的手親吻，然後興奮地帶領我們走進屋裡。在我們進去時，一個瘦削虛弱的女人跟幾個小孩子畏縮地靠到牆邊。「沒事，沒事，」德耶茲安撫地說道，「長者來幫我們了。」那個雙眼燒灼得火紅的女人直到這時才上前來迎接鄔蒂瑪。「長者。」她簡單地說，並親吻了她的手。

「朵瑞提亞・德耶茲。」鄔蒂瑪跟那個女人打招呼。

「最近日子眞的很難過，」德耶茲的太太低聲說，「我很抱歉我沒有任何吃的或喝的可以招待您——」她聲音哽咽起來，而走到餐桌前坐下來，把頭放在那粗糙的木板上，哭了起來。

「自從那邪惡的東西來了之後，」德耶茲激憤地揮舞雙手，「就一直是這樣——」

就在他說話時，一件怪事發生。一片雲飄到我們頭頂，讓整棟屋子變得昏暗。德耶茲抬頭看，然後大叫：「它來了！它來了！」

「奉神之名啊！」他的太太呻吟道。她在胸前畫了十字，雙膝跪地。

幾分鐘前，天空還萬里無雲，但此刻在陰暗空線中，我們看著彼此，覺得對方都像是黑暗的幽靈。父親要走到門邊，但德耶茲跳起來擋在他面前，大吼：「不行！不要出去！魔鬼就在外面！」

然後那敲打聲就開始了。黑暗已經讓我驚恐不已，現在那屋頂上詭異的敲打聲更讓我不由得去尋找鄔蒂瑪的手。她靜靜地站著，傾聽把我們嚇得文風不動的惡魔的轟炸聲。我們被那震耳欲聾的邪惡噪音嚇住，成爲它的囚犯。小孩子們都擠到他們的母親身邊，但他們沒有哭。他們似乎已經習慣了這惡魔敲打屋頂的聲音。

「耶穌、瑪利亞與約瑟！」父親喊道，並在額頭上畫了十字。

「啊，」德耶茲哀嘆，「這是惡魔在我的屋頂上跳舞——」他的身體隨著那恐怖鼓聲的升高而更加扭曲。但是就像來時一樣突然，那噪音停止了，黑暗的雲也消失了。父親跑出門外，我們都跟著出去。

雖然叫人難以置信，但我們跨出門外時，眼前就是我們剛剛看到的那完全寧靜的景象。亞諾如此安靜，我甚至可以聽到草叢裡蚱蜢與蟋蟀的低鳴聲。

「這些石頭，」父親喃喃自語，「我們來的時候沒有的——」他指著躺在房子周圍，甜瓜大小的石頭。這就是敲在屋頂上的東西！但是它們是從哪裡來的？我們抬頭看，天上沒有一片雲朵。

「叫人難以相信，」父親搖頭說著，「那片雲只遮住這棟屋子，那些石頭也只落在這片屋頂上——」就在他說話時，之前擠在母親身邊的那兩個男孩子出來到外面。他們不說一句話，便開始把石頭撿起來，拿到旁邊的畜欄去。那裡已經有一堆石頭。

「我們把惡魔的傑作堆到畜欄裡。」德耶茲說。「這已經是第三次有石頭掉下來了——」

「但它們是從哪裡來的？」父親喊道，「還有怎麼可能呢？」德耶茲只是聳聳肩。「你已經在房子周圍都搜過了？還有山裡？」德耶茲點頭。「我的天哪！」父親戰慄起來。

「我告訴你，這是魔鬼的作爲。」德耶茲喃喃地說。

之前一直在我們旁邊靜靜站著的鄔蒂瑪回答了他。「這是人的作爲，」她說。「不過我們不要浪費時間，讓鬼魂變得更強大。葛柏瑞，我要你在這裡架起一座平台。」她指著地上，標示出四個點。「在這些地方打洞。用在畜欄裡的那些杉木架台子，要這麼高。」她把手舉到她的頭頂。「在平台上疊上很多杜松子樹枝。砍多一點樹枝，因爲我們可能要燒很久。叫安東尼去砍，他知道那種樹的力量——」然後她便轉身帶著那一家人回去屋子裡。之後我們很久都沒再看到她。

父親在工具棚裡找到一把斧頭，交給了我。我便到山裡去，開始砍杜松子樹枝。我儘可能撿拾死掉乾枯的樹枝，因爲鄔蒂瑪說這些樹枝是要拿來燒的。但是當我必須砍還活著的樹時，我都會先跟樹說話，請求它給予我它所擁有的效力，因爲鄔蒂瑪教過我對所有活的植物都要如此。我把樹枝拖到父親在蓋平台的地方。他挖了四個洞，把杉木插進裡面。「你看，」他說，「這形狀不是正方形，而是長的，就像上面可以放一具棺材一樣。」他用鐵線把橫跨柱子之間的橫木牢牢綁在柱子頂端，然後我們在平台上放上杜松子樹枝做的屋頂。做完之後我們坐下來休息，看著我們樹立起來的祭壇。

這一天很漫長。我們沒有帶食物來，所以我們只能喝井裡的水，那水喝起來有鹹味。「所以他們才把這裡叫做黑水農場。」父親解釋。我心想，流在這片土地下方的水不知道是不是連接到我們鎮上地底下的水，連到那條金鯉魚所在的水。

「眞是詭異，這農場周圍都沒有動物，」父親說。「動物都能感覺到這邪惡的事，而躲得遠遠的——就像我們都不敢靠近那些邪惡的石頭。」他指向畜欄裡的那堆石頭。「我們今天看到的事眞是不可思議。」他做出結論。

「還好有鄔蒂瑪能爲我們解釋。」我對他說，但他只是聳聳肩。我們等著。一陣奇異的歌聲，低低吟唱的歌聲從屋裡傳出來，整天不停。終於，當昏黃來臨，夜鷹跟蝙蝠開始在四周飛舞，而西沉的太陽也從橘紅轉爲灰暗時，鄔蒂瑪從屋子的前門走了出來。她很快走到平台前。

「你們做得很好。」她說，並將三個包裹放在平台下。「把這些包裹放在平台上，放火燒掉。」她下令，然後往後退。父親拿起頭一個包裹，驚訝地發現很沉重。鄔蒂瑪一個人就拿出這三個包裹，但他卻得用盡力氣才能把它們抬起來，放到平台上。鄔蒂瑪雙臂交叉地站在那裡，安靜地看著父親工作時。此外還有一個奇怪的地方。她站著的樣子，腰上綁著的那條明亮的帶子，還有落在她背後的那兩條光亮的辮子，讓我覺得她彷彿是在某個遙遠的過去進行這個儀式。

父親拿起一束乾燥的蛇草，在上頭劃了一根火柴點燃，當成火種，點燃整個高臺。那火焰一開始發出茲茲聲，似乎就要熄滅，但當它找到比較乾的樹枝，便發出絲絲聲響，接著劈啪作響，變成一團黃色的火球咻地竄起。乾燥樹木的香味本來有些尖銳刺鼻，但是當綠色的樹枝著了火，那長青樹的甜膩氣味便充滿了空氣中。

「繼續添柴，讓火持續燒，直到我回來。」鄔蒂瑪下令，然後回頭，走回屋裡。我們在平台下疊起樹枝，並讓火持續燃燒。很快地，連杉木柱子都開始燒了起來。他們劈趴的聲響和甜美的氣味充滿了夜空。那火不知爲何似乎驅散了我們在那石頭雨後感覺到的陰鬱神祕。

「我們在燒的是什麼東西？」我問父親，同時看著那地獄之火把包裹包圍起來。

「我不知道，」父親回答，「這一切都好怪異。父親有一次跟我說過亞諾荒原上最早的移民，科曼奇商人的故事，以及他們如何從印第安人那裡學到他們的葬禮儀式。他們不像我們一樣把死者埋葬起來，而是搭建一座這樣的高臺，把屍體火化。那是他們生活方式的一部分——」

他暫停了下來，於是我問，「所以這些是——」但是我還沒說完，他就說：「我不知道，但是如果這可以幫助德耶茲擺脫那些邪惡的東西，我們又憑什麼質疑古老的方式——」

在黑夜中，我們聽到一隻貓頭鷹在唱歌。那是鄔蒂瑪的貓頭鷹。這似乎是我們這一整天以來，在這農場周圍第一次感受到生命的跡象，這讓我們精神爲之一振。伴隨著貓頭鷹的叫聲，天落石頭的記憶不知爲何就逐漸消退了，而之前令人驚恐，難以解釋的一切，也變得好遙遠。我放眼尋找畜欄裡的那堆石頭，但是我看不到。或許是明亮的火光讓我們周圍的一切都變得很暗。

「小心！」父親喊道。我轉身，往後跳開，平台的頂端就在此時崩塌到下方的灰燼上。火星在夜空中形成一朵花。本來支撐著平台的四根柱子仍繼續像火把般燃燒著，每一根代表著一個風向。我們把剩下的杜松子樹枝丟進火裡。平台跟那三個包裹已經都燒成了白色灰燼。

「你們兩個真是好工人。」郞蒂瑪說。我們沒有聽到她的腳步聲，都被她的出現嚇了一跳。我走到她身邊，握住她的手。她身上散發焚香的甜味。「好了。」她說。

「很好。」父親回答，擦了擦手。

「你知道，葛柏瑞，」她對父親說，「我老了。或許以後你可以給我這麼好的葬禮——」她望著逐漸熄滅的火，微笑道。我看得出來她非常疲累。

「這是回歸土地的好方法。」父親同意。「我想我也會很討厭被關在潮溼的棺材裡。這樣子靈魂可以直接上升到亞諾的風裡，灰燼也會很快融入泥土裡——」

德耶茲出來，站在我們身邊。他也仔細凝望著這奇異的餘燼。「她說詛咒已經解除了，」他悶悶地說。他也顯得非常疲累。

「那就是了。」父親回答。

「我要怎麼付你報酬？」德耶茲問郞蒂瑪。

「不用付我錢，」她說，「你下次來瓜達魯沛的時候，幫我們帶一隻小羔羊就好——」

「我會帶一打去。」他虛弱地微笑。

「還有離獨眼德納瑞爾離一點。」她說。

「啊！那個惡魔也跟這件事有關係。」父親驚呼。

「我大約一個禮拜前到港口村，」德耶茲說，「去酒吧喝了一杯酒，也玩了一下牌。我告訴你，葛柏瑞，那個傢伙滿腦子都想找長者報仇。他說了些污辱人的話，我反駁了他。我沒有想太多，我只是想捍衛我的榮譽、我們的榮譽、還有草原上所有人的榮譽。結果，一個禮拜後，這裡就開始出現壞事——」

「你惹錯了人，」父親若有所思地搖搖頭，望著逐漸熄滅的火堆，「德納瑞爾已經殺了我們的一個朋友——」

「我現在知道他有多邪惡了。」德耶茲喃喃說。

「嗯，過去的也來不及挽回了。」父親點頭。「現在我們得上路了。」

「我眞不知道怎麼感謝你，老朋友。」德耶茲說，溫暖地擁抱了父親一下，然後擁抱並吻了一下鄔蒂瑪。

「再見了。」

「再見。」我們爬進貨車裡，開車離去，留下德耶茲站在火堆逐漸熄滅的灰燼旁。我們一路離開黑暗的亞諾，往瓜達魯沛去，上下晃動的車燈在黑夜裡畫出一條顚簸的光。父親捲起一根達拉謨公牛牌香菸，抽了起來。白天的疲憊和輪胎壓在公路上的嗡嗡聲讓我沉沉入睡。我不記得我們到家時，是父親把我抱進屋裡。

那天晚上的夢裡，我沒有回憶起發生在黑水農場的怪異事件，而是見到了我的三個哥哥。他們是三個黑色人影，被他們血脈中狂野的海洋之血驅使著四處漂蕩。他們被籠罩在海洋的霧氣裡，走在一個陌生城市的街道上。

東尼，他們在夜晚的幻想裡呼喊。東尼，你在哪裡？

在這裡，我回答，在這河邊！

迴旋的咖啡色河水在我腳邊拍打，樹林間蟋蟀單調的歌聲融入了我在我靈魂的根源裡感受到的音樂。

喔，東尼……他們用如此哀傷的聲調哭喊著，讓我心裡一陣哆嗦……幫幫我們，東尼。讓我們歇息，讓我們脫離這海洋之血而安歇吧！

我沒有神奇的力量可以幫助你們，我喊道。

我在翻騰的河水捲成一個水塘的地方仔細做下記號。鯰魚會在這裡出沒，貪婪地渴望吃肉。我從開膛剖肚的哥哥們體內，拿出三個溫熱的肝，用來當魚鉤的餌。

但是你有教會的力量，你是孩子的神父！他們喊道。或者你可以選擇金鯉魚的力量，或你的鄔蒂瑪的力量。讓我們安息吧！

他們如此痛苦地哭喊著要求解脫，於是我把他們的肝從魚鉤上拿下來，丟進洶湧渾濁的鯉魚河水中。

於是他們歇息了，我也得以歇息。

21

天氣逐漸變熱，藍湖也開放給大家游泳了，但是希可跟我卻避開那些敢於挑戰藍湖深藍色力量，赤裸身體上水珠閃閃發亮的男孩子們。我們反而繞路遠離喧鬧吵雜的湖邊，往小溪去。金鯉魚出現的時間到了！

「他今天一定會來，」希可低聲說，「白色的太陽剛剛好。」他指著亮晃晃的天空。在我們周圍，大地正在變綠，似乎也同時發出呻吟。我們已經等了好多天，但是今天我們很確定他會來。我們爬過綠色灌木叢，坐在池塘邊上。我們四周響著剛熬過冬天、努力爬出窩跟繭的昆蟲的合唱聲。

在等待當中，時間流過我的身體，讓我腦袋裡充滿各種思緒。我還是很在意爲什麼我接受聖餐時，上帝如此沉默。自從復活節過後，每個禮拜六我都去告解，每個禮拜天早上我也都走到欄杆前去接受聖餐。我的身體和頭腦都準備好了接受上帝，但祂仍沒有傳來任何訊息。有時候，在極度焦慮和失望的時候，我會懷疑上帝究竟是不是還活著，或者祂是否根本沒存在過。祂沒有讓路卡舅舅痊癒，也沒有讓德耶茲家脫離詛咒，或者救回路比托或納西索。但是祂卻有權利在你死掉的時候決定送你去天堂或地獄。

「這樣好像不對吧——」我說出聲來。

「什麼？」希可問。

「上帝。」

「對啊。」他同意。

「那你爲什麼還上教堂？」我問。

「因爲我媽媽相信——」他回答，「我得讓她高興——」

「我以前以爲每個人都相信神。」我說。

「世界上有很多神，」希可低語，「美與魔法之神、園藝之神、就在我們自己家後院的神——但是我們卻要跑去別人的國家，找新的神，向遠在天邊的星星找尋新的神——」

「爲什麼我們不能跟別人講金鯉魚的事？」我問。

「因爲他們會殺掉他。」希可低聲說。「教會的神是很愛忌妒的神，祂不能跟其他神和平共處。祂會指示祂的神父殺掉金鯉魚——」

「如果我跟我媽媽希望的一樣，變成神父呢——」

「東尼，你必須選擇，」希可說，「你必須選擇你要教會的神，還是要就在你眼前，就在此時此刻的美麗——」他指著前方，於是我望進那小溪黑暗清澈的水。兩條棕色的鯉魚從灌木叢下游進開敞的水中。

「他來了——」我們屏住呼吸，仔細盯著灌木綠蔭遮蓋的溪水裡。那兩條棕色鯉魚已經看見我們，現在他們繞著圈子來回游著，等候他們的主人。陽光映在他金色的鱗片上，閃閃發亮。

「是他！」

那金色的鯉魚優雅審愼地游過，彷彿在地底水中沉睡許久後，在測試這裡的水。他有力的尾巴緩緩拍打著，滑過水中游向我們。他眞的很美，他眞的是一位神祇。白色的陽光映照在他亮橘色的鱗片上，那燦爛華麗的光芒讓我們睜不開眼睛，也讓我們心中充滿眞正的美會帶來的狂喜。看到他，所有的疑問和憂慮就瞬間蒸發，我靜止不動地呆住，被這天空、大地，和溪水的精髓本質吸引並撫慰。太陽用它賦予生命的力量溫暖我們，而在天空中，白色的月亮也對著我們微笑。

「天，他眞的好美——」希可對著滑過我們面前的金色鯉魚吹口哨。

「是啊。」我同意，我們好一會都沒有說話。金鯉魚的出現讓我們變得沉默。我們讓太陽照著，像異教徒一樣傾聽著淙淙的水流聲，和周圍草叢裡生命的歌聲。

我要成爲誰的祭司，我心想。我心頭浮現，除了天堂的那位神以外，還可以有別的神的念頭。這金鯉魚就像希可說的，是美之神，是就在眼前，此時此刻的神嗎？他讓世界和平美好——

「希可，」我說，「我們去告訴佛羅倫斯！」我心想，佛羅倫斯應該要知道這件事。佛羅倫斯至少需要一位神，而我確定他會相信金鯉魚。我幾乎可以聽到他在望進水裡時說，「終於有不會懲罰人的神了，可以在我的生命中帶來美好的神——」

「好，」希可停頓了好一會之後說。「我想佛羅倫斯已經準備好了。他早就準備好了，他不需要在好幾位神之間做選擇。」

「每個人都得選擇嗎？」我問。「不可能兩個都要嗎？」

「或許可以，」他回答。「金鯉魚會接受所有好的魔法，但是東尼，你的神是個愛忌妒的神。他受不了競爭——」希可嘲諷地笑起來。

我不得不跟著他笑，因為我很興奮開心我們要跟佛羅倫斯分享祕密。或許之後哈森也會知道，然後或許其他人也可以知道。這似乎是崇敬某種簡單純潔的事物的開端。

我們設法沿著溪水往上走，直到來到藍湖下方。在湖的這一邊，是一道有著排水道的水泥牆。當湖水漲滿時，水就會以涓涓細流，流進瑞多溪中。任何人都不可以在靠近牆邊的地方游泳，因為那裡的水非常深，還長滿了濃密的水草，而且救生員是在另外一頭。但是在我們走上那緩坡時，卻聽到游泳的人大聲吼叫。我認出是馬臉跟其他人在大叫著，對著我們揮手。

「他們不應該在這裡的。」希可說。

「一定出了什麼事。」我回答。我聽出他們慌亂大叫，揮舞雙手時，聲音裡的恐懼音調。

「記住，我們只能告訴佛羅倫斯。」希可提醒我。

「我知道。」我回答。

「快！快！」亞柏喊道。

「他們在開玩笑。」希可在我們靠近那夥人時說。

「不，一定發生了什麼事——」我們在剩最後幾碼時拔腿快跑，衝到涵洞邊上。「怎麼了？」我問。

「佛羅倫斯在下面！」骨頭大喊。

「佛羅倫斯沒有上來！他一直沒有上來！」亞柏啜泣起來，拉著我的手臂。

「多久了？」我大吼，甩掉亞柏。這不是開玩笑。出事了！

「好久了！」馬臉滿嘴口水地點頭。「他潛下去那邊，」他指著深水處，「然後就沒有上來了！太久了！」

「佛羅倫斯。」我呻吟。我們本來是要來找佛羅倫斯，跟他分享我們的祕密，他游進去的那黑暗深藍水裡的祕密。

「他溺死了，他溺死了。」骨頭抽噎。

「多久了？」我想知道，「他在水裡多久了？」但是他們都驚嚇到無法回答。我感覺到希可的手放在我肩上。

「佛羅倫斯游泳技術很好。」希可說。

「但是他在下面太久了。」亞柏啜泣著說。

「我們該怎麼辦？」馬臉焦躁地說。他很害怕。

我抓起亞柏。「去找救生員來！」我指著湖對岸，高中生在那邊的湖面平台上閒晃著，或從高臺上跳水，在女孩子面前炫耀。「隨便找到誰都好，跟他說這裡出了意外！」我對著他被嚇得僵硬的臉大吼。「告訴他們有人溺水了！」亞柏點頭，兩步併作一步地跑上小徑，越過湖邊。他的身影很快消失在綠色的香蒲草叢中。

天氣很熱，我感覺到臉上和手臂上冒出冰冷的汗珠。陽光在寬闊的湖面上閃著鱗鱗波光。

「怎麼——？」

「跟著他下去！」

「不！不！」馬臉激動地搖動往後退。

「我下去。」希可說。他開始脫衣服。

「太遲了！」

我們定睛一望，看到那身體從水中浮起，以慢動作翻轉再翻轉，映照著陽光。當湖水放鬆了掌握，讓身體翻滾上來時，那金色長髮同時輕柔地捲成漩渦，像是金色的水草。我們站在涵洞的邊緣，他就在旁邊浮上來。他睜開的眼睛往上瞪著我們。眼珠上有一層白色薄膜。

「我的天——」

「幫我！」希可說著，抓住了一隻手臂。我們用力拉著，試圖將他沉重的身體拉離湖水。

佛羅倫斯的額頭上有一塊紅色，他一定是撞到了涵洞的底部或邊緣。而他的一隻手臂上纏繞著某種生銹而漆黑的鐵絲，一定是這東西拉住了他。

「馬臉！」我大叫，「快幫忙！」那重量超出我跟希可的能力。馬臉猶豫了一下，閉上眼睛，然後抓住一隻腳。然後他就像隻受驚的野獸般用力拉。一開始他差點讓我們全都失去平衡摔進水裡，但是他隨即猛力一拉，用他驚慌的蠻力將佛羅倫斯拉過了涵洞的邊牆。

骨頭不肯靠近。他站得遠遠的，喉嚨發出一種乾咳的嘎吱的聲音。他在嘔吐，而他吐出來的東西流到他的胸口跟肚子，弄髒了他的泳褲。但是他不知道他在嘔吐。他狂亂的眼睛只緊盯著我們，看著我們把佛羅倫斯拖到沙地上。

我望向湖對岸，看到那些高中男生激動地指著我們。有些人已經相信出事了，而沿著小徑拔腿狂奔過來。他們幾秒鐘內就會來到這裡。

「該死！」希可詛咒，「他肯定死了。他又冷又重，就像死了的樣子——」

「混蛋！」馬臉喃喃自語，轉過頭去。

我膝蓋一軟，跪在那古銅色的溼漉漉的身體旁。我觸摸他的額頭，是冰冷的。他的頭髮因爲水和青苔而糾結在一起。沙子黏在他的皮膚上，而當他乾了一點，小黑沙蟻就開始爬到他身上。我在額頭上畫個十字，幫他做死者的悔罪禱告，就像我爲納西索做的一樣，但是這一點用都沒有。佛羅倫斯從來不相信神。

救生員是第一個到的。他把我推到一旁，然後他跟一個高中男生把佛羅倫斯翻過來趴著。他開始壓下佛羅倫斯的背，於是一股令人作嘔的白色泡沫從佛羅倫斯的嘴巴流了出來。

「該死！他在下面多久？」他問。

「大概五到十分鐘！」骨頭的咆哮聲從他的嘔吐物中傳出來。

「你們這些該死的混蛋！」救生員回罵，「我跟你們講過幾百次不要在這裡游泳了！我在這裡待了兩年，從來沒出過事——現在卻出了這種事！」他繼續壓著佛羅倫斯的背，而那白色泡沫也繼續從他的嘴流出。

「我們應該去找個神父來嗎？」其他高中男生擔憂地問道。已經有不少人聚集在這具身體旁，看著救生員工作，問道：「這是誰？」

我已經沒有看著佛羅倫斯，也沒有看著任何人。我的注意力都集中在北邊藍色的天空裡。那裡有兩隻禿鷹正乘著午後溫暖的氣流盤桓在空中。他們以廣闊的同心圓往東方滑翔而去。我知道在往土庫卡利的路上，一定有什麼死掉的東西。我想是警笛的聲響或我周圍人群的推擠，打碎了我被催眠般的凝視。我不知道我看著這兩隻老鷹自由飛翔看了多久。但是此刻周圍有許多人推擠著我，而警笛的聲音也越來越響，越來越急促。我四下張望尋找希可，但是他已經不見了。骨頭跟馬臉正急切地回答著人群的問題。

「那是誰？」

「佛羅倫斯。」「他是我們的朋友。」

「他怎麼會溺水？發生了什麼事？」

「他潛進水裡，被鐵絲纏住了。我們叫他不要在這裡游泳，但是他不聽。我們潛到水裡把他拉出來——」

我不想再聽下去了。我的胃部翻攪，讓我噁心起來。我推擠著穿過人群，然後跑了起來。我不知道我為什麼要跑，我只知道我必須脫離人群。我跑上山坡，穿過城裡安靜的街道。淚水模糊我的視線，但是跑步讓我擺脫身體裡作嘔的感覺。我一直跑到河邊，涉水過河。來到河邊喝水的鴿子們發出哀傷的叫聲。草叢的影子與高聳的三葉楊顯得濃密而黑暗。

對於一個剛目睹朋友死去的小男孩而言，孤單的河邊感覺好哀傷。而當教堂的鐘響開始響起，午後的陰影開始拉長，感覺就更加哀傷了。

22

那天晚上的夢裡，我看到三個身影。一開始我以爲那三個男人是我的哥哥。我叫他們。他們異口同聲地回答。

是這個男孩子聽了我們在人世間的最後告解。他們像禱告般唸誦著。純真的他為我們這些被城裡放逐的人，作了最後的懺悔。

你們是誰？我喊道，於是三個身影靠近了些。

首先我看到納西索。他雙手摀住他胸口裂開的，血跡斑斑的傷口。在他後面的是路比托血肉模糊的身體，伴隨著城裡人的笑聲，瘋狂地抽搐著。最後我看到佛羅倫斯的身體，動也不動地漂浮在黑暗的水面上。

這都是我目睹死去的人！我喊道。我的禱告還會伴隨著誰進入死亡之地？

哀悼的風如黑影穿過街道，一路捲起帶著石灰岩的沙塵跟風滾草。我看到那夥朋友從沙塵中浮現。他們拿著刀子棍棒撲向對方，如禽獸物般互相砍殺。

為什麼我要目睹這麼多的暴力！我恐懼地大叫抗議。

創造的嫩芽就包含在暴力裡，一個聲音回答。

佛羅倫斯！他出現在我面前時，我大叫，難道天國裡沒有神可以承擔我的負荷嗎？

你看！他指向教堂，裡頭的神父正把死去鴿子的血倒進聖杯裡，褻瀆了祭壇。古老的神正在死去，他笑道。

你看！他指向溪邊，希可正躺在那裡，等待著那條金鯉魚。當金鯉魚出現時，希可用他的矛一插，溪水頓時染成血的鮮紅。

「那還剩下什麼？」我驚恐地問。

什麼都沒有，那回應像寂靜的雷聲穿透我夢中的迷霧。

沒有天堂或地獄嗎？

沒有。

那還有鄔蒂瑪的魔法，我堅持。

你看！他指向山裡，德納瑞爾在那裡抓住了鄔蒂瑪的夜靈，殺了它，於是鄔蒂瑪在痛苦中死去。

我所相信的一切都被毀滅了。我心中一股痛楚的翻攪讓我大聲喊道：「我的神啊，我的神啊，為何你拋棄了我！」

那三個身影從我的夢魘中離開時，一邊渴盼地喊道，我們只在你做夢時活著，東尼，我們只能在你的夢裡活著——

「怎麼了？」鄔蒂瑪問。她在我的床邊，雙臂環抱住我。我啜泣哽咽著，身體不斷顫抖。

「我作了惡夢，」我喃喃說，「夢魘——」

「我知道，我知道。」她低聲哼歌，抱著我，直到我不再抽搐。然後她走回她的房間，熱了水，拿來藥給我喝。「這會幫助你入睡。」她說。「可能是你年輕朋友的死，」她在我喝下那苦藥時說，「又或許是最近你放在心裡的所有事，讓你作惡夢——但無論如何，這都不好。靈魂應該變得堅強，小男孩應該長大成人，這都是人必經的命運，但是你實在目睹太多死亡了。你該好好休息，去看看成長的生命。或許你的舅舅們最適合教你了解生命的成長——」

她扶著我往後躺在枕頭上，然後把毯子拉到我的脖子上。「我希望你答應去他們那裡。那會對你有好處。」我點頭答應。那藥汁讓我入睡，進入無夢的睡眠。

佛羅倫斯下葬時，我沒有去參加喪禮。教堂的鐘聲不斷敲著叫喚著，但是我沒有去。教會沒有給他上帝的聖餐，因此他將註定永遠在夢中飄蕩，跟納西索和路比托一樣。我覺得現在，無論是教會或我，都無法再給他什麼了。

我偷聽到鄔蒂瑪跟我爸爸媽媽的談話。她告訴他們我生病了，需要休息。她說待在港口村一段時間會對我很好。我爸媽同意了。他們知道我需要離開這裡一段時間，因爲這裡充滿了關於我朋友的記憶。他們希望那偏僻隔絕的小村子和舅舅們的力量會讓我獲得我需要的休息。

「我會很難過要離開你。」我在跟鄔蒂瑪獨處時告訴她。

「啊，」她試著微笑，「在一個男孩子成長的過程中，生活總是充滿了哀傷。但是在這當中，千萬不要失去希望，而要找到力量來支持自己——你聽得懂嗎？」

「我懂。」我說，於是她微笑。

「如果我不認爲去那裡一段時間對你很好，也不可能送你去，安東尼。這對你絕對有好處。你的舅舅都是很堅強的男人，你可以從他們身上學到很多，而且離開這裡對你也好，畢竟這裡發生了那麼多事。但是有一件事——」她提醒我。

「什麼事？」我問。

「你要知道，等你回來時，一切可能都已經改變了——」

我想了一下。「安德魯說，當他從軍隊退伍回來時，一切都改變了——你是說像這樣嗎？」

她點頭。「你正在長大。長大就是一種改變。接受改變，讓它成爲你力量的來源——」

這時母親進來，要祝福我一切平安。我跪下來，然後她說：「願聖父、聖子，聖靈保佑你。」然後她也祝福我在她兄弟的教導下成長茁壯。然後她跪在我旁邊，請鄔蒂瑪祝福我們兩人。鄔蒂瑪不像母親那樣，用三位一體的上帝之名祝福我們，但是她的祝福同樣神聖。她只祝福她賜福的對象擁有力量與健康。

「你爸爸在等了。」母親在我們起身時說。然後我做了一件從來沒做過的事。我伸長身子，吻了鄔蒂瑪一下。她微笑說道：「再見，安東尼——」

「再見。」我也喊道。我抓起裝了我的衣服的行李箱，跑向外頭的貨車，父親已經等在車上。

「再見！」他們喊道，聲音拖得好長，「幫我告訴爸爸我愛他。」

「我會的。」我說，而貨車猛然往前開動。

「啊，」父親微笑道，「女人可以花上一小時說再見，如果你不阻止她們的話——」

我點頭，但是我不得不回頭，最後一次揮手。黛柏拉跟德瑞莎跟著貨車跑了一段距離，母親跟鄔蒂瑪則站在門邊揮手。我想我在那時候就明白了鄔蒂瑪說的改變。我知道我將再也看不到她們沐浴在那美麗的清晨明亮陽光裡。

「讓你離開媽媽一整個暑假，自己人獨立，對你很有好處。」在貨車離開小鎮，嘎嘎作響地沿著沙土路往港口村前進時，父親說。

「爲什麼？」我問他。

「喔，我也不知道，」他聳聳肩，我看得出來他心情很好，「我也不知道爲什麼，但事實就是這樣。我在七八歲的時候，也離開過母親一陣子，願上帝讓她的靈魂安息。父親那時候跟亞諾的一個牧羊隊約定，讓我去工作。我獨立地過了一整年，跟在牧羊隊的男人身邊學習。啊，那些自由自在的日子，拿什麼我都不換——我因此成爲一個男人。在那之後，我就不再需要依賴母親告訴事情的對錯，而能夠自己決定——」

「那就是我必須做的。」我說。

「總有一天是——」

我了解他說的話，這確實有道理。但我不了解他為什麼願意送我去母親的兄弟身邊。因此我問他。

「那都無所謂，」他有些遺憾地回答，「你還是會跟男人在一起，在田裡工作，這才是最重要的。哎，我也很希望能送你去亞諾，那才是我熟悉的生活，但是我想那種生活方式大概就要消失了，那已經是一個夢。或許時候到了，我們都得放棄一些自己的夢想——」

「包括媽媽的夢想？」我問。

「嗯，」他喃喃自語，「你媽媽跟我，我們一直過著截然不同的生活。我的族人把風視為兄弟，因為他們是自由的；他們也把馬視為同伴，因為他們是活生生的，來去如風——而你母親，她的家族則把土地視為兄弟。他們是喜歡安穩定居的人。我們這一輩子都相持不下，就像風跟土地。但或許我們該放棄這些老掉牙的歧見了——」

「那麼或許我就不必只能是瑪雷茲家的人，或只是魯納家的人，或許我可以兩種都是——」我說。

「是。」他說，但是我知道他還是以身為瑪雷茲家人為傲。

「我覺得自己好容易受到過去的影響——」我說。

「啊，每一個世代，每一個人都會受到過去的影響。人不能逃開過去，但他可以用古老的材料，創造出新的東西——」

「用亞諾跟河谷，月亮跟海洋，上帝跟金鯉魚——創造出新的東西，」我自言自語。這就是鄔蒂瑪說的，從生命中建立力量的意思。「爸爸，」我問，「一個新的宗教可以被創造出來嗎？」

「嗯，我想可以吧。」他回答。

「跟魯納家的宗教不同的宗教。」我再度跟自己說話，我很驚訝自己的思緒如此自然流瀉而出，而且能如此無拘無束地對父親透露。「這裡的第一個神父，」我對港口鎮點頭，「是魯納家的祖先，對不對——」

父親看著我，咧嘴而笑。「他們不喜歡談論這件事，他們對此很敏感。」他說。

但這是眞的，帶著第一批移民來到港口村這座河谷的神父曾經生兒育女，而現在統領這座河谷的就是這個家族的分枝。但不知爲何一切都改變了。神父改變了，所以或許他的宗教也可以改變。如果古老的宗教已經不能回答小孩子的問題，那麼或許它就到了該被改變的時候。

「爸爸，」我在過了一會之後說，「爲什麼世界上有邪惡的事？」

「啊，安東尼，你好愛問問題。教堂的神父不是解釋過了嗎？你不是在你的教義問答書上讀過了嗎？」

「但是我想知道你的答案。」我堅持。

「喔，好吧，既然這樣——嗯，那我就告訴你我的想法。我認爲大部分我們稱爲邪惡的事物，其實根本不是邪惡的。只是我們不了解這些事，所以我們就說它們邪惡。而我們會害怕邪惡，也只是因爲我們不了解它。我們去德耶茲農場的時候，我也很害怕，因爲我不知道到底發生了什麼事，但是鄔蒂瑪不害怕，因爲她了解——」

「但是我領了聖餐！我希望了解！」我打斷他。

父親看著我，而他對我點頭的樣子讓我覺得他爲我感到遺憾。「了解不是這樣輕易就能得到的，東尼——」

「你是說上帝不會讓人了解一切？」

「了解是隨著生命而來的，」他回答，「當一個人逐漸長大時，他會看到生命和死亡，會體會到快樂跟悲傷，他會工作、玩樂，認識人——有時候人要花上一輩子才會了解生命，因爲到頭來，眞正的理解，其實就是能夠同情別人，」他說。「鄔蒂瑪就能同情別人，而且她的同情如此徹底，所以才能碰觸到他們的靈魂，治癒他們——」

「那就是她的魔法——」

「嗯，沒有任何魔法比這更偉大了。」父親點頭。「但是魔法終究還是魔法，沒有人可以這麼輕易地解釋清楚。所以才叫魔法。對孩子而言，魔法是自然的，但是對大人而言，魔法就不再顯得如此自然了——因此我們這些老人會看到不同的現實。所以當我們做夢時，經常是爲了我們失去的童年，或者想要改變某個人，那是不好的。所以，到頭來，我接受現實——」

「我懂了。」我點頭。或許我不完全了解，但是他說的話很好。我從來沒有忘記過與父親的這段對話。

那年夏天對我真的很有好處，因爲豐碩的夏天充實了我，我從發生在我身上的所有事裡獲得力量，因此到最後，即使是最終的悲劇也沒有擊倒我。那就是鄔蒂瑪試圖教我的事。我們可以用存在人心裡的神奇力量，克服生命的悲劇結局。

整個八月我都在農地和果園裡工作。我跟舅舅和表兄弟們並肩工作，我很喜歡他們的陪伴。我當然想念母親跟鄔蒂瑪，而漫長灰暗的晚上有時候感覺很哀傷，但是我學會了與舅舅們的沉默自在相處。那沉默跟小孩子的沉默一樣根深柢固。我仔細觀察他們如何在土地上耕種，如何尊敬土地，以及如何照顧活生生的作物。我從來沒看過我任何一個舅舅跟土地或河谷裡的工作有任何不和諧之處。沉默就是土地的語言。

在辛勤工作一天，吃過晚飯後，我們會坐在戶外的夜空下聽故事。我們會生起一堆火，丟乾燥的牛糞進去燒，那煙就會趕走蚊子。他們說著故事，談論他們的工作，看著密佈點點星光的夜空，談論月亮統治著世界。我了解到月亮的圓缺不但決定他們的種作，更幾乎統治了他們生活的一切。難怪他們是魯納家族！他們一定會等到月亮的圓缺對的時候，才會幫牲畜閹割或剪毛，而他們也一定會等到月亮指示的時刻，才收成作物或蒐集明年的種子。而月亮也對他們很好。每天晚上，月亮都用她溫柔的光芒灑滿河谷，爲站在農地裡，聆聽作物睡眠，聆聽大地歇息的孤單男人照亮道路。

過去糾纏我的惡夢不再出現，我也因爲辛勤勞動和豐富的食物而變得強壯。我從這些跟河谷泥土一樣黝黑安靜的男人身上學到了很多，而我學到的一切讓我的心也變得強壯。我知道未來並不確定，我也還不知道我能否追隨他們的腳步，永遠耕種土地，但是我確實知道如果我選擇那樣的生活，那將會是美好的生活。有時候當我回首那個夏天，會覺得那是我眞正還是孩子的最後一個夏天。

舅舅對我的進步也很高興。他們不是會輕易開口稱讚的人，但是因爲我是他們姊妹的孩子當中，第一個來學習他們生活方式的，因此他們很高興。就在我待在那裡的最後一個禮拜，在學校快開學前，沛卓舅舅來找我說話。

「你母親寄了一封信來。」他說著，揮舞著一封打開的信。我正站在灌溉溝渠旁，引導水進入一排排的玉米當中，他來到我旁邊。他把信交給我，並在我看信時，告訴我裡面說什麼。「他們幾天內就會過來——」

「嗯。」我點頭。那感覺很奇怪，以前我總是跟他們一起來這裡，但這次我卻會在這裡，在他們抵達時迎接他們。我會很高興見到他們。

「今年開學好早。」他說，靠在水溝旁的蘋果樹幹上。

「每年都很早。」我說，把摺起的信收到口袋裡。

「你媽媽說你在學校表現很好。你喜歡上學——」

「是，」我回答，「我喜歡上學。」

「那很好，」他說，「有學問的人在這世界上會很有前途，想做什麼都可以——這會讓你母親很驕傲，而且，」他向下看著腳底的泥土，依照他們的習慣，用靴子愛撫著土地，「也讓我們很驕傲。魯納家已經很久沒有出過有學識，可以帶領人民的人了，」他點頭並沉思。

「我是瑪雷茲家的人。」我回答。我不曉得自己爲什麼會這麼說，但這讓他有點驚訝。

「你在——」然後他微笑起來。「你說得沒錯，你先是瑪雷茲家的人，然後才屬於魯納家。嗯，你幾天後就會離開我們，回去讀書了，這也是應該的。我們都很滿意你的表現，安東尼，你所有的舅舅都很滿意。能有瑪麗亞的一個兒子來跟我們一起工作，讓我們很高興。我們希望你知道，這裡永遠都會有你的位子。等你長大之後，你必須選擇自己想做什麼。但是如果你決定成爲農人，這裡永遠歡迎你。過去屬於你母親的土地就將會是你的——」

我想謝謝他，但是我正要開口回答，卻看到胡安舅舅匆忙朝我們跑來。胡安舅舅從來不會匆匆忙忙，因此我們知道一定發生了什麼重要的事，而將注意力轉向他。他看到我在舅舅身邊時，便停下腳步舉手示意。

「沛卓，你可以過來一下嗎？」他激動地喊。

「怎麼了，胡安？」沛卓舅舅問。

「出事了！」胡安舅舅以沙啞的聲音低語，但是他的聲音傳得很遠，我聽得很清楚，「城裡出事了！德納瑞爾的女兒，那個病了很久，越來越虛弱的那個，過世了！」

「什麼時候？」舅舅問，並轉頭看了我一下。

「我猜是我們來田裡上工之後，我剛剛才從艾斯可瓦那裡聽到。我是在橋上遇到他。他說城裡一陣騷動——」

「怎麼會?為什麼?」沛卓舅舅問。

「德納瑞爾把遺體運進城裡，然後這個瘋子居然把屍體橫放在他的酒吧吧台上!」

「不會吧!」舅舅驚愕地倒吸一口氣，「那傢伙瘋了!」

「這是事實，但反正跟我們無關，」胡安舅舅同意，「真正讓我擔心的是，那傢伙一整天都在喝酒，叫囂著他要找鄔蒂瑪報仇。」

我一聽到這句話，背上的寒毛都豎立了起來。我曾親眼目睹那個惡魔德納瑞爾殺害納西索，而他現在又會因為女兒的死做出什麼事，就更難說了。雖然德納瑞爾就住在河流下游的黑色台地上，並在城裡開酒吧，但我整個夏天都沒有想到他。直到現在，他又出現了，打算再把另一樁悲劇帶進我的生命裡。我覺得自己的心臟狂跳，雖然我站在原地文風不動。

沛卓舅舅站在那裡，低頭看著地下好久。最後他說，「鄔蒂瑪幫忙挽回了我們兄弟的性命——以前她曾經需要幫忙，我們卻袖手旁觀。這一次我不能再坐視不管——」

「但是爸爸不會喜歡——」

「——我們插手。」沛卓舅舅接了他的話。他再度轉頭看我。「她救了我們的兄弟，我們欠她一份情，我很樂意還這筆債。」

「你要怎麼做?」胡安舅舅問。他的聲音很緊繃。他沒有答應要採取行動，但是他也不會阻止。

「我會帶著那孩子，今晚就開車回去瓜達魯沛——嘿，安東尼！」他叫我，於是我走到他們身邊。他地頭對我微笑。「你聽好，臨時出了一點事，不是很緊急的事，但是我們必須採取行動，幫忙一個朋友。我們要在晚餐後立刻開車去瓜達魯沛。反正現在也只剩幾個小時的工作時間了，所以你先去你外公家，收好你的衣服。如果有人問你爲什麼提早回去，就說你工作表現很好，所以我們讓你休息，懂嗎？」他微笑。

我點頭。舅舅今晚就會去瓜達魯沛，通知德納瑞爾的事，這減少了我的一點擔憂。我知道舅舅不大驚小怪，是爲了不讓我緊張，而且，如果德納瑞爾在喝酒，表示他還要花很多時間才能鼓足勇氣採取行動。等到那時候，舅舅跟我已經到了瓜達魯沛，鄔蒂瑪也會在舅舅跟父親的保護下安全無虞。而且我懷疑德納瑞爾會去我們在瓜達魯沛的房子。他知道如果他再度侵入我們的土地，父親肯定會殺了他。

「好的，舅舅。」我說。我把我用來剷除雜草的鋤頭交給他。

「嘿！你知道路嗎？」他在我跳過水溝時喊。

「當然，」我回答。他還在試圖顯得輕鬆，以免引起我的懷疑。

「直接去你外公家——休息一會。我們一做完田裡的事，收拾好工具，就會馬上回去！」

「再見！」我喊道，轉身跑上馬路。這路一離開平坦的河谷，就開始變得滿地沙土。青蔥翠綠的牧豆樹羅列在路兩旁，遮蔽了大部分的地平線。但是我可以看到在西邊，夏日的太陽已經很低沉了，在與夜晚結合之前，徘徊在它自己令人眩目的光芒裡。我心不在焉地走在路上，完全不知道即將來臨的黑暗將對我揭露什麼。想到再過幾個小時就能回到家，讓我興奮不已，也讓我如此放鬆，完全沒想到德納瑞爾可能會做什麼。我一邊走著，一邊摘下成熟的牧豆樹豆莢，咀嚼著，吸取裡頭甜甜的汁液。

距離舅舅的農地半里處，狹窄的馬車路便變成過橋朝向城裡的馬路。我已經可以在西沉的陽光中看到河對岸寧靜的泥磚屋。河流正是漲水的季節，滿溢著渾濁的河水和碎石，因此我穿過那狹小的木橋時，只專注看著湍急奔流的水。直到那騎馬的人即將近到眼前時，我才察覺他的存在。幾分鐘前還跟湍急的河水聲混在一起的，尖銳迴響的馬蹄聲，現在變成不斷增強，朝我而來的急促聲響。

「小兔崽子！巫婆的兒子！」那黑暗的騎士狂喊，刺著他的馬朝我奔來。是在威士忌和憎恨之中昏了頭的德納瑞爾，企圖將我踩過去！恐懼讓我在原地動彈不得，經過漫長而痛苦的好幾秒，直到本能讓我在最後一刻及時跳到一旁。那會致人於死的巨大馬匹擦過我身邊，但是德納瑞爾的腳踢中了我，讓我在橋面上翻滾了好幾圈。

「嘻！嘻！嘻！」那瘋子尖叫著，又用馬刺刺著他的馬，回頭再來。「你這下躲不掉了，你這該死的巫婆的兒子！」他怒吼。他如此野蠻地用馬刺猛刺那匹黑馬，以致於血從馬側腹的傷口噴了出來。那嚇壞的動物痛苦嘶鳴，揚起上身，尖銳的馬蹄在空中刨抓。我翻過身，那馬蹄就在我旁邊落下。他本來就要將我逼出橋邊，但是我伸出手抓住了韁繩。馬匹的猛然抬頭將我拉得站了起來。我於是用盡全力敲馬鼻子，而當牠轉身時，我則朝馬刺劃開的敏感傷口打下去。牠狂喊一聲，拔腿狂奔。

「你這惡魔！惡魔！」德納瑞爾大叫，試著要將馬控制住。

發狂的馬試圖要將折磨牠的人摔下去，同時擋住了我往村子裡的路，於是我轉身往相反方向跑。來到橋的盡頭時，我聽到達達的馬蹄聲，跟德納瑞爾的的咒罵聲。我知道如果我繼續待在回舅舅農地的路上，我一定會被困住，被德納瑞爾踩過去，因此當我感覺到馬溫熱的呼吸吹在我的脖子上時，便往旁邊一跳，滾下了河堤。我一頭衝到沙土堤岸最底下的樹叢裡，躺在那裡不動。

德納瑞爾將他的殺人馬匹掉頭，來到堤岸邊上往下看。我可以從濃密樹枝的縫隙間看到他，但是他看不到我。我知道他不會騎著馬下到樹叢裡來，但是我不知道他會不會下馬，徒步來追我。他汗流浹背的馬緊張地跳著腳，他邪惡的眼睛則在樹叢裡尋找我。

「小王八蛋！但願你摔斷了脖子！」他彎身探出馬鞍外，朝下面吐了口痰。

「你聽到了，小混帳！」他大吼，「我但願你在這洞裡腐爛，就像你那個巫婆在地獄裡腐爛！」他發出惡魔般的大笑，笑聲迴盪在空蕩的路上。四周沒有任何人可以幫我。我被困在路的這一邊，遠離我的舅舅們，而河水又漲得太高，不可能游過去對岸的村子，到安全的外公家。

「你們兩個一直是我的眼中釘，」他詛咒道，「但是現在我終於可以為我女兒報仇了。就是今晚，我就要為我兩個女兒的死報仇！就是那隻貓頭鷹！你聽到了嗎？小王八蛋！那隻貓頭鷹就是那個老巫婆的魂，而今晚我就要送那隻可悲的鳥下地獄，希望我也已經送你下地獄了——！」

然後他像瘋子似的狂笑起來，而那匹瘋狂的馬則從鼻子噴出血和泡沫來。

就在他說那隻貓頭鷹是鄔蒂瑪的魂時，我所知的關於鄔蒂瑪和她的貓頭鷹的一切，都忽然有了道理。那隻貓頭鷹就是鄔蒂瑪的守護靈，是夜晚與月亮的魂，也是亞諾的魂！那隻貓頭鷹就是她的靈魂！

一旦這個念頭嵌進閃過我腦海的千百個記憶片段當中，皮膚上割傷與擦傷的疼痛瞬間就離開了我。恐懼也離開了我，或者應該說，爲自己擔心的恐懼離開了，現在我變成爲鄔蒂瑪感到恐懼。我明白了邪惡的德納瑞爾已經找到方法傷害鄔蒂瑪，而且他會不擇手段地去傷害她。他剛剛不就在幾乎是村人可見的範圍內，試圖用他的馬把我踩死嗎？我轉進樹叢裡，開始狂奔。

「啊，小混蛋！」他聽到聲響便大喊，「所以你還沒死！那好，讓土狼今晚可以好好運動一番，再把你吃掉——！」

我狂奔穿過樹叢，心裡只有一個念頭，就是要到鄔蒂瑪身邊，警告她德納瑞爾的企圖。濃密的樹林刮傷我的臉跟手臂，但是我用盡力氣跑著。許久之後，我曾經回想，如果我當時多等一下，然後去找舅舅，或者想辦法溜過橋，去警告我外公，或許結果就會不同。但是我當時很害怕，而我唯一確定的事就是我能跑十英里到瓜達魯沛，也知道既然我在河的這一邊，我幾乎可以直接跑向我們家所在的山丘。我唯一想到的另一件事是那次納西索瘋狂地穿過暴風雪，試圖去警告鄔蒂瑪，而直到此刻我才明白他爲何如此堅持犧牲。對我們而言，鄔蒂瑪就代表善，而爲了捍衛善，冒任何險都是對的。她是我唯一見過，能夠在其他一切方法都失敗時，仍能擊敗邪惡的人。父親所說的，她對人們的同情，戰勝了所有阻礙。

我跑了好幾里，直到我再也跑不動，而倒在地上。我的心臟狂跳，我的肺部滾燙，而我的身側則有持續的錐心疼痛。我在地上躺了很久，祈禱我不會因這撕裂身體的痛楚而死，而來不及警告鄔蒂瑪。在休息了一會，能夠再跑時，我調整了腳步，以免像在第一次狂奔時將自己累垮。第二次停下來休息時，我看到燃燒的太陽從三葉楊的樹梢落下，濃重的陰影帶來了黃昏。傍晚憂鬱的氣息沿著河流擴散開來，而在回巢的鳥兒怪異的叫聲消失之後，一種怪異的寂靜降臨在河上。

當黑暗籠罩下來，我不得不離開樹林，沿著樹林邊緣跑上山丘。我知道如果我不沿著河流的曲線，我可能可以節省一兩里的路，但是我怕在山裡迷路。月亮從我背後升起，照亮了我的路。我一度跑進一片平坦的河谷地，而在月光下看起來堅實的泥土卻是一片沼澤溼地。潮溼的流沙將我吸進去，溼泥幾乎淹到我的腰時，我才掙扎著掙脫。我精疲力竭，渾身顫抖地爬上堅硬的土地。在休息時，我感覺到夜晚的陰沉籠罩了河流。河流黑暗的靈就像一件壽衣，包裹住我，對我呼喚。蟋蟀的嗡嗡聲，跟樹梢風的嘆息聲，低語著河的靈魂的呼喚。

然後我聽到了一隻貓頭鷹的叫聲，迎接夜晚的來臨，於是我再度想起我的目標。那貓頭鷹的叫聲讓德納瑞爾的威脅重新在我耳邊響起：

「就是今晚，我就要為我兩個女兒的死報仇！那隻貓頭鷹就是那個老巫婆的魂——」

那隻貓頭鷹確實就是鄔蒂瑪的魂。牠跟著鄔蒂瑪一起來，而當男人將邪惡帶到我們的山丘，那貓頭鷹就在我們頭頂徘徊，保護我們。牠在路比托死後引導我回家；在德納瑞爾前來企圖傷害鄔蒂瑪的晚上，弄瞎了他的眼睛；在我們治療舅舅的晚上，趕走嚎叫的野獸；也在德耶茲家的災禍被消除時，陪在我們身邊。

那貓頭鷹一直都在。在我的哥哥們從戰場上歸來的夜晚，牠對我歌唱，而在我的夢裡，有時候我也會看到牠在他們蹣跚穿過遙遠城市的黑暗街道時，指引他們的腳步。我的哥哥們，我想到，我這一生還會再見到他們嗎？如果我的海洋血液也召喚我去闖蕩天涯，遠離我的河流與我的亞諾，或許我會在他們迷人的城市當中一條絢麗的街道遇到他們——到時候我會對他們伸出雙手，低聲說出我對他們的愛嗎？

我帶著新的決心往前跑。我跑，是爲了拯救鄔蒂瑪，也是爲了挽回那些摻雜著美好與哀傷，如時間之流流過我靈魂的時刻。我離開了河流，穿越亞諾。我覺得很輕盈，像風一樣，讓平穩的步伐帶著我往家的方向前進。我身側的疼痛消失了，我也不再感覺到刺進我的腿跟腳的仙人掌的荊棘或王蘭的刺。

收成季節的滿月在東方升起，讓亞諾沐浴在它的光線下。它曾經溫柔輕敲舅舅的河谷的大門，而他們微笑，迎她進門。當他們知道我懷疑我祖先信仰的神，魯納家的上帝，知道我讚美金鯉魚的美時，還會對我微笑嗎？

我還會再跟小子賽跑，像個野孩子般踢著山羊小徑上的圓石頭嗎？我還會再跟瘋狂的馬臉和粗暴的骨頭摔角嗎？什麼樣的夢想會指引我長大成人後的生命？這些思緒不斷在我腦海裡翻騰，直到我望見河對岸城市的燈光。我到了。前方就是我如此熟悉的散佈杜松子樹的山丘了。一看到它們，我狂跳的心臟便重新有了活力，我加快腳步往前衝，到達那平緩山丘的頂端。從這裡，我可以看到我們被山丘環抱的家。一抹光線從廚房的門口流瀉而出，而從我站的地方，我可以分辨出父親的輪廓。一切都如此平靜。我暫停下來喘口氣，並在拔腿狂奔之後，第一次慢下來用走的。我滿懷感激，慶幸自己及時趕到。

但是夜晚的平靜是虛假的。那寧靜的一刻只跟我如釋重負吐出的一口氣一樣長。一輛卡車顛簸地爬上山羊小徑，伴著尖銳的煞車聲停在廚房門口。

「安東尼！安東尼回來了嗎？」我聽到沛卓舅舅大吼。

「怎麼了？發生什麼事了？」父親出現在門口。郞蒂瑪跟母親跟在他後頭。

我正要大叫說我在這裡，平安無事，但就在此時，我看到一個人影鬼鬼祟祟地出現在杜松子樹下。

「在這裡！」我尖叫，「德納瑞爾在這裡！」德納瑞爾轉身，將獵槍指向我，我瞬間凍結。

「——我的靈魂之神！」我聽到郞蒂瑪的命令在寂靜的夜空中隆隆作響，一陣翅膀拍打的漩渦包圍住德納瑞爾

他咒罵著開了槍。火光一閃，隨之而來是如雷的火藥爆裂聲。那槍聲摧毀了山丘上月光照耀的寂靜安詳，也將我的童年粉碎成千萬片。那些碎片在許久前就停止了墜落，現在已經是聚積在遙遠記憶裡，滿佈灰塵的遺跡。

「郞蒂瑪！」我大叫。

父親跑上山丘，但是我還待在貨車裡的沛卓舅舅超過了他。貨車上下起伏的車頭燈照出了德

納瑞爾，他手腳併用地趴在地上尋找樹的根部。

「啊——咿！」他找到了他搜尋的目標時，像惡魔般地大叫。他跳起來，在頭上揮舞著鄔蒂瑪的貓頭鷹的屍體。

「不！」我看到那紛亂而血淋淋的羽毛時，忍不住呻吟，「喔，上帝啊，不——」

「我贏了！我贏了！」他嚎叫著舞蹈起來。「我用死神做的子彈殺了那隻貓頭鷹！」他對著我吼叫。「那巫婆死了，我幫我女兒報仇了！還有你，你這小鬼，你在橋上逃掉過一次，這次你得跟著她下地獄了！」他邪惡的眼睛在獵槍的槍管上燃燒，瞄準我的額頭，然後我聽到槍聲爆裂開來。

我耳中響起隆隆巨響，我預期死亡之翼會把我托起，帶走我跟貓頭鷹，結果卻看到德納瑞爾的頭驚訝地一扭，然後他放掉了貓頭鷹跟獵槍，雙手抓住他的肚子。他緩緩轉頭，看到沛卓舅舅站在貨車車門旁的踏板上。他拿著還在冒煙的手槍，槍口仍指著德納瑞爾，但是第二槍已經不需要了。德納瑞爾的臉因死亡的痛楚而扭曲。

「啊……」他呻吟，倒在沙土裡。

「願你的邪惡行徑快快送你到地獄，」我聽到舅舅低語，同時把手槍丟到地上，「也願上帝原諒我——」

「安東尼！」父親在沙土和煙硝中跑向我。他用雙臂抱住我，讓我轉過身去。「離開這裡，安東尼。」他對我說。

「是，爸爸，」我點頭，「但是我不能把那貓頭鷹留在這裡。」我走到德納瑞爾身邊，小心地托起鄔蒂瑪的貓頭鷹。我本來還禱告牠能活下去，但是牠的血幾乎已經不再流了。死神已經駕著車將牠載走了。舅舅從貨車上拿了一張毯子遞給我，我把貓頭鷹包在毯子裡。

「安東尼！安東尼！我的寶貝！」我聽到母親慌張的喊叫，然後便感覺到她的雙臂環抱住我，她熱燙的眼淚滴在我脖子上。「啊，萬福無玷瑪利亞！」

「鄔蒂瑪呢？」我問。「鄔蒂瑪在哪裡？」

「我以為她跟我一起。」母親轉頭，望向黑暗中。

「我們得去找她——」

「帶他去吧。」父親說。「現在安全了。沛卓跟我會去找警長來——」

母親跟我匆忙衝下山丘。我想她跟父親都不明白貓頭鷹的死代表什麼，但知道鄔蒂瑪祕密的我一想到可能會看到什麼，就不由得全身戰慄。我們衝進靜悄悄的屋裡。

「媽媽！」黛柏拉喊道。她抱著發抖的德瑞莎。

「沒事了，」她安慰她們，「事情結束了。」

「帶她們回房間。」我對母親說。這是我第一次以一個男人的口氣對母親說話。她點頭，聽從我的話。

我悄悄走進鄔蒂瑪的房間。房間裡只點著一根蠟燭，而在燭光下，我看到鄔蒂瑪躺在床上。我把貓頭鷹放在她身旁，在她床邊跪下。

「貓頭鷹死了——」我說不出別的話。我想告訴她，我有試著要及時趕到，但是我無法開口。

「牠不是死了，」她虛弱地微笑，「而是要飛向一個新的地方，一個新的時間——就像我也準備好飛走了——」

「你不能死。」我喊道。但是在昏暗搖曳的光線下，我看到她臉上死亡的如灰慘白。

「我小時候，」她低聲說，「一個睿智的老人，一個好人，教給我我這一生應該做的工作。他給了我那隻貓頭鷹，說牠就代表我的靈，讓我連結到宇宙的時間與和諧——」

她的聲音非常虛弱，她的眼睛已經蒙上死亡的薄膜。

「我的工作是爲善，」她繼續說，「我應該治癒病人，指引他們走向善的道路。但是我不應該干涉任何人的命運。那些沉溺在邪惡與巫術的人不明白這點。他們創造的不和諧，到最後總會蔓延出去，摧毀生命——在德納瑞爾和我過世之後，這樣的干涉就能結束了，宇宙的和諧也就能重新恢復。這樣是好的。不要恨他——我接受我的死，因爲我接受爲生命工作——」

「鄔蒂瑪——」我想大喊，不要死，鄔蒂瑪。我想把她跟貓頭鷹拉離死亡。

「噓，」她低語，她的碰觸安撫了我。「我們一直是很好的朋友，安東尼，不要讓我的離去減損了這點。現在我必須請你幫我一個忙。明天你必須把我的房間清空。日出時，你要把我所有的藥跟藥草收起來，拿去河邊隨便一個地方，全部燒掉——」

「好。」我答應。

「至於現在，你帶著貓頭鷹，到山丘上去，往西走，一直走到你找到一棵有分叉的杜松子樹，把貓頭鷹埋在那裡。快去——」

「長者。」母親在外面喊道。

我跪下來。

「祝福我，鄔蒂瑪——」

她的手摸著我的額頭，而她最後的話是，「我以善良堅強美麗的萬物之名祝福你，安東尼。願你永遠有活下去的力量。熱愛生命，如果絕望進入你的心，記得在風溫柔吹著，貓頭鷹在山裡歌唱的傍晚尋找我。我會與你同在——」

我抱起貓頭鷹，悄悄走出了房間，不再回頭。我匆匆經過母親身邊，她在我身後哭泣，然後跑進房間去看鄔蒂瑪。我跑進黑暗安靜的山丘。我在月高下走了很久，當我終於找到一棵分叉的杜松子樹時，我跪下來，用雙手挖出一個足以容納那貓頭鷹的洞。我將貓頭鷹安放在墳墓裡，然後在上面放了一顆大石頭，以免土狼將牠挖出來。之後我用亞諾的泥土將洞覆蓋起來。我站起來時，感覺到溫熱的淚水順著臉頰滑下。

在我四周，月光閃耀在亞諾大地的圓石上，而在夜空中，千萬顆星星在閃爍。我可以看到河對岸城裡點點的燈光。一個禮拜後，我就會回去學校上課，也會跟以前一樣，跑過山羊小徑，過橋去教堂。將來有一天，我將必須用佔據我這麼多童年時光的這一切，建造起我自己的夢想。

我聽到橋附近的某處響起警笛聲，我知道父親跟舅舅帶著警長回來了。干擾了納西索與鄔蒂瑪的命運的德納瑞爾將被載離我們的山丘。我想我的沛卓舅舅不會因爲殺了這樣的人而受到懲罰。他救了我一命，而如果我早一點到，或許我們也能挽回鄔蒂瑪的性命。但是最好不要這樣想。鄔蒂瑪說，用生命的經驗建立力量，不要製造怯懦。

明天來哀悼鄔蒂瑪的婦女會幫忙母親，爲鄔蒂瑪換上全身黑衣，父親則會幫她做一具很好的松木棺木。來哀悼的人會帶來吃的跟喝的，到晚上大家則會爲她守靈。兩天後我們將舉行紀念死者的彌撒，彌撒後運送她的遺體到草原村去埋葬。但那一切都只是習俗規定的儀式。事實上，鄔蒂瑪是被安葬在這裡。在今晚。

LINK 10

祝福我，鄔蒂瑪 Bless me, Ultima

作　　者　鲁道夫・安納亞（Rudolfo Anaya）
譯　　者　李淑珺
總 編 輯　初安民
特約編輯　黃筱威
美術編輯　黃昶憲　林麗華
校　　對　黃筱威
發 行 人　張書銘
出　　版　INK印刻文學生活雜誌出版有限公司
新北市中和區中正路800號13樓之3
電話：02-22281626
傳真：02-22281598
e-mail : ink.book@msa.hinet.net
網　　址　舒讀網 http://www.sudu.cc
法律顧問　漢廷法律事務所
劉大正律師
總 代 理　成陽出版股份有限公司
電話：03-2717085（代表號）
傳真：03-3556521
郵政劃撥　19000691 成陽出版股份有限公司
印　　刷　海王印刷事業股份有限公司
出版日期　2011年2月　初版
ISBN　978-986-6135-10-1

定價　360元

國家圖書館出版品預行編目資料

祝福我，鄔蒂瑪／
鲁道夫・安納亞（Rudolfo Anaya）著．
李淑珺譯．--初版．--新北市中和區：INK印刻文學，
2011.2 面；　公分．--（Link；10）
譯自：Bless me, Ultima
ISBN 978-986-6135-10-1（平裝）
874.57　　99026759